# TimeCrime

**Du même auteur**

*La Couronne*, Téqui, 2018 (Grand prix catholique de littérature, Mention du jury 2019)

*Le Tombeau*, Téqui, 2019

*Le Linceul*, Téqui, 2020 (Prix littéraire La Rochejaquelein 2020)

François Dubreil

# TimeCrime

Pierre TÉQUI *éditeur*
8 rue de Mézières 75006 Paris
www.editionstequi.com

ISBN : 978-2-7403-2429-5

« Le passé n'est jamais mort. Il n'est même pas passé. »
William Faulkner, *Requiem pour une nonne*

« La fin justifie les moyens ?
Cela est possible. Mais qui justifiera la fin ? »
Albert Camus, *L'Homme révolté*

# Chapitre 1

*Londres, jeudi 10 mai 2018*

Vlassov observait le lit d'un regard amusé : la couette, les draps ainsi que les murs de la chambre étaient intégralement décorés d'imprimés *Harry Potter*. Plusieurs figurines des films trônaient sur les étagères et un faux balai de sorcière était suspendu au plafond.

– T'as vu ? dit-il en riant grassement. On dirait la piaule d'une gamine…

Il désigna d'un signe de tête les araignées en peluche sur les oreillers :

– Pourtant elles ont dû en voir de belles, ces bestioles…

Je haussai les épaules sans me retourner, et entrepris de percer comme prévu la mince cloison qui séparait la chambre du dressing.

– Laisse tomber, Vlassov. Surveille plutôt l'entrée, tu veux bien ? C'est ton rôle, je te rappelle.

Le Russe soupira et déplaça en souplesse sa montagne de muscles vers l'embrasure de la fenêtre, s'installant pour observer la rue un étage en contrebas.

– Je me demande bien pourquoi on s'emmerde avec toutes ces précautions. Les drones ont déjà balayé deux fois le quartier : il n'y aura personne…

Je haussai les épaules.

– On le fait parce que c'est la procédure, tout simplement. Au cas où quelque chose arriverait.

L'ancien Spetsnaz[1] se mit à rire :

– « Au cas où quelque chose arriverait » ! T'es quand même bizarre, Matthieu. Quelque chose *va* arriver ! C'est précisément pour ça qu'on est là tous les deux, j'te signale…

Je repris ma tâche sans répondre et en moins d'une minute j'avais terminé de fraiser la cloison. À l'aide d'un minuscule appareil portatif, j'aspirai aussitôt les quelques grammes de sciure qui s'étaient déposés sur le sol puis je fis signe à Vlassov.

– C'est bon. Tu peux venir, il est temps de s'installer.

J'ouvris la porte du dressing : comme prévu, elle n'était pas fermée à clef. La pièce était exiguë et encombrée d'un fatras de boîtes de chaussures et d'accessoires en tous genres qui s'amoncelaient en désordre sous des tenues costumées soigneusement accrochées aux cintres.

Vlassov considéra les capes, les chapeaux de sorcières et les baguettes magiques d'un œil dépité et déclara :

– C'est quand même un monde de cinglés, non ?

Je m'accroupis comme je le pus derrière la cloison et entrepris d'introduire la fibre optique du Recorder dans le minuscule orifice que je venais de forer à travers la cloison.

– Peut-être, mais nous ne sommes pas là pour juger. Notre travail, c'est de constater, c'est tout. Installe-toi, s'il te plaît, et ferme la porte.

Le Russe obtempéra en maugréant. Bien que ce soit lui l'officier de police judiciaire, c'est moi qui avais été nommé chef de la mission du fait de mon ancienneté. C'était logique en considération des contraintes techniques qui réglaient notre activité, mais cette situation n'en restait pas moins clairement désagréable à ses yeux et Vlassov ne se privait pas pour me le faire sentir.

Il se tassa tant bien que mal à mes côtés et regarda sa montre :

1. Nom donné aux membres des forces spéciales russes.

– Plus que six minutes. T'es prêt ?

J'allumai le Recorder. Sur l'écran plat, l'image de la chambre apparut aussitôt. La caméra grand-angle donnait une vue dégagée sur le lit et sur la porte d'entrée qui se trouvait à peine deux mètres derrière.

– Prêt.

Vlassov se positionna en face de l'écran, et hocha de la tête avec satisfaction.

– C'est bon, dit-il. Tu peux démarrer.

Je pressai une touche du Recorder et Vlassov commença aussitôt les déclarations préliminaires :

– Londres, 123 Garden Street, jeudi 10 mai 2018 TU. Mission 18-257. Officier Igor Denissevitch Vlassov et Contrôleur Clément Matthieu. Sommes en place pour constat, exactement cinq minutes avant l'heure H.

Il se tourna ensuite vers moi pour égrener la check-list obligatoire, puis il conclut d'une voix assurée :

– Conformément à l'article quatre de la résolution Tsang-Tippett, je déclare être objectivement en capacité de constater les faits sans aucune restriction ni interférence. Contrôleur, pouvez-vous confirmer ?

Je répondis d'une voix ferme :

– Je confirme, Officier.

Vlassov hocha la tête, l'air satisfait.

– Très bien. Début de l'enregistrement officiel.

J'appuyai sur un second bouton du Recorder, et une lumière bleue s'alluma, indiquant l'initiation de la séquence judiciaire. Si tout se passait normalement elle ne devait pas dépasser dix minutes.

Vlassov se tut aussitôt et pressa l'interrupteur du dressing, nous plongeant dans l'obscurité.

– Contrôleur, combien de temps avant le début de la scène ?

Je regardai ma montre :

– Trente secondes, Officier.

Sur l'écran du Recorder qui scintillait dans le noir, la chambre était toujours obstinément vide. Rien ne semblait devoir arriver.

Et pourtant, le bruit de la clef tournant dans la serrure me fit sursauter.

*Pile à l'heure*, pensai-je, *comme toujours…*

La porte s'ouvrit, et une jeune femme entra dans la chambre. Le système d'identification faciale du Recorder la reconnut aussitôt : Mary Elizabeth Clark, née le 3 août 1998 à Exeter, UK. Le zoom révélait parfaitement les traits fins de son visage qu'encadrait la lourde masse ondulée de ses cheveux dénoués. Elle portait une jupe plissée grise ultra courte qui découvrait largement ses cuisses au-dessus de longues chaussettes blanches. Une cravate rouge et or ornait le col de son chemisier, blanc lui aussi, qu'elle avait noué en cache-cœur juste sous la poitrine. L'ensemble lui donnait une allure délibérément sexy en complet décalage avec le personnage enfantin qu'elle était supposée incarner.

*Pas facile de voir qu'elle a presque vingt ans*, me dis-je. *Elle en fait au moins trois ou quatre de moins…*

La jeune femme entra dans la pièce, puis se tourna vers le seuil de la porte en déclarant :

– Alors, mon grand, tu ne veux pas rentrer ? Ne sois pas timide, je vais bien prendre soin de toi…

Puis elle s'écarta légèrement et je pus distinguer derrière elle la silhouette d'un homme de grande taille qui se tenait un peu en retrait dans le couloir.

Vlassov me fit un signe en demandant à voix basse :

– Identification faciale prête ?

– Prête, répondis-je aussitôt.

L'homme était encore dans l'ombre, et même avec le zoom au maximum je ne parvenais pas à capturer son visage sur le Recorder. Il fallait qu'il s'avance un peu.

La jeune femme s'approcha finalement de lui et le saisit par la main en l'attirant dans sa chambre :

– Allez, viens, n'aie pas peur. Ici c'est un endroit magique, tu verras. Tous tes désirs peuvent y être exaucés…

L'homme se décida enfin à entrer. Il portait un long manteau de cuir brun dont les pans touchaient presque le sol et de lourdes bottes qui résonnaient sur le plancher à chaque fois qu'il faisait un pas. Dès qu'il fut dans la lumière le système de reconnaissance faciale du Recorder s'activa, mais en vain : son visage était recouvert d'un masque de carnaval orné d'une longue barbe noire.

– Allez, murmura Vlassov entre ses dents, fais ce que tu es venu faire, *tovarichtch*[1]…

La jeune femme ferma la porte à clef puis saisit un coussin sur le lit qu'elle jeta à même le sol avant de s'agenouiller devant l'homme en disant :

– Viens par ici, mon grand. Montre-moi ta baguette magique…

L'homme s'approcha et elle défit rapidement la ceinture de son pantalon, commençant à le caresser pour le plus grand plaisir de Vlassov qui observait la scène avec délectation. Mais soudain l'homme lui saisit brusquement la tête de ses mains gantées de cuir en disant d'une voix autoritaire :

– Pas comme ça ! Allonge-toi plutôt sur le lit.

La jeune femme le regarda, un peu surprise, mais en professionnelle accomplie elle s'exécuta néanmoins docilement et s'étendit sur le lit dans une pose lascive en déclarant :

– Comme tu veux… Viens voir ta petite sorcière… Je suis une très vilaine fille, tu sais…

Elle se mit à quatre pattes, présentant ses fesses à l'homme au manteau.

– Tu n'as pas envie de me donner une punition ? Regarde, tu peux me faire tout ce que tu veux…

1. Camarade en russe.

– J'y compte bien grogna l'homme en s'approchant lentement.

Il écarta les pans de son manteau, et Vlassov murmura comme pour lui-même :

– *Vas-y…*

Mary s'était tournée vers nous, appuyée sur les coudes, le visage enfoui dans l'un de ses oreillers. Elle ne vit donc pas jaillir les deux énormes couteaux de boucher que l'homme portait cachés sous les pans de son manteau. Elle n'aperçut pas non plus les éclairs des lames qui plongeaient entre ses côtes : elle n'eut que le temps d'émettre un petit couinement très faible avant de s'effondrer sur le lit. L'homme masqué s'acharna ensuite sur elle pendant d'interminables secondes, frappant avec une rage aveugle le dos, les cuisses, les bras, la nuque, comme s'il avait voulu labourer de coups la moindre parcelle de son corps. Le sang jaillissait à chaque nouvelle blessure, éclaboussant la jupe plissée, la couette et les araignées en peluche, transformant tout le décor de cosplay soigneusement élaboré par Mary en une effroyable scène de film d'horreur dont elle resterait à jamais l'actrice principale.

J'avais beau avoir déjà vu pas mal de crimes atroces, celui-ci était particulièrement affreux et je finis par détourner les yeux. Vlassov en revanche fixait l'écran du Recorder un sourire glacial aux lèvres et je finis par me demander avec angoisse s'il ne jouissait pas davantage de la contemplation morbide de ce carnage que de la perspective de ce qui allait suivre.

Les coups s'interrompirent enfin, et Vlassov me fit un signe en murmurant :

– Contrôleur, tenez-vous prêt.

De l'autre côté de la cloison, l'homme demeura immobile quelques secondes, les bras ballants, contemplant le corps déchiqueté de sa victime massacrée avec une satisfaction évidente. Puis il essuya soigneusement les lames des couteaux sur les draps et les rangea dans les étuis qu'il portait fixés le long des cuisses avant de caresser lentement de ses mains gantées la dépouille sanguinolente de Mary Elizabeth Clark. Enfin il se leva : il était couvert de sang de la tête aux pieds. Il sortit alors de sa poche un mouchoir en papier et releva lentement son masque pour s'essuyer le visage.

*Maintenant*, pensai-je.

Je zoomai aussitôt, et la reconnaissance faciale du Recorder passa instantanément au vert. Un message s'incrusta sous la scène : « Identification positive : Patrick James Henry, né le 27 juillet 1991 à Coventry, UK. Dernière résidence connue : Bedford street, 21, Londres, UK. »

Vlassov hocha la tête, et murmura entre ses dents :

– On te tient, *tovarichtch*. Tu ne perds rien pour attendre, maintenant...

Notre mission était terminée. J'arrêtai l'enregistrement du Recorder, enroulai rapidement la fibre optique et rangeai précautionneusement l'appareil dans son étui, m'efforçant de faire le moins de bruit possible. Je regardai ma montre : nous n'étions arrivés dans l'appartement que depuis vingt-deux minutes. Puis je fis un signe à Vlassov : il était temps d'activer nos bracelets convecteurs, et chaque seconde supplémentaire que nous passions ici constituait un risque inutile à présent. Les nano-drones qui patrouillaient autour de nous tels de microscopiques insectes avaient déjà dû prévenir l'Agence de notre succès. Le Russe opina, mais probablement gêné par l'inconfort de sa position, il tenta maladroitement de se redresser un peu en étendant les jambes. Ce faisant, il renversa une des piles d'accessoires entassés derrière lui qui s'effondra aussitôt dans un vacarme épouvantable. Vlassov s'immobilisa en me regardant d'un air horrifié.

Patrick James Henry avait entendu, évidemment. Il saisit un couteau de sa main droite et se précipita en courant vers la porte du fond de la chambre. Il l'ouvrit rageusement, et repoussa d'un geste brusque les vêtements suspendus sous lesquels s'était tenu Vlassov. Puis il haussa les épaules et rangea ses couteaux.

À part le minuscule orifice de la fibre optique, il n'y avait plus rien d'anormal dans le dressing.

# Chapitre 2

*Boston, mardi 9 juillet 2047*

Le volet électrique de la chambre se leva, déclenchant instantanément un éternuement quand les rayons du soleil atteignirent le coin de mon œil doit. Je souris en pensant à la curieuse singularité génétique qui avait doté tous les hommes de ma famille du même réflexe photo-sternutatoire[1] depuis au moins cinq générations, puis je m'assis un instant dans le lit pour écouter les nouvelles. L'IA[2] qui gérait la maison avait déclenché à l'heure habituelle le protocole *saut du lit*, et le flash info s'était donc aussitôt affiché sur le dispositif holographique de la chambre. J'avais désactivé depuis plusieurs mois déjà l'horripilant message vocal de réveil *bonjour, Clément* : il me rappelait bien trop cruellement que seul un programme informatique partageait désormais ma vie depuis le départ d'Iris. J'avais maintenu cependant toutes les autres fonctions, et je savais donc qu'en arrivant dans la cuisine le café serait déjà dans ma tasse, que mes toasts seraient parfaitement grillés et qu'un verre d'oranges pressées d'une fraîcheur idéale m'attendrait. L'automatisation de nos vies avait subi une telle inflation depuis vingt ans avec la généralisation des IA qu'il n'était absolument plus concevable pour quiconque de revenir à l'époque lointaine où toutes les tâches domestiques devaient être effectuées par les

1. Réflexe déclenchant un éternuement lorsque la rétine est frappée par le soleil.
2. Intelligence artificielle

humains eux-mêmes. Mon père, qui avait gardé un esprit très français toute sa vie bien qu'il se fût établi aux États-Unis assez jeune encore, avait toujours moqué cette tendance. Nous avions, disait-il, poussé beaucoup trop loin le projet cartésien de nous rendre *maîtres et possesseurs de la nature*, et il nous faudrait selon lui en payer le prix un jour ou l'autre. S'il avait vécu assez longtemps pour le voir, mon travail actuel aurait certainement encore renforcé ses craintes. Malheureusement, cela n'avait pu se produire : il était mort d'une tumeur du pancréas en 2038, quelques mois à peine avant qu'Healthlab n'annonce la mise au point de la thérapie génique antimitotique révolutionnaire qui avait relégué le cancer au rang des maladies oubliées...

Je saisis ma vieille Omega *Ultraman* édition 2018 sur la table de chevet[1]. C'était une réelle antiquité, totalement décalée dans un monde où chacun arborait désormais une smartwatch. Mais je l'aimais plus que tout car c'était un des rares souvenirs qu'il me restait de mes parents et ma mère l'avait précisément offerte à mon père à l'occasion de ma naissance. Elle savait que mon père adorait l'univers des mangas, avec une prédilection particulière pour l'œuvre de Jiro Taniguchi. J'y pensais en souriant avec émotion à chaque fois que je relisais *Quartier Lointain* : un jour peut-être pourrais-je moi aussi retourner comme Hiroshi m'asseoir à la table de mes parents. Mais en attendant, il était déjà six heures et demie, et je devais me presser : il fallait que j'accueille tout un groupe de stagiaires du MIT[2] à l'Agence ce matin. Je déposai comme tous les jours une goutte de salive sur la languette du multi-analyseur Healthlab, et quelques secondes plus tard le voyant vert s'alluma tandis que la voix de l'IA déclarait avec satisfaction :

– Clément Matthieu, vous ne présentez aucune affection décelable. Vous êtes autorisé à quitter votre domicile.

1. Édition limitée en l'honneur du personnage du même nom, héros d'une série japonaise de la fin des années 1960.
2. Massachusetts Institute of Technology.

La puce intra-osseuse qu'on m'avait implantée dans le poignet comme à tous les citoyens de ce pays depuis quinze ans fut immédiatement déverrouillée. J'avais à présent le droit d'entreprendre des relations humaines pour vingt-quatre heures, au bout desquelles je devrais à nouveau impérativement faire état de ma situation sanitaire. Je filai donc sans tarder sous la douche, puis j'engloutis mon petit-déjeuner avant de sortir prendre l'*Air-Tram*.

Une demi-heure plus tard, j'arrivai dans la rue en bas de chez moi. Depuis dix ans que l'Amérique avait enfin surmonté la grande dépression des années 2020, le réseau des transports en commun avait été totalement repensé et considérablement étendu afin de réduire le poids des transports individuels dans la facture énergétique. Les voitures individuelles avaient été quasiment éliminées des centres urbains au profit de l'*Air-Tram*, un tramway à suspension magnétique qui n'utilisait que l'énergie solaire pour transporter ses passagers d'un bout à l'autre de la ville. J'habitais à Beacon Hill, non loin de Louisburg square, dans l'une de ces magnifiques demeures victoriennes en briques qui faisaient l'orgueil du quartier et que mon père avait pu s'offrir après le rachat de sa start-up par Apple, l'ancienne marque de téléphonie reine au début du vingt et unième siècle. Il ne me fallait donc qu'une quinzaine de minutes via l'*Air-Tram* pour atteindre le siège de l'Agence, qui s'élevait juste à côté du MIT, de l'autre côté de la rivière Charles. Je gagnai donc tranquillement la station qui desservait mon quartier, à deux pas de la maison. Quelques personnes attendaient déjà de l'autre côté de la barrière de sécurité. Je me surpris à observer avec un étonnement sans cesse renouvelé leurs visages démasqués : cela ne faisait qu'une dizaine d'années à peine que nous avions de nouveau le droit de circuler en ville le visage découvert et cette intimité publiquement exposée choquait encore tous ceux qui comme moi avaient grandi à l'époque des pandémies, lorsque le port du masque était obligatoire en tous lieux. Je passai mon poignet sur le lecteur de la barrière, qui via la puce intra-osseuse vérifia instantanément mon identité, le crédit restant sur mon abonnement *Air-Tram* ainsi que mon état de santé. Le moindre défaut aurait non seulement empêché mon accès aux transports en commun mais aurait en outre déclenché mon signalement immédiat aux forces de police pour infraction aux lois imposant le confinement individuel des individus non sains. L'omniprésence de ces contrôles était un vestige des années de pandémies, bien sûr, mais il n'avait jamais été aboli depuis qu'Healthlab avait mis au point la thérapie génique conférant à l'organisme humain une résistance aux Covids. Les gens s'étaient habitués depuis trop longtemps à cette surveillance perpétuelle qui leur offrait une impression de sécurité compensant largement à leurs yeux la disparition quasi totale de leur intimité et la réduction subséquente de leurs libertés individuelles. Mon père disait souvent en s'en amusant que les Covids avaient transformé en moutons dociles des générations de citoyens auparavant largement enclines à la rébellion contre l'autorité, et il avait certainement raison. Le voyant du lecteur clignota au vert, et la barrière se leva, m'autorisant l'accès à la station. À cette heure matinale, la fréquence des rotations de l'*Air-Tram* était élevée, et je n'eus pas à attendre longtemps.

Assis sur les bancs de bois recyclé de la rame, j'eus ensuite le temps de repenser au savon carabiné que Vlassov avait reçu la veille après notre retour de mission. Le Directeur Deng nous avait immédiatement convoqués lui et moi dans son bureau, et il avait sa tête des plus mauvais jours.

Dès que j'eus refermé la porte, Deng avait assombri les vitres électromagnétiques avant d'exploser en hurlant :

– Mais putain de bordel de merde, qu'est-ce qui vous a pris, Vlassov ? Vous pouvez remercier Matthieu qui vous a sauvé la mise *in extremis*, mais vous nous avez quand même fait passer à un cheveu de l'incident de classe III ! Vous ne pouviez pas rester immobile trente secondes de plus, bougre d'imbécile ?

Le Russe avait pâli, baissant la tête honteusement.

– Je... je suis désolé, Monsieur le Directeur. Je ne pensais pas...

– Vous ne *pensiez pas* ? Mais c'est précisément ce que je vous reproche, Vlassov ! De ne pas avoir *pensé* ! Vous DEVEZ penser à chaque fois que vous faites le moindre geste durant les missions ! Il en va de notre sécurité à tous, et de l'avenir de l'Agence elle-même ! Vous savez comme moi que notre mandat expire dans quelques mois, non ?

– Oui, Monsieur le Directeur...

– Et vous savez aussi que les Anglais et les Français ne rêvent que de faire abolir la résolution Tsang-Tippett pour empêcher son renouvellement ?

– Oui, Monsieur le Directeur…

Deng s'assit dans son fauteuil, et tendit une feuille à Vlassov.

– Alors vous devez comprendre que ce n'est absolument pas le moment de donner prise aux critiques en commettant le moindre impair ! Vous êtes viré, Vlassov ! Voici votre ordre de retrait. Vous avez six heures pour récupérer tous vos effets personnels avant de quitter définitivement l'Agence. Vous retrouverez automatiquement votre affectation antérieure, comme c'est l'usage, mais vous perdez immédiatement le droit de participer à nos missions.

Je tentai de m'interposer.

– Mais, Monsieur le Directeur…

Deng me fusilla du regard.

– Matthieu, je ne vous ai pas accordé la parole ! Vous êtes le Contrôleur le plus expérimenté de l'Agence, et votre sang-froid nous a sauvé la mise cette fois encore… Je vous en sais gré, mais ne tentez pas d'interférer avec mes prérogatives. Suis-je bien clair ?

Je baissai les yeux à mon tour.

– Très clair, Monsieur le Directeur.

Deng avait hoché la tête, et il nous fit un signe de la main vers la porte.

– Parfait. Vous pouvez disposer, messieurs.

Alors que nous sortions penauds de son bureau, il m'avait rappelé vivement.

– Matthieu ?

– Oui, Monsieur le Directeur ?

– Vous passerez me voir demain après l'accueil des stagiaires. J'aimerais m'entretenir quelques instants avec vous…

Tandis que l'*Air-Tram* traversait silencieusement le Longfellow bridge, je ne parvenais pas à penser sans étonnement à cette dernière phrase. Huang Deng était connu pour son extrême froideur, et depuis bientôt huit mois qu'il avait pris la suite du Britannique Moore à la tête de l'Agence, il ne s'était jamais lié avec personne. J'étais donc extrêmement surpris qu'il me convoquât de la sorte sans me donner un quelconque motif officiel...

Je regardai autour de moi : l'*Air-Tram* était bondé d'étudiants du MIT. Alors que la plupart des gens n'avaient accès qu'aux lentilles de contact intelligentes de *classe 1*, affichant uniquement le statut sanitaire de nos vis-à-vis et leurs pseudonymes publics sur les principaux réseaux sociaux, en tant que fonctionnaire fédéral j'avais le droit de porter de *smart lenses* de *classe 2*, qui affichaient en outre leurs professions. Seuls les membres des forces de l'ordre avaient accès aux *classe 3*, renseignant sur l'identité, voire même aux *classe 4* qui affichaient les antécédents judiciaires. Je remarquai que plusieurs étudiants regardaient avec admiration mon uniforme. Une jeune fille de type indien qui portait un foulard rose sur ses longs cheveux noirs finit par oser m'aborder, l'air intimidé, en respectant inconsciemment les anciennes règles de distanciation.

– Pardonnez-moi, Monsieur, mais... Vous êtes réellement Contrôleur pour l'Agence ?

Je lui adressai un sourire poli.

– Oui, Mademoiselle.

Ses yeux se mirent à pétiller et elle émit un petit gloussement d'excitation en faisant signe à ses camarades de se rapprocher à leur tour :

– C'est extraordinaire ! Est-ce que... Vous accepteriez que vous pose quelques questions ?

Je hochai de la tête.

– Extraordinaire, en effet, c'est le mot juste... Et oui, je veux bien essayer de répondre à vos questions dans la mesure du possible.

Les autres étudiants, rassurés par mon accueil, s'étaient immédiatement regroupés autour de nous.

– Vous êtes souvent parti en mission ?

Je souris à nouveau :

– Deux cent quatre-vingt-quatre fois.

La jeune Indienne s'exclama, l'air incrédule :

– Deux cent quatre-vingt-quatre fois ? C'est impossible, personne n'a jamais fait autant de missions ! À part Clement Matthew, peut-être...

Elle avait prononcé mon nom à l'américaine, comme tout le monde ici. Cela m'agaçait toujours, mais j'avais cessé depuis longtemps d'essayer d'apprendre aux anglophones les bases de la phonétique française. J'écartai donc simplement le pan de ma veste, révélant le badge d'identification cousu sur ma tunique :

– Mais *je suis* Clément Matthieu, Mademoiselle.

Je crus qu'elle allait s'évanouir. Le règlement de l'Agence protégeait les contrôleurs de toute publicité aussi rigoureusement que c'était le cas pour les membres des forces spéciales, nos visages étaient donc généralement inconnus du public alors que nos missions, elles, étaient médiatisées sur la planète entière. Un murmure d'admiration se répandit parmi les étudiants, et un grand gaillard rouquin me demanda aussitôt, les yeux brillants :

– C'est vrai tout ce que l'on raconte sur vous, Monsieur ?

Je le regardai, amusé :

– Qu'est-ce que l'on raconte sur moi ?

Il se mordit les lèvres :

– On dit que vous avez déjà vécu plusieurs incidents de classe II ! Je l'ai entendu la semaine dernière dans un reportage sur l'Agence qui parlait de vous, et de tous ces risques incroyables que vous devez prévenir lors de vos missions.

Je soupirai :

– J'en ai connu deux, c'est exact. Et ce ne sont pas vraiment mes meilleurs souvenirs. J'ai eu beaucoup de chance de m'en sortir…

– *Nous* avons eu beaucoup de chance grâce à vous, Monsieur, corrigea l'étudiant d'un ton admiratif.

La jeune Indienne me regardait intensément :

– Monsieur… Est-ce que vous pouvez nous raconter comment ça se passe ? Comment c'est, en mission ? Je veux dire, est-ce que tout à l'air *comme ici* ?

Je baissai les yeux :

– C'est très difficile à faire ressentir, en fait. Tout paraît semblable et différent à la fois. La sensation d'étrangeté et de danger est omniprésente. Chacun de nos gestes doit être pensé, calculé. Rien ne peut jamais être laissé au hasard…

La rame de l'*Air-Tram* s'immobilisa subitement, et tandis que les portes s'ouvraient une voix synthétique annonça laconiquement :

— *Main Street.*

Je fis un signe aux étudiants, et déclarai :

– Excusez-moi. Je descends ici.

Les étudiants me remercièrent à grand renfort de sourires, et seule la jeune Indienne me suivit et quitta la rame elle aussi.

Je la regardai, un peu étonné :

– Vous n'allez pas jusqu'au MIT, Mademoiselle ?

– Pas aujourd'hui, Monsieur. Je fais partie du groupe qui doit se présenter à l'Agence pour le stage d'été.

Je la regardai, admiratif : les places pour ce stage étaient peu nombreuses et particulièrement recherchées. Elles offraient aux quelques étudiants qui avaient la chance d'y participer un premier contact avec l'Agence qui pouvait parfois déboucher sur une promesse de recrutement à l'issue de leur formation. Seuls les meilleurs y avaient accès, et uniquement sur dossier : aucun passe-droit ni privilège n'avait jamais eu cours.

– Félicitation ! Vous pouvez donc me suivre, Mademoiselle, c'est précisément moi qui suis chargé d'accueillir votre groupe ce matin.

Elle me regarda, émerveillée :

– Quelle chance ! Merci, Monsieur Matthew.

Elle ne devait pas avoir plus de six ou sept ans de moins que moi, mais son ton et toute son attitude traduisaient un profond respect à mon égard. L'aura de fascination qui entourait notre profession était véritablement fabuleuse…

Je me dirigeai vers l'entrée principale de l'Agence, qui donnait face à la Charles river, et présentai aussitôt mon badge aux gardes en faction qui l'introduisirent dans le scanner du portique de sécurité bien qu'ils m'aient immédiatement reconnu. Tandis que le scanner facial parcourait mon visage, je posai mon pouce sur le lecteur biométrique, et la lumière verte s'alluma.

– Bonjour, Contrôleur Matthew, déclara alors seulement le plus jeune des deux en me gratifiant d'un salut militaire.

Je me retournai vers la jeune Indienne qui demeurait interdite devant le portique, observant l'énorme façade de verre et de béton de l'Agence qui s'élevait au-dessus de nos têtes :

– Comment vous appelez-vous, Mademoiselle ?

– Jyoti Pandey, Monsieur.

– Et bien, Jyoti Pandey, le MIT a dû vous transmettre un badge de visiteur que l'Agence fournit pour la durée du stage. Je pense qu'il serait temps de le présenter à ces Messieurs, ne croyez-vous pas ?

Elle rougit, et attrapa dans sa poche un badge holographique en verre quasi semblable au mien, le tendant aux gardes. Elle s'avança vers le portique, et tandis que le rayon bleu de l'identificateur facial balayait lentement son visage je lui fis signe de poser son pouce sur le lecteur digital. La triple reconnaissance étant favorable, une lumière verte s'alluma derrière les gardes et elle fut autorisée à me suivre.

Je poussai la porte, et nous entrâmes dans le hall principal de l'Agence. C'était un vaste espace semi-circulaire aux murs entièrement blancs, au centre duquel trônait comme unique décor une monumentale statue de bronze représentant Chronos en dieu ailé, portant sur ses épaules une sphère armillaire et tenant à la main une faux. Sur le mur qui nous faisait face, juste derrière le bureau d'accueil, avait été intégralement gravé en lettres d'or le texte des quatre premiers articles de la résolution Tsang-Tippett qui avait abouti à la création de l'Agence en 2041.

Jyoti Pandey s'immobilisa, fascinée, en contemplant l'énorme statue.

– Le temps soutenant l'univers et décidant de la vie et de la mort, lui expliquai-je. Cette œuvre a été offerte à l'Agence par la France en 2042. Une allégorie qui reflète bien l'importance de nos responsabilités, n'est-ce pas ?

La jeune femme opina, et je lui fis signe de me suivre.

– La réunion d'accueil est prévue par ici.

Après avoir traversé quelques longs couloirs, nous arrivâmes dans un vaste amphithéâtre. Jyoti s'installa aussitôt au premier rang, saluant les étudiants qui avaient déjà pris place. Je gravis de mon côté les quelques marches qui menaient à l'estrade, et vérifiai que ma présentation avait bien été chargée sur le projecteur holographique. Il restait quelques minutes avant le début de mon speech, et je tenais à ce que tout fut parfait. Les quelques retardataires arrivèrent sur ces entrefaites, et à huit heures précises je pus prendre la parole.

– Bonjour à tous. Je m'appelle Clément Matthieu, je suis Contrôleur, et le Directeur Deng m'a chargé de vous accueillir aujourd'hui pour votre stage d'été.

Je levai les yeux vers les bancs : la plupart des étudiants avaient allumé leurs enregistreurs vidéo, filmant mon cours pour ne pas avoir à prendre de notes et pouvoir se concentrer davantage sur mes paroles.

– Vous êtes la crème de la crème de la Section internationale du MIT. Les meilleurs des meilleurs. Vous venez des quatre coins du globe et vous avez tous énormément travaillé pour arriver là où vous êtes aujourd'hui.

Vous êtes tous extrêmement intelligents et extraordinairement brillants… Et pourtant pas un seul d'entre vous n'est véritablement détendu en ce moment, je me trompe ?

Je vis apparaître un sourire crispé sur les visages qui me faisaient face.

– C'est normal, poursuivis-je. Ce que nous faisons entre ces murs est tellement extraordinaire, nos responsabilités devant l'Histoire sont tellement énormes, que personne ne peut venir travailler ici sans éprouver au départ une bonne dose d'appréhension. Je dis cela en parfaite connaissance de cause : j'ai ressenti moi aussi cette angoisse quand je suis entré à l'Agence pour la première fois, il y a cinq ans de cela. Vous, pour le moment, ne devez y rester que deux mois. Mais ce court laps de temps vous suffira néanmoins pour découvrir des choses qui restent cachées à la plupart des gens durant leur vie entière, et vous apercevrez ici un univers scientifique tellement prodigieux qu'il semblait encore totalement inaccessible il y a dix ans à peine. Vous allez vous familiariser chez nous avec la technologie la plus avancée de la planète, et, pour les meilleurs, vous aurez même la chance à l'issue de votre examen de fin de stage de pouvoir l'expérimenter par vous-mêmes…

Je sentis un frisson d'excitation parcourir mon auditoire, et je poursuivis avec entrain :

– Afin de vous détendre un peu, je vous propose donc symboliquement pour commencer de remonter le temps dans vos souvenirs et vos connaissances. Quelqu'un parmi vous aurait-il une idée de ce qui a rendu possible ce que nous faisons ici ?

Quatre ou cinq mains se levèrent, mais je désignai Jyoti :

– Mademoiselle, au premier rang ?

Elle sursauta, puis répondit sans hésiter :

– Les travaux d'Albert Einstein, au début du siècle dernier ?

Je dodelinai de la tête :

– Oui, en effet. Tout comme l'invention de l'écriture, il y a cinq mille ans, également… Mais je pensais à quelque chose de plus proche de nous, voyez-vous ?

Un rire discret passa sur les rangs de l'amphithéâtre.

J'allumai le projecteur holographique, et l'image tridimensionnelle d'une sphère parsemée de spicules apparut aussitôt au-dessus de mon bureau.

– *Voici* celui qui a rendu nos travaux possibles. J'imagine que vous le reconnaissez sans peine, même si aucun de vous n'a eu fort heureusement à le croiser : c'est le Coronavirus responsable de la pandémie de 2019, la Covid-19.

J'initiai mon diaporama et une succession d'images terribles de l'épidémie défila dans les airs face aux étudiants du MIT tandis que je poursuivais :

– Vous n'étiez pas nés à cette époque, et je n'avais qu'un an. Mais nous savons tous que cette pandémie a eu des conséquences incalculables dans le monde entier. Des dizaines de millions de personnes furent contaminées lors de ses vagues successives, et des millions d'hommes et de femmes perdirent la vie en quelques années. Mais plus encore que les ravages sanitaires, les effets économiques de la pandémie furent dévastateurs. L'activité mondiale se contracta plus fortement en quelques mois qu'elle ne l'avait jamais fait depuis la Grande Dépression des années 1930. Le commerce international s'effondra. Les frontières se fermèrent. Le chômage frappa durement les économies occidentales, qui à cette époque constituaient encore les moteurs essentiels de l'activité planétaire. De très nombreuses entreprises furent ruinées par les effets du confinement, rendu nécessaire par l'absence de traitement efficace contre la maladie. L'appauvrissement fut généralisé. Les populations crurent un instant que leur situation allait s'améliorer lorsque des vaccins furent proposés, mais nous savons tous qu'après les premiers variants d'autres virus mutants plus meurtriers encore émergèrent ensuite, achevant de mettre à genou la planète entière… Après la Covid-19 il y eut en effet les Covid 23, 25 et 28, qui tous produisirent les mêmes effets dévastateurs. Les vaccins, les masques et les mesures barrières ne pouvaient suffirent à s'en prémunir et aucun traitement antiviral classique ne s'avéra réellement efficace, surtout contre les deux derniers de la série. Ce fut donc le début d'une effroyable récession qui dura jusqu'au milieu des années 2030, quand une nouvelle révolution technologique relança l'économie après avoir rétabli la situation sanitaire : la thérapie génique somatique permit enfin de rendre les humains résistants contre les Covids. Je ne vous referai pas le récit de la *success-story* de Franck Faurest, le petit Français débarqué en Amérique avec deux sous en poche et son seul bagage d'expert en génétique pour la police scientifique. Nous savons tous comment il a fondé Healthlab, et révolutionné nos vies au quotidien avec son entreprise plus que personne ne l'avait fait depuis Steve Jobs. Mais il faut que vous vous souveniez qu'avant cela le tissu industriel de notre pays avait été quasiment anéanti par les vagues successives de l'épidémie.

Plusieurs hologrammes d'usines en ruines et d'infrastructures abandonnées se succédèrent à l'écran.

– Les États-Unis d'Amérique, qui étaient depuis la fin de la Seconde Guerre mondiale la première puissance du globe, furent en effet particulièrement touchés par les Covids. Handicapés dans la lutte contre la pandémie par leur longue tradition de réticence à tout contrôle des libertés individuelles, ils perdirent leur leadership international et leur place de première économie de la planète au profit de la Chine Populaire, qui avait réagi beaucoup plus énergiquement en imposant à sa population des contraintes drastiques.

Une vieille photo de Donald Trump, une mèche de cheveux au vent, fit sourire les étudiants.

– Le 45ᵉ Président des États-Unis, Donald J.Trump, chercha donc un moyen de contrer ce déclassement. Comme vous le savez certainement, il n'était pas du genre à s'embarrasser de principes, ni particulièrement enclin à respecter les règles habituelles du jeu politique et diplomatique. Ce fut donc en cherchant des solutions *atypiques* à la crise qu'il eut vent des recherches de la Professeure Esther Guttierez, qui avait repris et développé à Harvard les travaux préliminaires de David Tsang et Ben Tippett.

Une image d'Esther Guttierez à trente-cinq ans remplaça Donald Trump dans la projection holographique. Elle était superbe, et sans sa blouse de scientifique mon père aurait certainement dit qu'elle ressemblait à Jennifer Lopez.

– La Directive de Sécurité nationale confidentielle n° 21-32 signée symboliquement par Donald Trump le 4 juillet 2020 créa donc un groupe d'étude ultra secret, dirigé par la Professeure Guttierez, qui se trouva doté d'un budget conséquent prélevé sur les fonds du Département de la Défense, sous l'autorité duquel était placé l'ensemble du projet. L'objectif de ce groupe était simple : travailler à la réalisation concrète du voyage temporel afin de revenir aux origines de la Covid-19 et d'empêcher sa naissance et son développement.

Je ménageais un instant de silence avant de poursuivre.

– Vous connaissez bien évidemment les bases des travaux de Tsang et Tippett, j'imagine ?

Une bonne vingtaine de mains se levèrent, mais j'interrogeais à nouveau Jyoti :

– Mademoiselle ?

– Et bien, dit-elle calmement, ils furent les premiers à la fin des années 2010 à démontrer que le voyage dans le temps pouvait être envisagé comme *effectivement* réalisable, et à établir que tous les obstacles qui lui étaient classiquement opposés ne pouvaient pas être considérés comme rédhibitoires.

– Quel était le principe fondamental de leurs théories ?

– Ils ont considéré le temps comme une dimension similaire aux autres, et donc susceptible elle aussi de subir des déformations sous l'influence de structures hyper-massives telles que les trous noirs. Ils en ont tiré l'hypothèse que si l'on parvenait à courber l'espace-temps jusqu'à l'obtention d'une « structure » circulaire, on pourrait rendre envisageable des déplacements rétrogrades.

– Et quelle était selon eux la condition nécessaire à l'obtention d'une telle courbure ?

Jyoti sourit avant de répondre :

– L'existence d'une matière suffisamment massive pour provoquer la déformation de l'espace-temps, que Ben Tippett avait baptisée la *matière exotique*.

Je hochai la tête.

– Excellent, c'est exactement cela, Mademoiselle.

Je fis défiler des hologrammes du centre de recherche, montrant les scientifiques au travail dans leurs laboratoires.

– Il fallut dix ans à l'équipe de la Professeure Guttierez pour parvenir à obtenir cette *matière exotique*, qu'elle rebaptisa *particule de Hawking* en l'honneur du célèbre physicien britannique. Et cinq ans de plus pour parvenir à contrôler ses effrayantes propriétés et à les utiliser pour réaliser les premières expériences de déformations maîtrisées de l'espace-temps. Pouvez-vous aussi me dire quelles étaient à l'époque les deux objections théoriques les plus fortes quant à la possibilité du voyage temporel ?

Une quinzaine de mains se levèrent aussitôt.

– Monsieur, sur la gauche ?

– La loi de conservation de masse et la loi de causalité.

– Très bonne réponse. La loi de conservation de masse postule comme vous le savez que la quantité de matière présente dans l'univers est constante. Le voyage temporel, en faisant « disparaitre » une quantité de matière à un instant T1 pour la transporter à l'instant T2 entraîne donc a priori une violation absolue : la quantité de matière totale se trouvait en effet réduite à T1 et augmentée à T2… Le premier déplacement temporel expérimental, en 2036, fut donc entouré d'une foule infinie de précautions. Certains membres de l'équipe craignaient que l'excès de matière à T2 ne provoque l'apparition brutale d'un trou noir sur la Terre, ou même qu'il n'entraîne la disparition de l'univers entier ! Il fut donc décidé de réaliser ce test inaugural avec un T2 choisi très loin dans le futur, en 2300, de façon à pouvoir corriger a posteriori les effets adverses éventuels avant même qu'ils ne surviennent. Mais comme vous le savez, rien de tout ceci n'advint : l'univers absorba sans aucune réaction l'excès de matière qui lui avait été envoyé. La *loi d'accommodation massique* fut ainsi établie par les faits…

Je fis une pause : les étudiants étaient captivés. Ils connaissaient tous ces événements qui étaient régulièrement débattus et exposés dans le grand public, comme les étapes de la conquête spatiale l'avaient été au vingtième siècle. Mais les revivre ici, au siège de l'Agence, avait pour eux une saveur nouvelle et particulièrement excitante.

Je poursuivis.

– En 2037, le Gouvernement américain pressa donc la Professeure Guttierez de passer à la phase suivante des essais : le transport de matière organique, dernière étape préalable avant les tentatives de voyages humains. Le risque était alors d'entrer en violation du deuxième grand obstacle théorique : la loi de causalité. Celle-ci stipule comme vous le savez qu'un effet ne peut exister avant sa cause, mais une nouvelle expérience célèbre vint alors démonter sa caducité.

– L'expérience du souriceau, déclara Jyoti avec satisfaction.

– Parfaitement. Fin 2038 lorsque la technologie fut suffisamment au point pour tester le transport d'animaux vivants, on envoya dans le passé un souriceau, quelques semaines avant la naissance de sa propre mère. Et à nouveau rien ne survint : la *loi d'accommodation causale* était à son tour établie… À l'orée des années 2040, la technologie était donc quasiment prête pour entreprendre les voyages humains. Il fallait à tout prix remonter à la fin des années 2010 pour empêcher l'émergence de la première Covid, et permettre ainsi aux États-Unis de garder leur prééminence politique et économique sur la planète. Mais en juillet 2039, comme vous le savez, ce fut le *coup de théâtre de Genève* : profitant d'un voyage en Suisse pour un congrès de physique quantique, la Professeure Guttierez demanda l'asile politique et révéla au monde entier ce que l'Amérique était sur le point d'accomplir. La réaction de l'ONU fut immédiate : un vote unanime de l'Assemblée générale mit les États-Unis au ban des nations, leur interdisant tout échange économique ou diplomatique tant que cette technologie ne serait pas placée sous le contrôle d'un organisme international. Après dix jours de bras de fer, les États-Unis s'inclinèrent face au monde entier.

Je repris les projections holographiques et poursuivis mon exposé.

– L'Agence Internationale de contrôle des voyages temporels fut portée sur les fonts baptismaux par l'ONU le premier janvier 2040. Il fut décidé à titre symbolique qu'elle serait implantée ici à Cambridge, à l'endroit même où Esther Guttierez avait mené ses premiers travaux, sous réserve que les États-Unis lui octroient une amnistie complète, ce qui fut fait. La ville fit alors don de ce site à proximité du MIT, où d'anciennes constructions devaient être démolies. Le siège de l'Agence y fut construit dans des délais records, puisqu'il put être inauguré sans encombre le 14 mars 2042, jour anniversaire de la naissance d'Albert Einstein. Entre temps, le premier janvier 2041 était rentrée en vigueur la Résolution 98/27 de l'Assemblée générale de l'ONU, baptisée *Tsang-Tippett* en l'honneur des deux physiciens qui avaient rendu possible cette extraordinaire aventure humaine et technologique.

Je fis apparaître en hologramme le texte, très court, de la résolution. Un bon nombre d'étudiants la connaissait quasiment par cœur, il était donc inutile d'en faire la lecture.

– La Résolution, comme vous le savez, règle de façon très étroite le cadre dans lequel peuvent être réalisés les voyages dans le temps. Son article premier accorde à l'Agence un monopole absolu dans ce domaine, pour la planète entière et pour une durée de sept ans renouvelables. Toutes les recherches et tous les travaux sur cette technologie sont donc rigoureusement interdits partout ailleurs dans le monde. Elle stipule aussi dès son article deuxième qu'il est totalement interdit de modifier le passé, de quelque façon que ce soit et quel que soit le motif invoqué, car les effets d'une altération temporelle, même minime, restent totalement imprévisibles et potentiellement dévastateurs. C'est pour cette raison qu'il n'a jamais été autorisé par exemple d'empêcher rétroactivement l'apparition des Covids, comme le programme de recherche américain l'avait initialement imaginé. Entre-temps, heureusement, les progrès de la thérapie génique somatique réalisés par Healthlab avaient permis de traiter efficacement ces épidémies en rendant nos cellules imperméables aux coronavirus connus. Mais, pour revenir à notre sujet, il est apparu très rapidement que – même sans *modifier* le passé – les voyages à travers le temps étaient susceptibles d'avoir des conséquences terribles sur le présent. Pouvez-vous me donner des exemples de tels effets potentiels ?

La quasi-totalité des mains se leva.

– Vous, au troisième rang ?

– L'interférence mémorielle, Monsieur.

– Exact. Prenons l'exemple religieux, qui est à la fois le plus connu et le plus caractéristique. Si vous revenez dans le passé et que vous prouvez que Moïse n'a pas reçu de Dieu les Tables de la Loi sur le mont Sinaï, que Jésus n'est pas sorti vivant de son tombeau à Jérusalem ou bien que Mahomet n'a jamais vu l'ange Gabriel lui apparaître dans une grotte en Arabie, vous provoquerez à votre retour l'écroulement de convictions fondamentales pour des millions de personnes. De même, si vous prouvez que le Président Roosevelt a délibérément laissé survenir l'attaque japonaise sur Pearl Harbour pour convaincre la population américaine d'entrer en guerre, ou que la Chine a effectivement créé le virus de la Covid-19 à des fins militaires, vous sapez les fondements de la confiance des peuples dans leurs gouvernements. Les voyages temporels à visée politique ou religieuse ont donc été strictement prohibés. Quelqu'un à un autre exemple ?

À nouveau de nombreuses mains se levèrent.

– Mademoiselle, en haut ?

– L'interférence cumulative, Monsieur.

– Tout à fait. Je vous conseille pour appréhender simplement cette notion la lecture d'un vieil ouvrage de science-fiction écrit en 1969 par Robert Silverberg, *Les Temps parallèles*. C'est un excellent livre, qui au-delà de son simple intérêt narratif se révèle très instructif quant aux préoccupations essentielles des Américains de son époque : les loisirs et le sexe !

Un nouveau rire parcourut les bancs.

– Dans son roman Silverberg imagine que les États-Unis du milieu du vingt et unième siècle ont acquis la maîtrise du voyage temporel, ce qui est assez prémonitoire, vous en conviendrez. Mais là où les choses s'écartent franchement de la réalité telle que nous la connaissons, c'est qu'il décrit un usage totalement récréatif des sauts dans le temps, en accord avec les goûts de son époque. Dans son récit, des hordes de touristes en mal d'émotion « remontaient la ligne » pour aller assister au Sermon sur la Montagne de Jésus ou pour vivre la dernière soirée du siège de Constantinople avant la prise de la ville par les Turcs en 1453. Mais bien évidemment chaque nouveau groupe de visiteurs venait se rajouter au précédent, ce qui finissait par créer de véritables attroupements de voyageurs temporels difficilement compatibles avec l'impératif de non-interférence...

Je marquais une courte pause avant d'ajouter en souriant :

– Le héros de l'histoire nouait par ailleurs une histoire d'amour torride avec l'une de ses propres ancêtres, ce qui demeure relativement gênant sur le plan conceptuel, même dans une société ouverte d'esprit comme la nôtre !

Un éclat de rire répondit, et je poursuivis :

– Pour éviter ce genre de désagréments, les voyages récréatifs ont donc eux aussi été prohibés. L'Agence a également cherché à prévenir les accidents éventuels en établissant une charte de conduite aussi stricte que possible pour les voyageurs du temps. Elle s'est appuyée à cet effet sur un score de gravité des interférences temporelles que vous connaissez tous : *l'échelle de Wells*. Pour mémoire, je vous la rappelle brièvement :

- Incident de classe I : les personnages du passé ont un contact visuel avec les voyageurs. Ce premier niveau suffit déjà hélas pour créer des perturbations significatives chez les observateurs, car le choc est souvent suffisant pour altérer leur comportement. Ils sont habituellement très étonnés par notre technologie qui leur est totalement incompréhensible, et cette stupeur les conduit en général à des réactions de fuite, ou plus rarement au contraire à des manifestations agressives. Nous avons enregistré depuis cinq ans une vingtaine d'incidents de classe I, qui tous heureusement ont été sans conséquences.

- Incident de classe II : les personnages du passé ont un contact *verbal* avec les voyageurs. Ce deuxième niveau est très grave, car l'interaction qu'il comporte crée systématiquement des modifications dans la trame du déroulement historique. Les individus concernés modifient leur comportement de façon plus ou moins durable, et la plupart cherchent à partager leur expérience avec leurs proches, entraînant l'apparition d'effets cumulatifs. La théorie de l'effet papillon, extrêmement populaire à la fin du vingtième siècle, pouvait faire craindre que les conséquences ultimes de telles interférences soient considérables. Heureusement, nous avons pu mettre en évidence a contrario l'existence d'un certain niveau de plasticité de la trame temporelle : après une altération minime, le fil de l'histoire tend en effet spontanément à retrouver son état antérieur, selon un processus que l'on pourrait comparer à une forme de « cicatrisation ». Les personnages qui ont été en contact verbal avec les voyageurs temporels ne sont pas crus en général par leurs proches lorsqu'ils évoquent leur expérience, et ils finissent donc souvent par douter eux-mêmes de la réalité des échanges qu'ils ont eus avec les hommes du futur. Petit à petit, l'histoire reprend donc son cours normal, pour peu évidemment que l'on ait cherché à réduire le plus possible l'importance de l'interaction initiale… Des protocoles stricts ont été définis à cet effet, qui nous ont heureusement permis de circonscrire rapidement les trois incidents de classe II que nous avons déplorés en cinq ans.

• Incident de classe III : les personnages du passé ont un contact *physique* avec les voyageurs temporels, quel qu'il soit. Ce dernier niveau est gravissime, car il serait alors peu probable que ces sujets finissent par se convaincre d'avoir été les jouets d'une quelconque illusion comme c'est le cas dans la classe II. Les comportements de ces personnages et de leurs proches pourraient en ce cas être définitivement altérés, sans possibilité de correction, et les conséquences temporelles cumulatives seraient alors incalculables.

Je conclus en baissant les yeux :

– Nous n'avons heureusement à ce jour jamais enregistré aucun accident relevant de la classe III de Wells…

Tous les étudiants avaient les yeux fixés sur moi. Les interférences temporelles les fascinaient par le parfum de danger qu'elles dégageaient. Mais pour moi qui avais déjà par deux fois été confronté à des incidents de classe II tout cela n'avait rien d'excitant, bien au contraire.

Je repris :

– Au final furent donc uniquement retenus deux motifs légitimes pour les voyages temporels. Le premier s'imposait évidemment : il s'agit des explorations à visée scientifique. L'archéologie a fait ainsi des progrès gigantesques depuis que nous sommes en mesure d'aller par nous-mêmes vérifier ses hypothèses ou trouver des réponses à ses énigmes. Nous avons enfin découvert comment avaient été construites les pyramides de Gizeh et nous avons retrouvé le tombeau d'Alexandre le Grand. Nous avons aussi pu analyser les effets humains de cataclysmes antiques tels que l'éruption du Santorin et préciser les raisons pour lesquelles la civilisation de l'île de Pâques a disparu, ce qui a été particulièrement riche d'enseignements pour notre propre rapport à l'environnement. Les voyages au Proche-Orient à l'époque de Justinien ou en Europe de l'Ouest durant la Peste noire nous ont également permis de vérifier expérimentalement les modèles mathématiques d'évolution des épidémies et les schémas de reprise économique, ce qui eut également des implications évidentes pour notre époque.

Je fis défiler quelques hologrammes que j'avais ramenés de mes missions scientifiques, pour la plus grande joie des étudiants.

– La seconde utilisation du déplacement temporel n'a pas semblé aussi évidente de prime abord, mais son bénéfice potentiel parut ensuite si gigantesque qu'elle fut finalement retenue. Je veux parler bien sûr des voyages judiciaires, dans lesquels je me suis personnellement spécialisé comme vous le savez peut-être...

Je lançai quelques hologrammes montrant divers anciens instruments d'exécution : guillotine, chaise électrique et gibet. L'ensemble était particulièrement morbide, et je vis les sourires se figer dans l'assistance.

– Pendant très longtemps, les sociétés humaines ont été convaincues que le meilleur moyen de prévenir la criminalité était de mettre en place l'arsenal de répression le plus impitoyable qui soit. La perspective d'un châtiment sévère était perçue intuitivement comme la meilleure garantie de l'ordre public, et la peine de mort était donc encore légale dans un grand nombre de pays au début de notre siècle. Nous savons cependant, par bon nombre d'études documentées, que la peur de la punition en elle-même n'a jamais vraiment réussi à empêcher les criminels de commettre leurs forfaits. Quelqu'un parmi vous peut-il m'expliquer cet apparent paradoxe ?

Une jeune femme aux cheveux rose vif répondit sans hésiter :

– Parce qu'ils espèrent toujours échapper au châtiment !

– Exactement. Par une disposition mentale universelle tous les délinquants et criminels de la planète, du simple voleur à la tire jusqu'à l'assassin multirécidiviste, sont toujours persuadés au moment où ils commettent leurs méfaits qu'ils parviendront ensuite d'une façon ou d'une autre à échapper à la punition. Et c'est précisément cette conviction que notre société est parvenue à briser. La généralisation de la vidéosurveillance biométrique couplée au port obligatoire des puces intra-osseuses a permis de réduire à néant la délinquance sur la voie publique. Et nous, de notre côté, nous avons été chargés de régler les cas les plus difficiles. Chaque fois que les avancées de la technologie génétique ou électronique ne pouvaient pas permettre d'identifier classiquement – *a posteriori* – le coupable d'un crime, le voyage temporel nous permettait de remonter jusqu'à l'instant fatidique pour le confondre sur le fait. C'était le moyen radical d'obtenir la certitude d'une punition, avec en outre l'avantage décisif d'une absence totale de risque d'erreur judiciaire. C'est à peu près l'argumentaire que défendit en 2042 devant l'Assemblée générale de l'ONU le Juge Hershey, qui présidait alors la Cour Suprême des États-Unis. C'est donc sous son nom qu'est connu l'article quatre de la résolution Tsang-Tippett, qui autorise et encadre les voyages judiciaires depuis cette date… Et c'est ainsi que les médias, et le monde entier à leur suite, ont pu rebaptiser la Division judiciaire de l'Agence, lui donnant le nom que vous connaissez tous évidemment : TimeCrime…

Je projetais un hologramme montrant la chute spectaculaire de la criminalité dans les années 2040.

– Le résultat de notre action ne se fit pas attendre : désormais certains d'être confondus, les criminels de tous bords renoncèrent le plus souvent à leurs funestes entreprises. Les crimes de sang ont ainsi presque totalement disparu de nos sociétés, de même que les agressions sexuelles. Ne persistent encore que les quelques méfaits commis par des individus au jugement altéré, lesquels demeurent incapables de concevoir que leur forfait sera inévitablement suivi par leur arrestation. Fort heureusement, il est quasi-certain que la généralisation des procédures de diagnostic et de traitement au stade pré-implantatoire sur les embryons humains ainsi que l'amélioration des thérapies géniques somatiques vont réduire très largement la part de la population atteinte de tels troubles mentaux. La disparition prochaine des générations pour lesquelles le tri génétique n'était pas encore obligatoire (dont nous faisons encore partie hélas) apportera donc encore certainement une nouvelle baisse de ces statistiques morbides.

J'éteignis le projecteur holographique, et levai les yeux vers les étudiants. Tous étaient pendus à mes lèvres.

– Bien, j'en ai donc fini avec ce très long rappel. Avant que nous ne passions à une visite de l'Agence, avez-vous des questions ?

Toutes les mains se levèrent.

– Monsieur Matthew, demanda un jeune homme en tenue de sport, pourquoi TimeCrime doit-elle attendre si longtemps avant de confondre ces criminels ?

– C'est une excellente question en effet. Il a été considéré en 2042, lorsque fut promulguée la résolution Tsang-Tippett, que l'un des moyens les plus simples d'éviter des paradoxes temporels aussi importants que la présence « en double exemplaire » de certaines personnes à un instant donné était de n'envoyer en mission que des agents qui n'étaient pas encore nés à l'époque concernée. Et puisque nous ne pouvons employer que des personnels ayant un âge suffisant pour avoir reçu au préalable le bagage scientifique et l'entraînement nécessaires, cette contrainte pèse inévitablement. En pratique actuellement les agents entrent au sein de la Division de formation de l'Agence dès leurs dix-huit ans, après l'examen de sélection initial. Ils suivent ensuite une formation très intensive, certes, mais qui s'étend quand même sur quatre années. Il n'est donc pas possible de les envoyer en mission avant l'âge de vingt-deux ans, ce qui est déjà très jeune pour assumer d'aussi lourdes responsabilités. C'est néanmoins un progrès significatif, car avant la mise en place de cette filière interne le recrutement de l'Agence était plus tardif encore : j'ai moi-même démarré mon service opérationnel à l'âge canonique de vingt-quatre ans ! Toujours est-il que nous ne pouvons donc hélas pas intervenir moins de vingt-deux ans en arrière…

Jyoti, qui était restée immobile depuis un long moment, leva la main avant de demander :

– Pourquoi, dans ces conditions, TimeCrime n'accepte-t-elle pas de confier les constats judiciaires à des robots ? Cela résoudrait le problème des paradoxes temporels et permettrait d'intervenir dans des délais beaucoup plus courts. De nombreux médias ainsi que certaines personnalités politiques relayent cette proposition, qui réduirait selon eux le risque que certains criminels puissent estimer ces vingt-deux années d'impunité suffisantes pour ne pas être dissuadés de commettre leurs méfaits.

– C'est vrai, beaucoup la soutiennent. Mais la justice de son côté a toujours considéré qu'une condamnation ne devait être établie qu'au vu de preuves indiscutables. Et seul un témoignage humain assermenté peut légalement authentifier devant une Cour le fait que les images produites par l'accusation sont bien issues d'une prise de vue réalisée au moment même des événements, et non pas d'une vidéo construite. C'est un principe de droit qui me semble incontournable, car vous savez comme moi que n'importe quel logiciel de conception vidéographique actuel pourrait tout à fait élaborer un film convaincant me montrant en train d'assassiner le Président Kennedy ! Par ailleurs le reproche fait à TimeCrime dans ce domaine est loin d'être fondé : malgré notre délai d'intervention de vingt-deux ans, la certitude d'être condamné un jour a largement suffi à réduire la criminalité. Retenons quand même que l'an passé, sur le territoire des États-Unis, nous n'avons enregistré en tout et pour tout qu'une centaine de meurtres par armes à feu contre plus de dix mille en 2018, avec certes une population supérieure de près de soixante-dix millions d'individus à l'époque. C'est en tout cas pour répondre à cet impératif de constat humain assermenté qu'il a été décidé d'adjoindre systématiquement un Officier de Police aux Contrôleurs en charge de l'aspect technique du voyage judiciaire. Et pour garantir leur neutralité politique, ces personnels policiers sont désignés à tour de rôle pour un an par l'un des cinq pays membres permanents du Conseil de Sécurité, tout comme le sont également les Directeurs de l'Agence. Nous travaillons ainsi actuellement avec un Directeur chinois, Monsieur Huang Deng, et des officiers de police venant de la Fédération de Russie…

– Et d'un point de vue technique, cette rotation perpétuelle des effectifs n'est-elle pas dommageable au bon fonctionnement de TimeCrime ?

Je secouai la tête :

– Absolument pas. La partie technologique reste sous la responsabilité exclusive des Contrôleurs, qui sont des agents fixes. Après notre période opérationnelle, qui se termine statutairement à l'âge de trente ans, nous quittons TimeCrime et nous sommes affectés à des postes techniques, administratifs ou d'enseignement.

– Et vous, demanda une jeune femme avec un sourire charmeur, savez-vous déjà ce que vous allez faire l'an prochain ? Vous allez avoir trente ans, n'est-ce pas ?

Je souris :

– Effectivement, Mademoiselle. Mais je n'ai pas encore la moindre idée du poste où on m'affectera. En sa qualité de Présidente de l'Agence, ce sera à la Professeure Guttierez d'en décider, et à elle seule… D'autres questions ?

Aucune main ne se leva cette fois-ci, et je saisis l'occasion.

– Bien, je vous propose donc à présent d'entamer notre visite de l'Agence. Je me souviens que lorsque je suis arrivé ici le premier jour on m'a fait découvrir les bio-générateurs qui produisent notre énergie.

Je vis la déception se peindre sur les visages, et j'éclatai de rire :

– Mais c'était ennuyeux à mourir, et vous aurez tout le temps nécessaire pour aller voir cela ensuite. Je vous propose donc de commencer d'emblée par le plat de résistance : ça vous dirait d'aller visiter le Centre Opérationnel ?

Une véritable exclamation d'enthousiasme accueillit ma proposition, et je levai les bras au ciel.

– OK, je prends cela pour une réponse positive. Venez avec moi.

Je sortis de l'amphithéâtre, immédiatement suivi par la douzaine d'étudiants du stage. Nous quittâmes rapidement les locaux de la Division de Formation et prîmes le chemin du Centre Opérationnel, qui se trouvait sur l'arrière du siège de l'Agence.

– Aucune mission n'est prévue aujourd'hui : le protocole de sécurité implique une vérification hebdomadaire longue et complexe qui a lieu tous les mardis. Nous ne pourrons donc pas reprendre les voyages avant demain. Le Directeur Deng souhaite demander l'autorisation d'ouvrir une seconde zone de transfert pour éviter ce temps mort tous les sept jours, ce qui nous permettrait par ailleurs d'augmenter significativement la fréquence de nos déplacements temporels… Le bénéfice scientifique serait considérable, mais il faudrait au préalable que nous puissions convaincre l'ONU de nous fournir le financement nécessaire, ce qui n'est évidemment pas possible dans le contexte actuel.

Tous les étudiants savaient bien sûr que le mandat de l'Agence arrivait à son terme au 31 décembre prochain, et que la reconduction de la Résolution Tsang-Tippett était actuellement en pleine discussion à New York. Nous espérions évidemment qu'elle puisse être prorogée, mais rien n'était encore sûr à ce stade et tous nos projets à moyen et long terme étaient donc actuellement en pause forcée.

Nous arrivâmes à l'entrée de la zone réservée. Le badge des stagiaires ne leur accordait pas le droit d'y pénétrer sans être accompagnés mais j'avais programmé leur visite et trois agents nous attendaient au niveau du contrôle pour les escorter avec moi.

– Mesdames, messieurs, dis-je à l'intention des étudiants, je vous présente les Contrôleurs Van Roy, Nguyen et Ouedraogo, qui vont nous accompagner à présent. Nous allons devoir vous imposer quelques mesures de sécurité supplémentaires avant de vous laisser pénétrer dans le Centre Opérationnel, et pour commencer je vais vous demander d'abandonner ici tous vos dispositifs permettant l'enregistrement d'images, quels qu'ils soient. Vous devrez également désactiver vos IA personnelles. La protection de notre technologie est un de nos objectifs primordiaux…

Les étudiants saluèrent les trois Contrôleurs et déposèrent leurs smartphones, smartwatches et autres lunettes connectées dans le bac prévu à cet effet. Puis après avoir désactivé leurs IA ils passèrent tous un par un dans le scanner 3D avant que nous ne les fassions entrer dans le Centre Opérationnel. C'était un immense édifice aux allures de bâtiment industriel qui avait été intégralement construit en bois et métaux non-ferreux afin de réduire autant que possible les interférences magnétiques. Sa structure était donc très particulière vue de l'extérieur mais son agencement interne en revanche était presque banal, et je me souvenais d'avoir été extrêmement déçu la première fois que j'y étais entré. On ne trouvait en effet à l'intérieur aucun des appareillages complexes et mystérieux que l'on voyait habituellement dans les films de science-fiction de mon enfance. La passerelle où nous nous tenions, à l'entrée de la salle, était située à cinq mètres environ au-dessus du sol et elle offrait donc une vue dégagée sur le centre. Juste en contrebas se trouvait la zone de transfert où se faisaient les départs et les arrivées, qui ressemblait vaguement à une piste pour hélicoptères entourée de caméras et de capteurs divers. Puis en arrière, sous une forêt de tubes d'azote liquide, s'étendait la masse énorme de l'ordinateur quantique. Plusieurs groupes de techniciens étaient occupés à inspecter ses câblages, tandis que d'autres s'affairaient sur le pupitre de contrôle : la procédure de vérification suivait son cours. Les étudiants se regroupèrent contre la main-courante, dévorant des yeux le spectacle qui s'étendait devant eux.

Je tendis la main vers le fond de la salle en disant :

– Nous ne pourrons pas descendre tous ensemble sur la zone de transfert aujourd'hui, car les opérations de contrôle hebdomadaires sont en cours. Mais je peux quand même vous montrer deux ou trois choses. Ce que vous apercevez au fond de la pièce, sous les tubes réfrigérants, c'est Hal, le premier – et à ce jour encore le seul – ordinateur quantique de la planète. Son nom est évidemment un clin d'œil au vieux film de science-fiction de Stanley Kubrick, *2001, l'Odyssée de l'Espace*, mais rassurez-vous, son IA est beaucoup plus coopérante que celle de son modèle ! Elle est certainement beaucoup plus performante également, car Hal est assurément le système informatique le plus avancé jamais construit par l'Homme. C'est lui qui définit et sécurise l'ensemble des paramètres de nos voyages, ce qui représente une masse de calculs considérable. On estime ainsi que durant un déplacement temporel il réalise chaque nanoseconde plus d'opérations que n'en ont faites l'ensemble des ordinateurs de la NASA durant l'intégralité du programme lunaire américain au cours du vingtième siècle.

J'avisai un lecteur vocal sur le mur, et déclarai :

– Bonjour, Hal. Peux-tu saluer nos nouveaux étudiants ? Ils arrivent aujourd'hui pour deux mois, et je suis certain qu'ils ont hâte de travailler avec toi !

La voix synthétique de l'ordinateur s'éleva aussitôt :

– Bonjour, Contrôleur Matthieu. Et bienvenue à tous les stagiaires au Centre Opérationnel. En quoi puis-je vous être utile, Contrôleur ?

Je réfléchis un court instant :

– Je voudrais leur montrer nos trésors, Hal. Déverrouille le vestiaire principal, s'il te plaît.

Je me plaçai devant le scanner rétinien le plus proche, et Hal m'identifia aussitôt.

– C'est fait, Contrôleur Matthieu.

J'ouvris la porte qui se trouvait sur notre droite, et fis signe aux étudiants de me suivre. Nous entrâmes dans une petite pièce dont les murs portaient les combinaisons de transport, suspendues sur leurs cintres.

– Voici nos tenues de travail. Faites bien attention, vous pouvez les admirer autant que vous le voulez, mais je vous demanderai en revanche de ne pas les toucher : chacune d'entre elles a coûté plus de cent millions de dollars, et elles sont relativement fragiles.

Tous s'approchèrent aussitôt des combinaisons. Elles étaient d'une couleur grise tout à fait banale et d'une texture légèrement granuleuse qui aurait presque pu faire évoquer un banal Néoprène, mais lorsque la lumière les frappait leur surface émettait des reflets nacrés proprement fascinants.

– Dès les premières expériences de déplacement temporel, repris-je alors, il est apparu nécessaire de tout mettre en œuvre pour faciliter le repérage des voyageurs au sein des quatre dimensions. Il importait en effet que Hal soit en mesure de connaître leur position de la façon la plus précise possible pour qu'il puisse calculer exactement la courbure à appliquer à l'espace-temps afin que le départ – et plus encore le retour – se passent sans encombre. La solution a été relativement simple, quoiqu'extrêmement onéreuse : nos tenues ont été intégralement recouvertes de nano-récepteurs quantiques capables de transmettre en permanence les informations nécessaires.

Je m'avançai vers l'une des combinaisons, qui portait mon nom sur la poitrine :

– Voici ma tenue personnelle. Chaque Contrôleur en reçoit une lors de son admission en service opérationnel, faite sur mesure, et il la conserve normalement jusqu'à son retrait du service actif. Il nous est donc vivement recommandé de ne pas prendre trop de poids durant cette période, car comme vous pouvez le constater tout ceci est très moulant !

Les étudiants sourirent, et je m'avançai ensuite vers une vitrine éclairée au fond de la pièce.

– Si vous approchez un peu, vous verrez maintenant ici le cœur du système de déplacement temporel : nos bracelets convecteurs.

Les étudiants se ruèrent vers la vitrine. Les bracelets, nominatifs eux aussi, étaient fixés sur leurs supports de charge.

– Chacun de ces bracelets contient un nano-gramme de matière de Hawking, stabilisée par un champ électromagnétique. Lorsque Hal initie le déplacement, ce champ est instantanément modifié de façon à ce que la matière de Hawking puisse courber l'espace-temps… Et le voyage se déclenche aussitôt.

– Chaque transfert utilise une quantité d'énergie considérable. Les bracelets doivent donc être systématiquement rechargés après chaque aller-retour, et c'est pourquoi nous les laissons ici sur leurs supports dédiés.

Tous les yeux se posèrent sur les bracelets. Ils étaient recouverts d'un revêtement synthétique noir destiné à les imperméabiliser et ne présentaient qu'un seul et unique bouton-poussoir sur le côté, sans aucun affichage. On aurait pu les prendre pour d'anciens bracelets connectés des premières années du vingt et unième siècle, mais sous cette apparence anodine la prouesse technologique que chacun d'entre eux renfermait était proprement phénoménale.

Un des étudiants demanda se tournant vers moi, le regard brillant d'excitation :

– Qu'est-ce qui se passe à ce moment-là, Monsieur? Qu'est-ce que vous ressentez quand vous vous déplacez?

Je souris :

– C'est très étrange. Cela va très vite, quelques secondes à peine, quelle que soit la distance dans l'espace et le temps à laquelle nous sommes envoyés. On a subitement l'impression que l'univers entier est comprimé dans une gigantesque presse, au sein de laquelle tout ce qui nous entoure se trouve progressivement tassé sur un axe vertical : les personnes, le décor, et jusqu'à notre propre corps. Tout finit par se confondre l'espace d'un instant en une simple ligne lumineuse, puis ensuite le mouvement s'inverse et le monde paraît se dilater progressivement jusqu'à retrouver un aspect normal à la fin du trajet de retour. Je n'ai jamais consommé de substances hallucinogènes, vous vous en doutez, mais je n'imagine pas qu'aucune d'entre elles n'ait jamais pu procurer des effets plus impressionnants que ceux que déclenche le voyage temporel... La sensation de vertige est d'ailleurs particulièrement intense à l'arrivée, et il faut un solide entraînement pour éviter les nausées...

Le stagiaire acquiesça de la tête, totalement époustouflé. Il n'avait bien évidemment aucune idée lui non plus de ce que pouvait être l'effet d'une drogue psychodysleptique telle que le MDMA, le LSD ou même le simple cannabis qui avait été si populaire parmi les étudiants il y a quelques décennies encore. La consommation de drogues illicites était désormais systématiquement détectée par le multi-lecteur Healthlab sur lequel chacun d'entre nous devait déposer une goutte de salive toutes les vingt-quatre heures, et le résultat était instantanément transmis aux services de police en charge de la répression de la consommation de stupéfiants. À part chez quelques marginaux qui se condamnaient eux-mêmes à une vie de réclusion, la toxicomanie avait donc elle aussi quasiment disparu de notre société.

– Voilà, dis-je à titre de conclusion, c'est tout ce que je pourrai vous montrer ce matin hélas, mais dès cet après-midi vous serez affectés par petits groupes à l'une des quatre composantes de l'Agence. Ceux qui auront la chance d'être envoyés les premiers au Centre Opérationnel reviendront ici dès demain et ils pourront assister alors à leurs premiers voyages temporels. N'oubliez pas non plus qu'à l'issue de l'examen de fin de stage, les deux meilleurs d'entre vous seront invités à participer à un voyage scientifique à titre d'observateurs ! Alors, soyez brillants !

Après la fin de cette visite, je raccompagnai rapidement les étudiants vers la Division de Formation où les enseignants devaient désormais prendre le relais de leur encadrement. Pour ma part j'avais toujours à l'esprit l'étrange invitation formulée la veille par le Directeur Deng et j'étais particulièrement impatient de savoir pourquoi il avait si inhabituellement manifesté le souhait de s'entretenir avec moi. Je me présentai donc devant son bureau à dix heures trente précises, alors que s'achevait sa réunion quotidienne avec les deux inspecteurs du comité mis en place par l'ONU afin d'évaluer l'opportunité d'une éventuelle prorogation du mandat de l'Agence. Deng devait rendre des comptes devant eux d'une façon quotidienne depuis près d'un mois et justifier à la fois de l'intérêt de nos missions et de la fiabilité de nos procédures, ce qui le rendait fou de rage tant l'évidence de ces deux points ne faisait pas l'ombre d'un doute à ses yeux. Mais face à lui ni Duval le Français ni Rowling le Britannique ne cachaient leur hostilité à la résolution Tsang-Tippett. Pour leurs gouvernements respectifs, la mise en œuvre du programme temporel était en soi une véritable folie, susceptible de provoquer un cataclysme planétaire incontrôlable au moindre accident. Les deux inspecteurs affectaient donc de n'accorder aucune réelle confiance aux multiples protocoles de sécurité que nous avions méticuleusement mis au point depuis cinq ans et ils décortiquaient systématiquement nos procédures afin de nous prendre en défaut.

Pour mon malheur, j'arrivai précisément au moment où Deng, totalement hors de lui, les mettait à la porte de son bureau en hurlant :

– Laissez-moi tranquille, tous les deux ! J'ai déjà répondu mille fois à vos questions, et vous avez toutes les autorisations nécessaires pour contrôler par vous-mêmes la fiabilité de nos protocoles ! Alors, par pitié ne venez pas ici tous les matins me faire perdre mon temps avec vos contrôles inutiles !

Duval était livide :

– Directeur Deng, c'est à nous seuls qu'il appartient de juger si les contrôles sont utiles ou pas ! Votre manque de coopération est inqualifiable ! Nous en référerons au Comité !

Deng les congédia d'un geste de la main avec un mépris assumé :

– C'est ça ! Référez, Duval, référez ! Je me demande si vous savez faire autre chose que cela, en fait : remplir des papiers et empêcher de travailler ceux qui essayent de faire avancer le monde !

Convaincu qu'il ne pourrait plus rien obtenir aujourd'hui, Rowling prit alors son collègue par la manche et tous deux s'éloignèrent en maugréant.

Impressionné par la violence de l'échange je n'osai pas dire un seul mot, mais Deng sembla s'apaiser en me découvrant assis devant son bureau et il m'accueillit avec une ébauche de sourire, ce qui était tellement exceptionnel chez lui que j'en vins aussitôt à m'inquiéter.

– Bonjour, Matthieu. Content de vous voir. Je vous prie de m'excuser pour cet esclandre, mais ces deux imbéciles m'ont tellement énervé que je n'ai pas pu me contenir !

Je tentai maladroitement de sourire à mon tour :

– Je comprends, Monsieur le Directeur. Cela ne doit pas être facile tous les jours...

Deng soupira :

– Encore moins que vous ne pouvez l'imaginer, Matthieu ! Les Français et les Britanniques ne tiennent aucun compte de nos résultats depuis cinq ans, même sur le plan de la sécurité publique. Ils reconnaissent évidemment que l'action de TimeCrime a eu un impact majeur sur la criminalité, mais selon eux les bénéfices obtenus, aussi importants qu'ils soient, ne peuvent justifier les risques encourus. Ils sont donc résolus à faire interdire la totalité des voyages temporels !

J'écarquillai les yeux :

– La totalité ? Même les voyages scientifiques sans participation humaine ?

– Exactement. S'ils gagnent la partie, la Résolution Tsang-Tippett sera intégralement abolie, l'Agence sera dissoute, toutes nos installations technologiques et toutes nos archives seront détruites et toute nouvelle recherche sur le voyage temporel sera définitivement prohibée ! Vous vous rendez compte de l'extraordinaire régression que cela représenterait ?

J'étais abasourdi.

– Et encore, ils n'ont heureusement pas eu vent des prouesses de cet imbécile Vlassov hier ! Un seul incident de classe II en ce moment et nous sommes tous morts ! Et je ne vous parle même pas d'un classe III ! Heureusement que je peux compter sur vous, Matthieu !

Deng s'assit à son bureau, et je me hasardai enfin à poser la question qui me brûlait les lèvres :

– Justement, Monsieur le Directeur. Je me demandais ce dont vous souhaitiez m'entretenir...

Deng eut un rictus étrange. Il se tourna vers son ordinateur et déclara :

– Hal, passe en mode veille, s'il te plaît.

Deng avait fait établir une connexion directe entre son propre terminal et l'ordinateur quantique du centre opérationnel, qui lui servait d'IA lorsqu'il travaillait.

La voix synthétique répondit aussitôt :

– Vous êtes certain, Directeur Deng ? N'aurez-vous plus besoin de moi ?

– Certain, Hal. Je te réactiverai manuellement si besoin.

– Comme vous voudrez.

Deng attendit une seconde que la LED blanche s'éteigne sur son poste, puis il se tourna vers moi.

– Ce que je voudrais vous dire à présent est hautement confidentiel, Matthieu. Auriez-vous donc l'amabilité de désactiver vous aussi votre IA pour quelques instants ?

J'hésitai un bref instant, puis je tapotai le contacteur de mon implant mastoïdien.

– C'est fait, Monsieur le Directeur.

Deng sourit, visiblement satisfait.

– Je n'y irai pas par quatre chemins, Matthieu : les perspectives d'avenir ne sont pas bonnes pour nous. Les Français et les Britanniques ont déjà réussi à convaincre la plupart des pays d'Europe de voter contre le renouvellement de Tsang-Tippett. Et les Chinois, qui observaient depuis cinq ans une neutralité plutôt amicale, semblent maintenant basculer dans l'opposition depuis que les États-Unis se relèvent de la crise. Ils craignent en effet par-dessus tout que l'Amérique ne revienne bientôt leur disputer le leadership mondial qu'ils ont eu tant de mal à conquérir il y a vingt-cinq ans. Or l'Agence, qu'on le veuille ou non, est vue comme l'incarnation d'une certaine suprématie technologique américaine, même quand c'est un Chinois comme moi qui la dirige ! Or la République populaire contrôle les votes de la plupart des pays d'Afrique et d'un bon nombre de ceux d'Amérique latine, qui dépendent de son aide économique. Face à cette coalition sino-européenne, nous risquons donc très bientôt d'être obligés de cesser toute notre activité ! Vous rendez-vous compte de ce que cela impliquerait ? L'abandon définitif de notre technologie et l'anéantissement de tout espoir d'explorer des pans entiers de l'histoire humaine actuellement méconnus ! Cela engendrerait aussi et surtout l'explosion des chiffres de la criminalité, qui reprendrait comme autrefois dès que seraient interrompues les missions de TimeCrime ! Nous ne pouvons pas laisser faire cela !

– Mais comment, Monsieur le Directeur ? La décision ne dépend pas de nous…

Deng se leva, et inspira fortement avant de poursuivre :

– Je le sais, Matthieu. Je le sais parfaitement. Mais nous ne sommes pas totalement désarmés pour autant… Voyez-vous, ce qu'il faudrait, c'est faire basculer les opinions publiques. Je suis bien placé pour savoir que cela n'est pas déterminant en Chine, car chez nous le pouvoir du Parti reste largement autoritaire. Mais en Europe les opinions publiques font la pluie et le beau temps depuis un siècle. Les Gouvernements français et britanniques ont donc joué sur la peur pour manœuvrer contre nous, en mettant en avant la crainte du bouleversement temporel que pourrait déclencher un incident de classe III, par exemple. Pour vaincre cette peur il faudrait pouvoir montrer aux populations d'Europe que ce que nous apportons est si important que cela justifie largement d'accepter un danger minime en retour, risque d'ailleurs largement maîtrisé par la grande rigueur de nos procédures actuelles.

– Vous pensez à une nouvelle découverte archéologique majeure ? La mise à jour des vestiges du tombeau d'Alexandre le Grand avait suscité en Europe un réel engouement il y a trois ans, nous pourrions peut-être trouver quelque chose de plus extraordinaire encore, non ?

Deng posa sur moi son regard acéré :

– Je pensais à quelque chose plus dans vos cordes, Matthieu…

Je sentis subitement mon cœur s'accélérer.

– Comment cela ?

– Imaginez que TimeCrime parvienne à élucider un crime particulièrement atroce qui serait demeuré impuni jusqu'à nos jours. Un de ceux qui ont jadis remué l'opinion et laissé des traces durables dans l'imaginaire collectif. Nous prouverions alors de manière éclatante la nécessité de poursuivre nos missions ! Ce serait une démonstration imparable, bien plus marquante psychologiquement que la découverte d'une momie ou d'un temple secret ! L'archéologie, Matthieu, cela reste une passion élitiste, alors que la sécurité, elle, est l'affaire de chacun. Tout le monde se sent concerné par les missions de TimeCrime…

– Même si nous découvrions par exemple l'emplacement perdu de l'Arche d'Alliance ? Vous imaginez, les Tables de la Loi ! On pourrait aussi placer une simple caméra dans le dépôt de livres de Dallas ou s'était installé Lee Harvey Oswald le 22 nombre 1963, par exemple…

– Impossible, Matthieu ! Article deuxième de la Résolution : nous ne pouvons pas intervenir dans les domaines historiques qui touchent le plus les gens, la religion et la politique ! Il ne nous reste que la Justice…

Je baissai les yeux.

– C'est vrai. Vous avez raison.

Deng poursuivit aussitôt :

– C'est pour ça que j'ai besoin de vous. Je veux vous proposer une mission spéciale. Un crime particulièrement atroce, mais qui n'a jamais été résolu et qui avait terrifié l'opinion à l'époque des faits.

– Lequel ?

Deng sortit du tiroir de son bureau un volumineux dossier cartonné qu'il me tendit par-dessus son bureau.

– Vous avez le cœur bien accroché, Matthieu ?

Je haussai les épaules :

– J'en suis à ma deux cent cinquante-septième mission pour TimeCrime, Monsieur. Je pense avoir vu tout ce que l'âme humaine peut produire de mauvais, du crime crapuleux jusqu'au tueur en série psychopathe…

Deng secoua la tête avec une moue de dégoût :

– Pas ça, Matthieu. Pas ça. Personne ne peut imaginer ça.

J'ouvris la pochette avec un mélange d'étonnement et d'appréhension : Deng n'était pas vraiment du genre à se laisser impressionner.

Je sursautai en tombant sur la première page : c'était en français. Un rapport de la Police nationale. Je lus les premières lignes et je pâlis :

– Mais… C'est *Malesville* ?

Deng se contenta de cligner des yeux et murmura, les dents serrées :

– Oui. Alors vous feriez mieux de lire la suite avant de donner votre accord pour y aller…

Je baissai les yeux vers le dossier, et je repris ma lecture.

*Malesville* ! Je connaissais déjà l'histoire du double meurtre qui avait eu lieu là-bas. Presque tout le monde en avait entendu parler un jour ou l'autre, même ici aux États-Unis : deux enfants y avaient été torturés puis assassinés dans des conditions particulièrement abominables et cette histoire atroce était rentrée depuis dans la culture populaire comme une sorte d'apothéose de l'horreur, à l'instar des crimes de Jack l'Éventreur au dix-neuvième siècle ou de l'assassinat de Sharon Tate au vingtième siècle. Je me souviens que les descriptions que mon père m'en faisait m'avaient profondément terrorisé quand j'étais enfant. Il me racontait régulièrement cette histoire pour me dissuader d'aller traîner hors de la maison avec mes copains dans la journée, mais j'y repensais ensuite souvent la nuit quand la lumière de ma chambre s'éteignait et que je me retrouvais seul dans le noir. Je me figurais alors avec terreur le supplice qu'avaient dû endurer ces deux garçons qui avaient à peu près le même âge que moi au moment de leur mort. J'étais pourtant heureusement très loin de pouvoir imaginer tous les détails atroces que j'allais découvrir en parcourant les quelques pages qui s'étalaient devant moi…

Tout s'était déroulé une trentaine d'années plus tôt dans une petite ville du nord de la France. Un coin presque à demi rural encore, où des lotissements pavillonnaires avaient été construits en lisière de forêt pour les familles de la classe moyenne. Un endroit bien tranquille en somme, sans banditisme ni trafics et où la police n'avait guère à traiter que les disputes de voisinage et la verbalisation des stationnements interdits. Jusqu'à ce qu'un samedi soir, à l'automne 2011, deux familles viennent signaler au commissariat du quartier la disparition de leurs enfants. Deux gosses sans histoires, deux copains d'école de huit et dix ans qui étaient partis s'amuser dans les bois derrière leurs maisons au milieu de l'après-midi et qui n'étaient jamais rentrés. Il n'avait malheureusement pas fallu longtemps aux chiens policiers pour les retrouver : le double meurtre avait eu lieu à moins de mille cinq cents mètres du domicile des parents…

Le rapport de police était extrêmement détaillé, et la chronologie des faits était à peu près parfaitement reconstruite. Les gamins étaient partis comme ils le faisaient souvent pour aller s'amuser du côté de l'ancienne voie ferrée désaffectée qui passait sur un remblai au milieu des bois. Il y avait là une clairière qui faisait un terrain de jeu parfait pour des enfants de leur âge. La SNCF y avait abandonné quelques vieilleries : une benne, des bidons, des plaques de tôles. Tout ce qu'il fallait pour se fabriquer des cabanes et s'inventer des aventures. Cet endroit était donc peu à peu devenu le terrain de jeu favori des deux gamins car il était très rare que des adultes viennent se promener par ici... C'est là pourtant que le tueur les avait surpris avant de les massacrer. Ils avaient dû crier, vraisemblablement, et essayer d'appeler au secours, mais personne ne les avait entendus pendant tout le temps qu'avait duré leur supplice. Selon le rapport du légiste, le type avait dû commencer par les assommer. Ensuite, après les avoir déshabillés et bâillonnés il les avait ligotés avec du vieux fil de fer trouvé sur place. Puis il avait patiemment attendu qu'ils reprennent connaissance avant de les torturer, afin qu'ils soient parfaitement conscients de ce qu'il leur faisait subir. Il les avait frappés longuement, s'acharnant sur eux au point que les familles avaient ensuite eu peine à reconnaître leurs garçons tant ils étaient tuméfiés, brisant les côtes, les avant-bras et les os de la face. Il les avait ensuite méthodiquement tailladés au couteau, assez profondément pour les faire souffrir atrocement mais assez superficiellement pour ne pas les faire trop rapidement mourir d'hémorragie, afin de jouir aussi longtemps que possible de la peur et de la douleur qu'il pouvait leur infliger. Puis, quand le saignement et la souffrance eurent réduit à néant leurs maigres résistances, il les avait violés. L'un après l'autre. Mais le légiste avait conclu que malgré les traumatismes et les saignements les deux garçons étaient vraisemblablement encore vivants quand le tueur avait fini par les abandonner dans la vieille benne... Seuls, martyrisés, leur agonie avait été interminable : ils étaient morts depuis moins d'une heure quand on les avait finalement retrouvés à la nuit tombée.

Ce descriptif insoutenable s'achevait par pire encore : les photos médico-légales prises sur les lieux par les hommes des équipes scientifiques. Les images étaient atroces, et je ne pus me résoudre à les regarder toutes. Je refermai le dossier sans dire un mot, l'estomac noué. C'était plus terrible que tout ce que j'avais pu voir ou imaginer jusqu'ici, en effet... Mais je comprenais pourquoi Deng avait choisi précisément Malesville : à notre époque où le crime le plus banal était déjà rarissime, de telles horreurs étaient presque totalement inconcevables. Il était donc certain d'avoir un impact émotionnel maximal s'il parvenait à démasquer l'auteur de ces abominations.

– Alors, Matthieu, demanda-t-il en me regardant fixement, pensez-vous que vous seriez capable vous charger d'un cas aussi atroce que celui-là ?

Je grimaçai :

– C'est effectivement plus horrible que ce que je pensais, Monsieur le Directeur… Mais c'est précisément pour corriger de telles atrocités que le programme judiciaire a été mis en place. Les parents des gamins sont-ils encore vivants ?

– Deux seulement ont survécu aux Covids. Et ils attendent encore que justice leur soit rendue.

– Mais les faits ont eu lieu il a trente-six ans déjà. Il y a donc de fortes probabilités pour que l'assassin lui-même soit mort à présent, ne pensez-vous pas ? Quel serait le bénéfice de l'identifier si nous ne pouvons pas le faire arrêter en rentrant ?

Deng se laissa tomber dans son fauteuil, et croisa les bras d'un air satisfait.

– Il n'est pas mort.

Je le fixai avec stupéfaction.

– Comment savez-vous cela ?

– Vous vous rappelez le meurtre du petit Jonas Rickman, l'hiver dernier ?

– Oui, bien sûr. Tous les médias en ont parlé. Les gens ont été tellement choqués que beaucoup voulaient que nous envoyions un robot sur la scène pour identifier le coupable.

– Je sais. La Présidente en personne m'avait téléphoné, et j'ai dû lui relire l'intégralité de l'article Hershey pour le convaincre de laisser tomber ! Mais j'ai eu accès à certaines informations que la police a gardées confidentielles à l'époque pour ne pas gêner son enquête, et il se trouve que l'ADN du meurtrier est exactement le même que celui de l'assassin de Malesville. Il n'a pas eu le temps de torturer sa victime au couteau cette fois-ci, mais le mode opératoire était le même par ailleurs. Le petit Rickman a été assommé, ligoté, battu et violé avant d'être assassiné. Ce salopard était donc encore vivant il y a quelques mois. Et il continue de tuer ! Rien ne dit d'ailleurs qu'il n'a pas d'autres meurtres non élucidés à son actif…

– Mais comment est-ce possible ? Le meurtre de 2011 a eu lieu en France, et le Jonas Rickman a été tué ici, dans le Tennessee !

– Croyez-vous que votre famille soit la seule à être venue s'installer en Amérique au vingt et unième siècle, Matthieu ?

– Non, Monsieur le Directeur. Évidemment…

Deng se leva à nouveau.

– Voici donc ma proposition, Matthieu. Vous partez demain pour la France de 2011. Vous me ramenez l'identité de ce tueur, et nous le faisons coffrer aussi sec. Les médias en feront leurs gros titres sur toute la planète, et la reconduction de Tsang-Tippett est assurée ! Qu'en pensez-vous ?

Je baissai les yeux.

– Je ne sais pas, Monsieur le Directeur. Remonter jusqu'en 2011, cela fait un déplacement de trente-six ans, c'est plus loin que nous ne sommes jamais allés dans le cadre des missions de TimeCrime. Vous savez comme moi que nous sommes beaucoup plus exposés au risque d'incidents que lors des voyages à visée scientifique. Nous ne pouvons pas nous contenter d'images fournies par les nano-drones ou bien d'observations à distance au téléobjectif. Il faut aller au plus près possible de la scène pour être en mesure d'établir un constat assermenté recevable devant une cour de justice. En outre, le risque d'altérations temporelles en cas d'incident est d'autant plus grand que la mission est plus éloignée dans le passé : toutes les simulations indiquent qu'une perturbation acquise, si minime soit-elle au départ, risque ensuite de se répandre en s'accroissant progressivement au fil du temps jusqu'à aboutir à un bouleversement catastrophique, aussi sûrement qu'une simple boule de neige jetée du haut d'une pente peut finalement entraîner une avalanche quelques centaines de mètres en contrebas… Tout ce projet est-il donc bien prudent, alors que nous sommes précisément sous l'œil des projecteurs ?

Deng serra les poings :

– Mais nous n'avons pas le choix ! C'est notre dernière chance ! Et puis je pourrais en échange soutenir votre candidature pour le poste de responsable de TimeCrime… Mehmet Bülkat est âgé, et il m'a confié il y a peu qu'il comptait faire valoir ses droits à la retraite l'an prochain. Vous pourriez prendre sa place à l'issue de votre service actif…

– Mais je n'aurai que trente ans… C'est bien trop jeune ! Esther Guttierez n'acceptera jamais…

Deng sourit.

– Vous êtes vraiment naïf, Matthieu ! Vous êtes une star sur la planète entière, mon garçon ! Le Contrôleur le plus populaire de toute l'Agence ! Vous avez fait le voyage inaugural en 2042, vous avez permis l'arrestation de plus de deux cent cinquante criminels à travers le monde, vous l'avez dit vous-même ! Et vous avez sauvé la planète de deux incidents de classe II ! Bien sûr que vous auriez ce poste ! Il ne vous manque pour cela qu'un avis favorable, que je suis tout à fait disposé à vous donner si vous coopérez…

Je réfléchis un bref instant : la proposition de Deng était risquée, mais le bénéfice pour l'Agence et pour ma carrière pouvait être extraordinaire.

Je finis donc par lever les yeux en disant :

– C'est d'accord, Monsieur le Directeur…

# Chapitre 3

*Boston, mercredi 10 juillet 2047*

– Alors, Clément, comment te sens-tu ?

Susan Do était entrée en silence dans le vestiaire tandis que je finissais d'enfiler ma combinaison, et elle me à regardait à présent d'un air inquiet.

– Bonjour, Susan. Ça va, merci. Ce n'est pas comme si c'était ma première mission…

– Je sais bien, répondit-elle en souriant. Mais celle-ci est quand même un peu spéciale, non ? Le tueur de Malesville, c'est un très gros poisson… Quand j'ai prévenu les médias hier après l'appel de Deng, ils ont tous pressenti le scoop. J'ai dû déployer de vrais trésors d'imagination pour leur faire signer l'engagement de confidentialité et ne pas révéler l'objectif de la mission. Mais à présent, ils sont tous tellement agglutinés en bas autour de la zone de transfert qu'on se croirait presque de retour cinq ans en arrière, quand tout a commencé !

– C'est plutôt une bonne chose, non? L'Agence a bien besoin de publicité en ce moment.

Elle me fixa intensément :

– C'est pour ça que vous faites ça, hein, Deng et toi ?

Je ne répondis pas, me contentant de remonter la glissière qui fermait la combinaison dans mon dos. Susan s'approcha aussitôt d'un pas décidé et se campa face à moi. Elle était superbe, impeccablement sanglée dans son tailleur court qui soulignait sa plastique irréprochable.

– Dis-le-moi, Clément ! C'est pour ça que vous avez décidé de prendre tous ces risques, n'est-ce pas ?

Je haussai les épaules :

– Je ne vois pas de quoi tu parles...

Elle pointa son index tendu sous mon nez, l'air menaçant :

– Ne me prends pas pour une imbécile, s'il te plaît ! Je ne suis peut-être pas une scientifique comme vous tous, mais je sais très bien que les risques d'incidents temporels sont d'autant plus grands que le voyage est plus éloigné dans le passé ! C'est toi-même d'ailleurs qui me l'as expliqué, si tu t'en souviens encore ! Tu peux foutre toute ta carrière en l'air si ça tourne mal ! Tu t'en rends compte ?

Je baissai les yeux.

– Bien sûr que je m'en rends compte, Susan. Mais avons-nous le choix ? Tu es la directrice de la com' de l'Agence, tu le sais mieux que moi : nous jouons notre va-tout avec Malesville. Ça passe ou ça casse. Si on coince ce tueur, on peut espérer que Tsang-Tippett soit finalement prolongée. Sinon, c'est réglé : les Européens et les Chinois nous feront fermer l'Agence...

Elle baissa les bras, l'air abattu, et je la pris par les épaules.

– Ne t'inquiète pas, Susan. Tout se passera bien... J'ai l'habitude.

Elle se jeta dans mes bras, blottissant sa tête contre mon épaule.

– Mais bien sûr que si, je vais m'inquiéter, idiot ! Je me fais toujours du souci pour toi, tu le sais bien !

Je passai la main lentement sur sa joue :

– Il ne faut pas. Et puis, ils m'ont donné Petrov comme Officier. C'est un type solide.

– Petrov ? Un type solide ? Une vraie brute, oui ! Il me fait presque peur…

Elle se serra encore davantage contre moi, et je sentis sa poitrine s'écraser contre mon torse.

– Il ne déborde pas de finesse, c'est sûr. Mais c'est le type le plus respectueux de l'autorité que j'aie jamais connu. Aucune initiative. Au moins ne risque-t-il pas trop de faire des conneries là-bas.

– Promets-moi que tu seras prudent…

Je sentais l'odeur suave de ses cheveux dans mon cou. Susan avait un pouvoir de séduction quasiment irrésistible, et il me fallut fournir un réel effort de volonté pour me contraindre à m'écarter un peu d'elle avant de répondre :

– Je te le promets.

Elle me fixa de ses grands yeux noirs.

– Quand tu seras rentré, tu crois que cela pourrait redémarrer, nous deux ?

Je saisis mon bracelet convecteur dans la vitrine.

– Je ne sais pas, Susan…

Je vis ses lèvres se tordre un instant, puis elle reprit d'une voix blessée :

– Mais qu'est-ce qui ne te plaît pas chez moi, Clément, au final ? Je ne suis pas assez intelligente pour toi ? Tu peux me le dire, tu sais ? Je suis prête à tout entendre. Tu n'aimes pas les Asiatiques ?

Je secouai la tête :

– Arrête, ne sois pas ridicule. Ce n'est pas le problème, et tu le sais très bien.

– Mais c'est quoi, le problème, alors ? Dis-le-moi, au lieu de me laisser souffrir comme ça ! Il n'y a rien de plus horrible quand on est amoureux que de ne pas comprendre pourquoi ce sentiment n'est pas réciproque…

Je vis des larmes s'écouler lentement sur ses joues.

– Le problème c'est que je ne suis pas prêt à t'offrir ce que tu demandes, Susan. Tu mènes ta vie avec tellement d'assurance ! Tu es brillante, tu es séduisante. Tu es sûre de toi et de tes choix et tu ne comprends pas que pour d'autres la vie ne soit pas toujours aussi simple qu'elle semble l'être pour toi…

Elle essuya ses larmes, et répondit d'une voix rageuse :

– C'est à cause d'Iris, j'en suis certaine… Tu n'es toujours pas remis de votre rupture, c'est ça ?

– C'est difficile pour moi de faire comme si rien ne s'était passé, et de prendre à nouveau le risque de m'engager…

– Mais c'était il y a plus d'un an, Clément ! Tu n'es pas le seul à t'être déjà fait plaquer ! Ne crois-tu pas qu'il est temps désormais de passer à autre chose, et d'essayer enfn d'être heureux ? Ce n'est pas parce qu'Iris est partie du jour au lendemain que toutes les femmes se conduiront nécessairement de la même façon… Laisse-moi une chance ! Laisse-*nous* une chance !

– Je ne suis pas prêt… Pour le moment…

Susan se raidit :

– Tu es impossible…

Puis elle regarda sa montre, et reprit d'un ton très professionnel :

– Nous en reparlerons à ton retour : il est déjà huit heures trente et tu es en retard, Contrôleur Matthieu ! En piste, le monde entier t'attend !

En un instant nous étions de retour dans un cadre professionnel qui me convenait bien davantage. J'avais besoin de me concentrer sur la mission, et pas de me confronter aux désastres de ma vie amoureuse.

Je suivis Susan jusqu'à la porte, et nous arrivâmes sur la passerelle qui surplombait la zone de transfert. Elle avait raison : toute une meute de journalistes était agglutinée autour de Deng, cinq mètres plus bas. Le Directeur semblait aux anges, répondant à leurs questions un large sourire aux lèvres : son plan se déroulait comme prévu.

Susan s'engagea sur l'escalier qui descendait sur notre droite, et j'allais la suivre quand j'entendis une voix à l'accent prononcé dans mon dos :

– Alors, Matthieu ? Tu es prêt ?

Je me retournai : Petrov me dévisageait de ses yeux d'acier. C'était un véritable colosse, qui me dépassait d'une bonne tête et d'au moins vingt kilos de muscles. Même son compatriote Vlassov serait passé pour un gringalet à côté de lui.

– Salut Petrov. Je suis prêt, oui, et tu ferais bien d'aller te changer : nous sommes attendus…

Je vis ses lèvres se déformer en un rictus qui était ce qui ressemblait le plus à un sourire chez lui :

– Tu veux que je te dise quel est pour moi le plus grand avantage de ce boulot, Matthieu ? C'est qu'on n'est *jamais* en retard… Alors ils vont bien m'attendre un peu, en bas, Deng, les journalistes, et même ta petite bombe vietnamienne !

Je m'approchai de lui, et lui posai la main sur l'épaule :

– Mon petit Petrov, je vais commencer à croire qu'elle n'a pas tout à fait tort, te concernant : tu te distingues vraiment plus par ton physique que par ton intelligence… Mais tu ferais bien de surveiller ton langage si tu veux que je te ramène intact de notre mission. À moins que tu n'envisages de rester définitivement bloqué à la glorieuse époque du Président Poutine, peut-être ?

Petrov serra les dents et recula d'un pas :

– Ne joue pas au con avec moi, Matthieu…

– Je ne m'y risquerais pas : aucune chance de gagner…

– Tu ne perds rien pour attendre !

– Tu veux que je te dise quel est à mes yeux le plus grand avantage de ce boulot, Petrov ? C'est qu'on n'attend jamais en vain. Va te préparer maintenant, c'est un ordre. C'est assez clair comme ça ?

Petrov salua, blême de rage :

– Oui, Contrôleur Matthieu.

Je descendis l'escalier, je fus aussitôt assailli par les journalistes.

– Contrôleur Matthew, pouvez-vous nous dire quelles sont vos impressions avant ce voyage ?

Je saluai le Directeur Deng tout en répondant :

– Je suis impatient. Nous intervenons sur une affaire particulièrement atroce. Les familles des victimes ont attendu en vain depuis très longtemps que justice leur soit rendue. J'espère pouvoir enfin leur apporter satisfaction aujourd'hui.

– Contrôleur Matthew, vous êtes certainement le voyageur temporel le plus expérimenté de TimeCrime. Vous avez passé ces cinq dernières années à sillonner le passé, pour la science tout d'abord, puis pour la justice. Quel est votre sentiment quant aux perspectives potentielles d'un non-renouvellement de la Résolution Tsang-Tippett ? Cela signifierait aussitôt la fin de vos missions…

Je réfléchis quelques secondes avant de répondre :

– En effet. Mais ce serait surtout la fin d'une ère de paix publique telle que nous n'en avions jamais connue auparavant dans l'histoire de l'humanité, et l'anéantissement de tout espoir pour ceux dont les proches ont été victimes de crimes non élucidés. Je ne crois donc pas du tout que ce soit dans l'intérêt de la société. Et d'une façon générale, je ne crois pas que le meilleur avenir que l'on puisse proposer à l'homme soit de devoir renoncer aux progrès technologiques. Ce que l'on peut lui souhaiter, en revanche, c'est de savoir maîtriser ces progrès pour les utiliser à bon escient. C'est précisément ce que nous faisons ici au sein de TimeCrime…

Deng s'interposa entre les journalistes et moi :

– Mesdames, messieurs. Le départ approche, et je vais devoir vous demander de quitter la zone de transfert. Vous pourrez poser toutes vos questions au Contrôleur Matthieu lors de son retour, et je pourrai alors vous annoncer quel criminel était la cible de cette mission. Je vous promets en outre des révélations extraordinaires à ce sujet. Mais pour le moment, merci de suivre Mademoiselle Do qui va vous accompagner à présent. Rassurez-vous, vous n'aurez qu'une seule petite minute à attendre !

Le protocole des voyages temporels avait été optimisé pour nous permettre d'effectuer le plus grand nombre possible de missions tous les jours. Comme les équipes techniques devaient procéder à de nombreuses vérifications avant et après chaque déplacement, le seul paramètre aisément ajustable était la durée apparente des voyages. Il avait donc été décidé que le retour serait systématiquement programmé soixante secondes après le départ, quelle que soit la durée réelle de la mission dans le passé. Ce choix arbitraire pouvait donc parfois produire un résultat très impressionnant car certaines expéditions scientifiques s'étendaient sur plusieurs semaines, voire même plusieurs mois quand le risque d'interférences temporelles était faible. Les observateurs restés dans le présent voyaient donc les voyageurs disparaître, puis réapparaître quelques secondes plus tard hirsutes et bronzés, ayant vécu et changé pendant une longue période tandis qu'eux-mêmes avaient à peine bougé d'un cil.

Susan accompagna les journalistes vers la zone d'observation, qui se trouvait juste derrière le pupitre de contrôle. Dès qu'ils se furent éloignés un peu Deng se tourna vers moi, l'air satisfait :

– Vous avez été parfait, Matthieu. Votre tirade était impeccable. J'en viens presque à me demander si je ne devrais pas plutôt vous proposer de travailler avec Susan, l'an prochain, plutôt que de prendre la tête de la TimeCrime. Ce serait bien pour notre image, non ?

Je souris en m'imaginant partager le même bureau que Susan, et je répondis :

– Surtout pas, Monsieur le Directeur. Surtout pas...

Deng fronça les sourcils :

– Vous êtes bien le seul homme que je connaisse que la perspective d'une telle collaboration puisse ne pas enchanter... Enfin, passons. Vous êtes prêt ?

– Autant qu'on puisse l'être, Monsieur le Directeur. J'ai revu les rapports des nano-drones éclaireurs : la zone d'observation définie par Hal me semble parfaite. Nous n'avons aucune interférence à craindre durant la durée de l'intervention et le point de vue est idéalement dégagé sur la scène du crime.

La procédure était stricte : avant le départ des voyageurs humains des nano-drones indécelables étaient envoyés balayer leur zone d'intervention pendant toute la durée prévue de la mission. Cela permettait de réduire considérablement le risque d'interférence en détectant au préalable la présence éventuelle d'humains, d'animaux ou de toute autre forme de danger dans les endroits où les voyageurs devaient évoluer. Les images ainsi recueillies étaient ensuite compilées par Hal, qui établissait alors une reconstitution quadridimensionnelle du site, dans l'espace et le temps, afin de définir la zone la plus favorable à l'envoi des explorateurs.

Deng baissa la voix avant de reprendre :

– Et êtes-vous prêt pour le reste ? Je veux dire, pour le constat… Ce que vous allez voir là-bas est tellement atroce…

J'hésitai un instant :

– Je ne crois pas qu'on puisse être jamais prêt pour ce genre de choses, Monsieur le Directeur. Mais je ne serai heureusement pas obligé de visualiser l'intégralité de la scène. C'est Petrov qui devra s'en charger afin d'établir le constat judiciaire.

Deng leva les yeux :

– Petrov ! Ça ne devrait pas lui poser trop de problèmes de conscience, à celui-là ! Il me semble totalement dépourvu de la moindre capacité d'empathie. C'est précisément pour cette raison que je l'ai choisi, d'ailleurs. Mais où est-il encore, au fait ?

– Il arrive. Il était en train de s'équiper.

Le géant russe parvenait précisément en bas de l'escalier du vestiaire et il s'avançait vers nous, arborant son habituelle mine fermée.

Deng le salua, puis il jeta un œil sur sa smartwatch qui s'était mise à sonner :

– Huit heures trente-huit. Messieurs, départ dans deux minutes. Je vous laisse. Vous connaissez les consignes, et vous vous souvenez du briefing de ce matin. Je pense que tout est clair. Nous nous retrouvons dans trois minutes ? Nous le saluâmes, et il partit rejoindre Susan et les journalistes.

Je me tournais vers le Russe :

– Prêt, Petrov ?

– Prêt, Contrôleur Matthieu, répondit-il sans desserrer les dents.

– OK. Hal, tout va bien de ton côté ?

La voix synthétique résonna dans le haut-parleur le plus proche.

– Tout va bien, Contrôleur Matthieu.

– Tu es certain de ne pas avoir fait d'erreurs dans tes calculs ?

– Vous plaisantez, Contrôleur Matthieu ?

– Oui, Hal. Bravo ! Comment l'as-tu deviné ?

– C'était facile : je ne fais *jamais* d'erreurs de calcul. Votre voyage sera un succès complet, Contrôleur Matthieu. Je peux vous l'assurer.

– J'y compte bien, Hal. Début de la procédure de départ !

Je respirai profondément, puis je vis défiler la séquence sur l'écran de contrôle qui nous faisait face :

• H-2 minutes : l'ordinateur quantique initie la check-list de sécurité. Nous passons quelques secondes à vérifier avec Hal que nos équipements sont bien en place. Puis nous activons les visières rétractiles de nos combinaisons, qui recouvrent immédiatement nos visages.

• H-1 minute : les nano-récepteurs quantiques des combinaisons sont mis sous tension, et leur fonctionnement est testé par Hal. J'observe les reflets multicolores qui s'illuminent aussitôt sur la combinaison de Petrov. On dirait un arc-en-ciel, c'est véritablement magnifique.

• H-30 secondes : le compte à rebours démarre. J'aperçois Susan qui me fixe avec inquiétude derrière le pupitre de contrôle.

Je tente de lui sourire mais je suis trop loin pour qu'elle puisse l'apercevoir à travers la visière.

• H-10 secondes : la compression spatio-temporelle commence par la périphérie, comme d'habitude. Mes oreilles se mettent à siffler. Je pense à mon père, je me revois à huit ans dans le canapé en train de regarder avec lui de vieux épisodes de *Star Trek*. J'ai un peu peur des méchants *Klingons*, mais il me prend la main et je sais que rien de mal ne peut m'arriver tant qu'il est près de moi.

• H-2 secondes : l'univers entier est tassé comme une feuille de papier. J'ai envie de vomir. Le sifflement est insupportable.

• Départ.

# Chapitre 4

*Malesville, France, samedi 15 octobre 2011*

– Ça va, Petrov ?

Le Russe se tenait la tête entre les jambes, les mains appuyées sur les genoux.

– Ça va aller. Je hais ces putains de vertiges. J'ai l'impression d'être à la fête foraine à chaque fois !

– Lève la tête, et respire un bon coup ! L'air est pur, et il n'y aura pas un seul coronavirus dans le coin avant neuf ans…

Petrov grimaça :

– C'est bon. Je vais m'en remettre.

Je balayai du regard les environs. Hal nous avait déposés exactement à l'endroit prévu. Nous étions au bord de l'ancienne voie ferrée désaffectée, qui passait sur un talus quelques centaines de mètres derrière le lotissement. Un bosquet dense de chênes-liège formait un écran parfait entre notre position et les habitations les plus proches, mais nous avions en revanche une vue dégagée sur la petite clairière où le drame allait se nouer dans quelques instants. Nous n'étions qu'à une trentaine de mètres à peine de la scène, et quelques buissons de genêts sauvages pourraient efficacement nous dissimuler aux regards des gamins… Et du tueur. Je posai mon sac à dos et saisis le Recorder. Petrov s'était assis sur les rails, et tandis qu'il respirait à pleins poumons je réalisai en souriant qu'il sifflait comme une locomotive à vapeur.

Je regardai l'heure : ma montre radio-pilotée venait de se synchroniser avec le signal émis par l'institut fédéral de Brunswick, et elle indiquait à présent 16 h 40. Il ne nous restait donc que cinq minutes à peine avant que les gosses n'arrivent. Je mis en route le Recorder et branchai la fibre optique au système de téléobjectif à trépied qui nous avait été fourni par le service technique : il n'était pas question de s'approcher davantage, pour éviter d'être repérés. Je m'installai derrière un buisson, positionnant de mon mieux le dispositif d'enregistrement. L'appareil était peint en noir mat, pour éviter tout reflet au soleil, et nos combinaisons avaient pris une couleur vert olive qui nous fondait parfaitement dans la végétation. J'allumai l'écran du Recorder et je réglai l'image : on avait une vision parfaite de la cabane de bidons des gamins et la vieille benne où les corps seraient jetés dans moins d'une heure. Un frisson me saisit en la contemplant : je revis en un instant les horribles images du dossier que m'avait transmis Deng la veille. Je ne parvenais pas à comprendre comment des actes aussi barbares pouvaient avoir été commis sur des êtres humains, et moins encore sur des enfants innocents. Et néanmoins, ces abominations allaient bien avoir lieu ici, sous mes yeux… Cela paraissait pourtant incroyable, tant l'endroit semblait paisible. Je réalisai avec un peu de surprise qu'il faisait très beau, anormalement chaud presque pour une mi-octobre. Le réchauffement climatique n'avait pourtant pas encore atteint à l'époque son pic du début des années 2020, avant que le ralentissement économique lié aux pandémies de coronavirus et la révolution énergétique subséquente n'infléchissent durablement la courbe des émissions de carbone. Le ciel était bleu, on voyait à peine quelques nuages. Le vent bruissait dans les feuilles des arbres, sans le moindre bruit mécanique aux alentours. Les oiseaux chantaient. Il n'y avait rien, absolument rien, qui puisse laisser présager du déchaînement absolu de violence qui allait avoir lieu. Je comprenais mieux la stupeur et l'effroi qui avaient saisi les habitants de la région après le drame. Me revenaient à l'esprit les articles de l'époque. C'était si calme, par ici : tout le monde se connaissait, ce n'était pas vraiment la ville. Que de braves gens, avec des plaisirs simples et des goûts modestes. Apéritif entre voisins le samedi soir, barbecue le dimanche midi dans les jardins des pavillons. Non, vraiment, personne n'avait jamais vu aucun risque à laisser les enfants prendre un peu l'air… Comment aurait-on pu imaginer qu'un esprit détraqué allait croiser leur chemin, et faire de ces pauvres gosses les jouets de ses délires pervers avant de les torturer à mort ?

Mon père me racontait qu'à l'époque le choc dans l'opinion avait été énorme. Tous les médias avaient relayé l'enquête, ainsi que les efforts des gendarmes et de policiers qui avaient recherché pendant des mois et des mois les moindres indices susceptibles de conduire au meurtrier. On avait immédiatement retrouvé son ADN, bien sûr. Mais il ne correspondait à aucune personne fichée, et à cette époque tous les profils génétiques n'étaient pas encore enregistrés à la naissance. On avait bien ensuite arrêté quelques suspects, sur des dénonciations ou de maigres indices, mais ils avaient tous été relâchés assez rapidement, faute de preuves. Puis peu à peu, en l'absence de résultat, le public avait fini par se lasser de cette histoire affreuse. On n'avait plus voulu voir ces familles éplorées qui réclamaient justice en vain, les larmes aux yeux. Tout cela s'était déroulé avant le temps des Covids et des pandémies, on ne s'intéressait alors durablement qu'au sexe et aux loisirs : la maladie et la mort n'avaient pas encore frappé dans toutes les familles pour sensibiliser les gens à la souffrance d'autrui… À cette époque en 2011 la start-up de mon père avait deux ans à peine, et personne ou presque n'en avait encore entendu parler. Il faudrait un an encore avant qu'il ne se décide à partir tenter sa chance aux États-Unis, où il rencontrerait ma mère dans la Silicon Valley. Et cinq années de plus pour que, le succès enfin venu, Apple lui fasse enfin ce chèque à huit chiffres qui, selon lui, devait le mettre à l'abri de tout pour sa vie entière. Mais c'était sans compter le fait que personne ne pourrait jamais acheter la santé, même aux États-Unis… Néanmoins, malgré les années et l'éloignement, mon père n'avait jamais oublié l'horrible histoire du double crime de Malesville.

Des cris d'enfants me tirèrent de mes souvenirs.

– Merde, Petrov ! Les gamins arrivent !

Les deux gosses venaient de faire irruption dans la clairière devant moi. Le plus grand, blond comme les blés, c'était Mathis Leblanc, dix ans depuis trois semaines à peine. Il paradait sur le vélo bleu flambant neuf que sa grand-mère lui avait offert pour son anniversaire. La pauvre femme ne supporterait d'ailleurs jamais l'idée d'avoir ainsi indirectement provoqué la mort de son petit-fils, et elle finirait par se pendre dans son jardin huit mois plus tard. Le deuxième, noir comme l'ébène, qui pédalait comme un fou pour rattraper Mathis, c'était Noah Hamadou, huit ans et demi. Ses parents avaient quitté le Mali quinze ans plus tôt pour venir faire leurs études en France, et ils étaient restés ici ensuite en espérant offrir une vie meilleure à leurs enfants. Ils ne se remettraient jamais de ce drame, eux non plus...

Je regardai à nouveau ma montre : il ne restait plus que deux minutes à peine avant que le tueur n'arrive à son tour. Juste le temps de faire les formalités légales et de démarrer l'enregistrement judiciaire.

Je me retournai et murmurai à l'intention de Petrov :

– Magne-toi !

Le Russe était encore un peu pâle, mais il avait récupéré suffisamment d'équilibre pour se relever. Il se courba pour demeurer caché derrière les buissons, et s'avança lentement.

– Le micro est branché, lui dis-je. Tu n'as qu'à faire les annonces, et je démarrerai l'enregistrement. Tu ne vas pas gerber, au moins ? Ça ne va pas être joli à voir, tu sais.

– Occupe-toi du matériel, Matthieu. Je gère le reste.

C'est à ce moment que tout bascula. Petrov avança d'un pas dans ma direction, les yeux braqués vers la clairière où les gamins s'amusaient à présent à lancer des cailloux sur la benne. Il ne regarda pas où il mettait les pieds. Il ne vit pas le vieux tirefond rouillé qui avait dû être abandonné là des années auparavant par une équipe d'entretien des voies de chemin de fer. Il ne portait que des sneakers à semelle fine, car il n'était pas prévu que nous ayons à évoluer dans un environnement hostile. La pointe traversa donc sans difficulté la fine paroi biosynthétique de sa chaussure, avant de s'enfoncer profondément dans la plante de son pied.

Petrov hurla.

Les deux gamins interrompirent immédiatement leurs jeux, et se tournèrent vers nous. Petrov, ivre de douleur, s'était redressé en grimaçant et il dépassait du buisson de genêts de la tête et des épaules.

Comme dans un film au ralenti, je vis Mathis Leblanc tendre le doigt vers nous en disant à son camarade :

– Regarde : il y a un Monsieur là-bas ! C'est lui qui a crié. Il s'est fait mal !

Les gosses jetèrent les cailloux qu'ils tenaient dans les mains, et se précipitèrent aussitôt dans notre direction, incapables d'imaginer qu'ils puissent courir un danger éventuel.

En quelques secondes à peine ils nous avaient rejoints, escaladant le talus.

– Ça va, Monsieur ? Vous vous êtes blessé ? Faut faire attention au bord du chemin de fer, mes parents ils disent toujours que c'est très dangereux ! déclara très sérieusement Mathis en fixant, l'air inquiet, l'officier russe qui se tenait face à lui.

– Ils sont drôlement bizarres, vos vêtements, ajouta-t-il aussitôt en observant nos combinaisons. Vous êtes des chasseurs ? Ce sont des tenues de camouflage, comme celles des soldats ?

Je vis la terreur s'installer dans le regard de Petrov, qui se tourna vers moi, incapable de réagir.

Le petit Noah quant à lui avait remarqué le Recorder, qu'il fixait à présent avec émerveillement :

– Waouh ! Il est trop bien ton appareil, Monsieur ! C'est pour photographier les oiseaux ?

Il s'approcha de moi, et me saisit par le bras sans que j'aie pu faire quoi que ce soit pour l'en empêcher :

– Je peux regarder, dis ?

Je fermai les yeux, sentant ses doigts minuscules se refermer sur moi.

Nous étions en plein incident de Classe III.

Quelques secondes s'écoulèrent avant que nous ne parvenions à réagir, puis Petrov finit par sortir d'un coup de sa sidération et il repoussa brutalement le petit Leblanc en hurlant :

– Merde, Clément ! Il faut se barrer ! Vite !

Le gosse se retrouva le cul par terre, et je vis aussitôt la peur envahir son visage devant ce jaillissement de violence qui lui était incompréhensible. L'espace d'un instant, je pus imaginer ce que la terreur et la souffrance avaient dû imprimer comme déformations ignobles sur ses traits enfantins lorsque le tueur s'était acharné sur lui.

Et je compris.

C'était trop tard à présent. Nos deux mondes venaient de se rejoindre. Ce gamin ne serait plus jamais un personnage à demi réel que je pourrais regarder mourir sans broncher comme si j'étais devant une sorte de film en 3D issu du passé. C'était désormais un enfant de chair et de sang, qui se tenait devant moi. Je pouvais le voir vraiment, sans passer par un écran. Je pouvais l'entendre pour de bon. Je pouvais le toucher. Il était réel. Il était vivant. Je sentais sa main dans la mienne. Je ne pourrai plus l'abandonner. Pas en sachant ce qui allait lui arriver, là, maintenant…

Mon bracelet vibra : Hal rappelait qu'il était pile l'heure de démarrer l'enregistrement. Je tournai les yeux vers la clairière, et j'aperçus immédiatement une silhouette masculine, à quelques dizaines de mètres de nous. Cela aurait pu être n'importe quel promeneur du week-end, sortant son chien ou se baladant dans la nature en quête d'un peu d'air pur. Sauf que je savais que ce n'était pas le cas. Ce type à l'air anodin, qui me dévisageait à présent l'air stupéfait en nous apercevant, Petrov et moi, au bord de la voie ferrée avec nos combinaisons intégrales, c'était *lui*. Il devait avoir vingt-cinq, trente ans au maximum. Le visage rougeaud, la silhouette épaisse, il portait le survêtement bleu marine et la casquette de basket blanche que j'avais déjà vus sur les photos de repérage des nano-drones. Impossible de se tromper. Ce type d'allure si banale, qu'on aurait croisé sans même le voir au supermarché ou au coin de la rue, allait massacrer ces deux gosses dans moins de dix minutes, le petit Jonas Rickman dans trente-cinq ans, et d'autres gamins inconnus peut-être dans l'intervalle. Et il ne serait jamais arrêté.

Je me retournai vers Petrov, je respirai un grand coup, puis je prononçai la phrase la plus difficile que j'aie jamais eu à dire de ma vie entière :

– Non. On ne peut pas laisser tomber les gosses. Et on ne peut pas non plus laisser l'autre s'en tirer. Je reste.

Petrov écarquilla les yeux :

– Mais t'es complètement cinglé, Matthieu ! On ne *peut pas* rester ! Il faut se barrer, et vite !

Les deux gamins, complètement éberlués, nous regardaient stupéfaits sans oser bouger.

Petrov s'avança vers moi, menaçant :

– Tu vas nous faire repartir d'ici tout de suite ! Tu sais ce qui risque de se passer si nous restons plus longtemps maintenant ? Je ne veux pas que notre monde disparaisse, tu m'entends !

Il fallait réagir, et vite. Derrière nous le tueur s'était immobilisé, observant l'esclandre. Mais il n'allait pas rester ici indéfiniment, et s'il disparaissait maintenant je savais que je n'aurais peut-être plus jamais l'occasion de le retrouver : nous n'avions pas d'identification faciale. Quant à Petrov, il n'aurait aucune difficulté à me contraindre physiquement de rentrer s'il parvenait à mettre la main sur moi.

Je bondis en direction du Russe, et sans qu'il ait le temps de réagir je pressai le bouton noir de son bracelet convecteur avant de m'écarter immédiatement.

Je saisis aussitôt la main des deux enfants en disant :

– Ne regardez pas !

Ils détournèrent la tête, effrayés, et Petrov eut tout juste le temps de crier :

– Espèce de salaud !

Puis il disparut, instantanément transporté par Hal dans un futur qui, je l'espérais, ne s'était pas encore trop modifié. Pour lui, comme à l'aller, le processus de courbure et redressement de l'espace-temps allait durer quelques secondes. Mais pour nous, déjà, il n'était plus là. Je lâchai les deux gosses, avisant le type en contrebas qui venait de prendre ses jambes à son coup après avoir vu Petrov s'évanouir dans les airs sous ses yeux.

Je hurlai aux gamins :

– Ne bougez pas d'ici ! Je reviens !

Et je me mis à courir vers le tueur, aussi vite que je le pouvais.

# Chapitre 5

*Boston, mercredi 10 juillet 2047*

Deng surveillait l'horloge murale au fond de la zone d'observation : il restait encore trente secondes avant le retour de Matthieu et Petrov. Il regarda d'un œil satisfait les journalistes qui lui faisaient face, juste derrière le pupitre des techniciens de contrôle. Tous restaient silencieux en surveillant le point de regroupement, impatients de voir les deux hommes se matérialiser à nouveau devant eux. Bien qu'ils aient déjà presque tous assisté à des déplacements temporels, ils étaient encore fascinés par le caractère extraordinaire de la technologie qui était mise en œuvre sous leurs yeux. Il y avait vraiment quelque chose de surnaturel, de presque magique, dans cette disparition brutale qui propulsait un être humain dans le passé puis dans son retour tout aussi soudain. Et le voyage dans le temps avait été revêtu depuis toujours de tant de fantasmes, d'espoirs et de peurs qu'il leur était encore difficile de réaliser que tout cela existait réellement à présent, et que cela se passait là, devant eux.

– Encore quelques instants, mes chers amis, déclara-t-il sur un ton enthousiaste, et nous retrouverons nos agents. Je pourrai alors enfin vous révéler exactement qui était la cible de cette mission judiciaire. Mais j'aimerais néanmoins vous dire dès à présent quelques mots à ce sujet, afin de bien vous faire comprendre pourquoi nous avons tenu à vous convoquer aujourd'hui. Ce matin, nous avons décidé d'envoyer le Contrôleur Matthieu et l'Officier Petrov sur les traces d'un des pires criminels de ce siècle, un tueur d'enfants récidiviste qui sévit depuis au moins trois décennies et qui a toujours réussi – jusqu'à aujourd'hui – à échapper aux poursuites entreprises contre lui. Nous touchons donc avec cette affaire à ce qu'il pouvait y avoir de plus atroce et de plus insupportable dans le *monde d'avant*, lorsque le voyage dans le temps était encore du ressort de la science-fiction et qu'il n'y avait aucun espoir d'apporter une réponse à de tels drames et à de telles injustices. Mais heureusement cette situation n'est plus d'actualité aujourd'hui : dans quelques instants ce meurtrier sera enfin identifié. Grâce au courage des équipes de TimeCrime, il pourra être arrêté rapidement, et il devra répondre de ses actes ignobles devant les tribunaux compétents puisque l'Article Hershey a prévu que les crimes de sang soient désormais imprescriptibles. Alors s'il vous plaît, quand vous rentrerez dans vos rédactions tout à l'heure et que vous relaterez ces faits au public, je souhaiterais que vous ayez une pensée pour toutes ces familles meurtries qui ce soir se coucheront un peu moins tristes en apprenant que l'assassin de leurs enfants a enfin pu être appréhendé. Et plus encore que vous ayez une pensée pour toutes ces victimes innocentes dont les âmes pourront enfin reposer en paix. C'est au travail inlassable des hommes et des femmes de TimeCrime que nous devons cela. Ne l'oublions pas, à un moment où certains voudraient réduire tous leurs efforts à néant…

Susan Do sourit, admirative : Deng était vraiment très fort en com', pour un scientifique pur jus. Cet homme avait pourtant passé la plus grande partie de sa vie reclus dans un laboratoire de physique à l'université de Shanghai, uniquement occupé à triturer l'espace-temps et les états quantiques de la matière pour publier ensuite les résultats de ses travaux dans des revues inaccessibles au commun des mortels. Rien de tout cela ne semblait devoir le préparer à s'exprimer en public avec aisance, et pourtant il se révélait capable d'improviser une tirade poignante avec autant de facilité que Susan aurait pu le faire elle-même. *Un politicien dans l'âme*, pensa-t-elle. *Il ne se contentera effectivement pas de rester Directeur de l'Agence…* C'était une évidence, pour elle comme pour tout le personnel. Deng ne faisait d'ailleurs guère mystère de son ambition de succéder bientôt à Esther Guttierez au poste de Président. Ses titres scientifiques pouvaient lui permettre d'y prétendre, et s'il parvenait à obtenir le renouvellement de la résolution Tsang-Tippett il n'aurait aucun mal à convaincre ensuite le Conseil de surveillance de lui confier ce poste lorsque la fondatrice de l'Agence prendrait – prochainement – sa retraite.

Susan fixa l'horloge murale à son tour : plus que cinq secondes. Dans quelques instants Clément allait rentrer, et cette mission serait enfin terminée. Elle aurait dû se sentir presque soulagée déjà, mais son estomac restait noué par un mauvais pressentiment qu'elle ne parvenait pas à faire taire.

C'est à ce moment précis que s'éleva brutalement la voix synthétique de l'ordinateur quantique :

– Directeur Deng, je dois vous signaler une anomalie dans la procédure de retour.

Deng pâlit, mais il affecta de garder un ton détendu en répondant :

– Que se passe-t-il, Hal ? Peux-tu nous préciser davantage ce que tu entends par *anomalie* ?

– Bien sûr : je constate que le Contrôleur Matthieu n'a pas activé son bracelet convecteur, Directeur Deng. L'Officier Petrov rentre seul.

L'esprit de Deng s'activa aussi vite qu'il le pouvait, cherchant désespérément une parade. Il avait réuni ici la fine fleur des médias américains, plus quelques correspondants de grands groupes de presse européens et asiatiques. Tous avaient parfaitement entendu le message de Hal, et tous braquaient à présent leurs yeux dans sa direction, attendant une réponse. Deng sentit immédiatement son sang se figer : pourquoi avait-il fallu qu'il passe outre les recommandations de Susan Do ? Elle lui avait pourtant vivement conseillé d'attendre que Matthieu et Petrov soient rentrés de leur mission pour convoquer la presse, *juste par prudence*… Il avait ri en répondant : « quand les hommes sont partis pour la lune, Susan, on n'a pas attendu qu'ils soient revenus sur terre pour inviter les journalistes à Cap Canaveral » ! Mais à présent il réalisait avec effroi qu'il aurait bien mieux fait de l'écouter, plutôt que d'avoir à gérer une telle catastrophe devant tant de témoins ! Et dire que c'était la première fois en cinq ans qu'une telle situation se présentait ! Qu'est-ce qui avait bien pu se passer, là-bas ! Pourquoi diable cet abruti de Petrov rentrait-il seul ? Même si Matthieu avait eu un accident, son devoir était de le ramener avec lui ! Il connaissait parfaitement la procédure d'urgence, pourtant !

Deng finit par se ressaisir, et il répondit d'un ton assuré :

– Pas d'inquiétude, Hal. Le Contrôleur Matthieu a certainement une bonne raison d'être resté.

Puis il s'approcha d'un des hommes assis au pupitre de contrôle, et murmura doucement en se penchant vers lui :

– Coupez tout, Grüber. Les nano-drones sur site, les caméras ici, vos IA personnelles et même celle de Hal. Je ne veux aucune trace de ce qui est en train de se passer, c'est compris ?

Le technicien le regarda stupéfait :

– Mais, Monsieur le Directeur, et la procédure ?

– C'est un ordre, Grüber !

Puis Deng se retourna vers sa Directrice de Communication, et déclara en souriant, assez fort pour que les journalistes l'entendent :

– Susan, Monsieur Grüber m'informe que les nano-drones nous ont transmis une demande du Contrôleur Matthieu : il a besoin de matériel supplémentaire et il envoie l'agent Petrov le récupérer tandis qu'il reste sur place. La procédure judiciaire risque donc d'être plus longue que prévu. Auriez-vous la gentillesse de conduire nos amis au salon où ils pourront patienter plus confortablement jusqu'à ce que cela soit terminé ? Je vais pour ma part aller voir l'agent Petrov.

Susan sentit son cœur s'arrêter de battre. Deng mentait, elle le savait parfaitement : Clément et Petrov ne pouvaient pas avoir transmis de telles informations via les nano-drones : ceux-ci n'étaient en mesure d'envoyer à travers l'espace-temps que de simples clichés de repérage. Et aucune procédure, même en cas d'urgence, n'avait jamais prévu qu'un agent puisse rester seul dans le passé. Clément avait un problème, c'était certain ! Et Deng avait décidé de le cacher aux journalistes. Il fallait à tout prix qu'elle parvienne à savoir ce qui s'était passé. Et pour cela Deng ne devait pas avoir la moindre raison de se méfier d'elle, faute de quoi il ne l'autoriserait même pas à accéder au centre opérationnel.

Elle sourit donc de son mieux, et répondit comme si de rien n'était :

– Bien sûr, Monsieur le Directeur.

Puis elle se retourna vers les journalistes :

– Chers amis, vous avez entendu comme moi le Directeur Deng : nous allons devoir patienter un peu avant de retrouver nos héros ! Néanmoins, vous devez tous avoir faim. Je vous propose donc de passer dès maintenant au salon de réception où un buffet nous attend. Le Directeur Deng nous rejoindra ensuite avec le Contrôleur Matthieu et l'Agent Petrov, dès que leur mission sera terminée.

Un murmure de déception parcourut les rangs des journalistes, mais la perspective du buffet suffit malgré tout à les décider à suivre la consigne. Dès qu'ils eurent quitté le centre opérationnel à la suite de Susan, Deng se rua vers Petrov qui venait d'apparaître au milieu de la zone de transfert. Le Russe avait à nouveau du mal à contrôler les nausées provoquées par le déplacement temporel et il ne parvenait pas à se lever malgré l'aide des deux techniciens qui s'étaient précipités vers lui dès son retour.

– Laissez-nous ! Intima-t-il aussitôt aux deux hommes sur un ton qui ne laissait aucune place pour une objection.

Les deux techniciens s'écartèrent, et Deng s'accroupit aussitôt devant le policier pour demander :

– Petrov, j'espère que vous avez une explication à me fournir pour cet innommable merdier ! Qu'est-ce qui s'est passé, là-bas ? Et où est Matthieu ?

Le Russe leva les yeux, le teint verdâtre, et parvint juste à articuler :

– Il est resté !

– Mais je vois bien qu'il est resté, Petrov ! Ce que je veux savoir c'est *pourquoi* il est resté ! Qu'est-ce qui s'est passé ?

Le policier ferma les yeux, puis brusquement il se tourna sur le côté et vomit d'un coup tout le contenu de son estomac.

L'odeur était atroce, et Deng sentit un haut-le-cœur le saisir.

– Bordel, Petrov ! Vous ne pouviez vraiment pas vous retenir ?

Le géant russe braqua vers lui des yeux emplis de fureur. Le vomissement l'avait soulagé et il avait à présent recouvré toutes ses facultés physiques. Il se leva aussitôt, surplombant Deng de toute sa masse musculaire, et répondit en montrant au directeur la semelle perforée de sa chaussure droite.

– Il s'est passé que je me suis planté dans le pied une tige de ferraille rouillée de vingt centimètres de long que votre saloperie d'ordinateur n'avait pas vue, tout simplement ! Alors j'ai crié, évidemment ! Juste au moment où les gamins arrivaient ! Du coup ils nous ont repérés tout de suite, et ils ont foncé droit sur nous… Des gosses de huit et dix ans, vous voyez ce que je veux dire, curieux comme des fouines ! Impossible de les tenir à distance. Ils ont aussitôt commencé à nous examiner sous toutes les coutures et à vouloir tripoter tout notre matériel !

Deng commençait à comprendre.

– Quelle merde… Incident de Classe II ?

– Classe III ! Matthieu a laissé un des gamins l'attraper par la main, pile comme le tueur débarquait dans la clairière ! Je lui ai dit aussitôt que nous devions absolument partir : il était encore temps de laisser les gosses et de rentrer en urgence. La mission aurait été un échec, certes, mais rien n'aurait été modifié probablement. Sauf qu'à ce moment-là Matthieu a pété les plombs : il m'a regardé droit dans les yeux, il m'a dit « je reste », et il m'a renvoyé ici aussi sec avant que j'aie pu réagir !

– Mais pourquoi ?

Petrov haussa les épaules :

– Il a dit qu'il ne pouvait pas abandonner les gosses. Ni laisser filer le tueur…

Deng hurla :

– Pas abandonner les gosses ? Pas laisser filer le tueur ? Mais il est devenu complètement fou ! Il a vraiment dit ça ? Il a vraiment l'intention de changer le passé, Petrov ?

Le Russe baissa la tête :

– Je crois bien que oui, Monsieur le Directeur. Ça y ressemble, en tout cas…

Deng se releva, et se prit le visage entre les mains :

– C'est pire que tout ce que je pouvais imaginer ! Il nous faudrait au moins deux ou trois niveaux de plus à l'échelle de Wells pour qualifier la gravité de ce qui s'est passé ! Non seulement les deux gamins se souviendront probablement toute leur vie de ce qui est arrivé, mais en plus nous avons perdu dans le passé un type qui sait absolument tout ce qui va advenir dans le monde pendant les trente-six années suivantes, et qui est bien décidé à changer les choses ! C'est une vraie bombe temporelle !

Il réfléchit un instant puis il se tourna vers les deux techniciens qui avaient regagné leur pupitre et demanda :

– Avons-nous encore un contact avec Matthieu ?

– Tout à fait, Directeur Deng. Le Contrôleur Matthieu porte toujours sa combinaison. Nous pouvons parfaitement le localiser.

– Et où est-il allé après le départ de Petrov, alors ?

– Il n'a pas beaucoup bougé pour le moment : il est resté dans le bois de chênes à côté de la voie ferrée. Cinquante mètres du point d'arrivée, pas plus.

– Parfait. Il y a donc peu de risques qu'il soit déjà entré en contact avec d'autres adultes. Demandez à Hal de programmer une nouvelle séquence de départ. L'Agent Petrov retourne exactement au même endroit. Arrivée programmée juste après son départ tout à l'heure.

Petrov le regarda, stupéfait :

– Vous voulez que je retourne là-bas ? Vraiment ?

Deng se planta devant lui et le fixa droit dans les yeux :

– Bien sûr que je veux que vous y retourniez, Petrov ! Si Matthieu ne veut pas rentrer de son plein gré, vous nous le ramènerez de force. Par tous les moyens, vous m'entendez ? Il ne faut absolument pas qu'il reste en 2011 ! Nous ne pourrions pas cacher sa disparition, avec tous ces journalistes, et c'en serait fini de TimeCrime et des voyages dans le temps. Allez rapidement changer votre bracelet de convection : le vôtre doit être complètement déchargé à présent.

Petrov acquiesça, puis il fronça les sourcils et demanda :

– Et les gamins ? Et l'autre type ? Ils nous ont vus tous les trois... Que dois-je faire ?

Deng hésita un instant :

– Les gamins sont trop jeunes. Personne ne les croira s'ils racontent ce qui s'est passé. Quant à l'autre, c'est un pervers criminel. Le genre de type qui ne cherchera certainement pas à attirer l'attention sur lui en déballant une histoire comme celle-là. Non, je pense vraiment que si nous ramenons Matthieu au plus vite nous pouvons encore nous sortir de ce merdier...

– Et la mission, Monsieur le Directeur ?

– Peu importe la mission, Petrov. C'est foutu, de toute façon. Mais nous pourrons toujours raconter qu'il y a eu un problème technique, ou n'importe quoi. Les gens adorent ça ! Rappelez-vous d'Apollo 13, on en a même fait un film ! Avec un peu de chance, ça sera presque aussi bénéfique pour nous en termes d'image qu'un succès complet...

– Mais pourquoi ne pas renvoyer quelqu'un d'autre *avant* ? Quelqu'un qui pourrait me prévenir qu'il y a ce fichu clou ? Cela réglerait tous les problèmes...

– C'est impossible, Petrov ! Si on vous prévenait, vous ne marcheriez pas sur ce clou, tout se passerait normalement pour votre mission, et du coup vous ne pourriez pas être ici, en ce moment, à me tenir cette discussion. Ce serait la certitude de déclencher une modification de notre présent. Or, c'est précisément ce que je veux éviter, vous comprenez ? C'est notre seule option si l'on souhaite que personne ne se rende compte de rien ici...

Petrov hocha de la tête :

– Je comprends, Monsieur le Directeur.

Deng sourit :

– Merci, Petrov. Je savais que je pourrais compter sur vous. Je ne l'oublierai pas, vous pouvez en être sûr !

L'œil de Petrov brilla :

– Je file chercher un nouveau bracelet.

Petrov se précipita vers le vestiaire, et croisa en montant l'escalier Susan Do qui redescendait vers la zone de transfert, l'air inquiète.

Deng l'interpella aussitôt :

– Susan ! Mais que venez-vous faire ici ? Je vous avais demandé de rester avec les journalistes au salon !

– Justement, Monsieur le Directeur. Ils me posent énormément de questions ! Ils ont parfaitement compris que ce qui se passe n'est pas normal ! Que dois-je leur dire ?

Deng sourit :

– Susan, nous avons juste un petit problème technique. Le bracelet convecteur de Matthieu ne fonctionne pas correctement. Il faut que Petrov lui en rapporte un au plus vite. Mais je ne peux pas raconter ça aux journalistes…

Susan se campa en face de Deng et ne le laissa pas poursuivre :

– Ni à moi ! J'ai parfaitement entendu ce qu'a dit Hal tout à l'heure : Matthieu n'a pas activé son bracelet !

Deng grimaça. Elle avait raison.

– Vous pouvez me faire confiance, Monsieur le Directeur, reprit Susan. Je n'ai aucun intérêt à perdre mon travail… Il faut que vous me disiez vraiment ce qui s'est passé là-bas ! Je pourrai peut-être vous aider. Trouver une bonne excuse pour les journalistes, par exemple. C'est mon boulot, vous savez…

Deng soupira :

– OK. Désactivez votre IA, s'il vous plaît.

Susan appuya sur son implant mastoïdien, et le directeur reprit.

– Merci, Susan. Je suis content que vous nous aidiez, il va falloir trouver une solution rapidement car nous sommes dans une panade absolue. Il y a eu un incident en 2011.

Susan pâlit :

– Un *incident*? Comment ça?

– Petrov a marché sur une tige de fer près de la voie ferrée, qui lui est rentrée dans le pied. Il a hurlé et les gamins se sont précipités vers Clément et lui. Tout ça pile au moment où le tueur arrivait. Ils se sont retrouvés en plein incident de classe III, et au lieu de rentrer en urgence en abandonnant la mission comme l'aurait voulu la procédure Matthieu a décidé pour une raison inconnue de rester là-bas!

Susan sentit ses jambes vaciller, et elle dut prendre sur elle pour répliquer :

– Rester là-bas? Mais pourquoi? C'est insensé, Matthieu connaît parfaitement les risques énormes que cela pourrait comporter! Il pourrait radicalement modifier le futur! Sans parler du paradoxe temporel : il est né en 2018, il existera donc en « double exemplaire » à partir de cette date. Personne ne sait ce qui se passera lors!

Deng opina, satisfait de voir que Susan avait rapidement compris la situation :

– Exactement! Il semble pourtant que Matthieu soit bien résolu à modifier l'ordre des choses : il a déclaré qu'il ne voulait pas abandonner les gamins à leur sort ni laisser filer le tueur! La seule solution pour nous est donc de renvoyer Petrov là-bas, le plus rapidement possible après son départ. Il doit rattraper Matthieu et le ramener ici, coûte que coûte, avant qu'il n'ait pu faire trop de dégâts dans la trame temporelle. Et il faut trouver un baratin à servir aux journalistes pendant ce temps-là. J'avais imaginé cette histoire de panne de son bracelet, mais vous avez raison, ça ne tient pas la route. Avez-vous une autre idée?

Susan sentait sa gorge se nouer. Deng ne reculerait devant rien pour ramener son Contrôleur en 2047, et Petrov était une brute capable du pire. Clément était donc sérieusement en danger, et elle n'avait aucun moyen pour l'avertir ! Elle tenta de calmer l'angoisse qui la submergeait, et s'efforça de réfléchir du mieux qu'elle pouvait.

– La combinaison ! Hal n'a pas parlé de la combinaison tout à l'heure. On pourrait donc très bien raconter aux journalistes que Matthieu a déchiré sa combinaison pour une raison ou une autre, et qu'il n'a pas activé son bracelet comme le prévoyait la procédure de rentrée en urgence de peur que l'ordinateur ne parvienne pas à bien calculer sa position pour le ramener. Petrov serait alors simplement revenu pour pouvoir lui en rapporter une. Rien de bien grave, en somme. Mais entre-temps évidemment il aurait été trop tard pour réaliser l'enregistrement judiciaire, Petrov étant parti. Cela permettrait donc en même temps d'expliquer l'échec de la mission quand Matthieu rentrera. Avec un bonus en prime : cela montrerait que TimeCrime est capable de réagir en cas de survenue d'un problème technique dans le passé. Cela n'était jamais arrivé jusqu'à présent, et cette inconnue était un argument pour nos détracteurs.

Deng sourit, enthousiaste :

– Susan, vous êtes géniale ! C'est parfait ! Vous croyez que vous allez pouvoir convaincre les journalistes ?

– C'est mon métier, Monsieur le Directeur.

Petrov les avait rejoints entretemps, et il désigna Susan d'un signe de tête interrogatif et méfiant.

– C'est bon, Petrov. Elle est au courant. Et Mademoiselle Do vient de nous trouver une excuse parfaite pour les journalistes : Matthieu a déchiré sa combinaison, et il n'est pas rentré de peur que Hal ne puisse pas calculer correctement sa position. Vous devez juste lui en rapporter une, et la mission est tombée à l'eau. Mais nous aurons réussi à ramener tout le monde, malgré une défaillance technique majeure. Succès garanti. Vous êtes prêt ?

– Parfaitement prêt, Monsieur le Directeur.

Susan frémit, mais Deng ne lui laissa pas le temps de réagir.

– Alors nous savons tous les trois ce que nous avons à faire à présent...

Il fit un signe aux techniciens qui patientaient derrière le pupitre :

– OK, vous pouvez démarrer la séquence de départ ! Et ne perdez pas de temps avec la check-list : l'Officier Petrov est paré, nous le savons déjà. Basculez en mode manuel, directement au compte à rebours.

Susan se dirigea rapidement vers l'escalier, et remonta les marches vers le salon de réception qui jouxtait le centre opérationnel. Elle passa juste à côté du vestiaire où elle avait retrouvé Clément quelques dizaines de minutes plus tôt, et ne put s'empêcher de frémir.

Elle se retourna vers la zone de transfert : Petrov avait déjà disparu.

# Chapitre 6

*Malesville, samedi 15 octobre 2011*

Je dévalai le talus et me précipitai vers le tueur, qui courait aussi vite qu'il le pouvait en direction des bois. Mais il était gêné par son embonpoint, et je parvins à le rattraper sans peine à l'orée de la clairière, et à le plaquer au sol en me jetant dans ses jambes.

Il s'effondra, mais parvint rapidement à se dégager et se retourna vers moi en hurlant :

– Lâchez-moi ! Mais qu'est-ce qui vous prend ? Qui êtes-vous, d'abord ?

Je me relevai et je le regardai : il était assis dans l'herbe, rouge et transpirant. Ses yeux trahissaient la peur. Il était pitoyable. Derrière nous, les deux gamins s'étaient rapprochés, cherchant à voir ce qui allait se passer.

– Peu importe qui je suis. Je te connais très bien, et c'est ça qui compte… Je sais exactement ce que tu venais chercher par ici, et les projets atroces qui grouillent dans ton esprit dérangé.

Il bredouilla :

– Vous êtes complètement cinglé ! De quoi parlez-vous ? Je n'ai rien fait de mal ! Je me promène, c'est tout !

– Ne mens pas, salopard ! Je sais parfaitement ce que tu aurais fait à ces deux gosses, là-bas, si je n'avais pas été là. Tu aimes ça, hein, l'idée de faire du mal à des gamins ? Je sais aussi que tu as vu mon ami disparaître tout à l'heure : même ton cerveau malade a dû comprendre que ce qui se passait n'était pas normal. Je pense donc que tu es prêt à croire ce que je vais te dire. Alors, écoute-moi bien, car tu vas entendre à présent quelque chose que personne d'autre que toi n'entendra jamais : je viens du futur. De *ton* futur. Celui où tu es passé à l'acte, et où tu es devenu un tueur d'enfants. Et je suis ici pour t'en empêcher.

Il se releva lentement, et demanda sur un ton hésitant :

– Qu'est-ce que… qu'est-ce que vous allez me faire ?

– Je veux qu'on aille chez toi, tous les deux. Je suis certain qu'il doit y avoir là-bas de quoi étayer ce que je viens de dire. Et ensuite je te conduirai au poste de police le plus proche… Pour que tu ne puisses plus jamais nuire à personne.

– Certainement pas, pauvre débile ! Tu ne vas aller nulle part !

Il sortit un couteau de chasse caché dans son dos, et se précipita vers moi avec une vigueur insoupçonnable pour sa corpulence. Je parvins à éviter le coup qu'il me destinait, mais il me bouscula si violemment que je vacillai sous le choc, tombant à la renverse. Il se jeta alors sur moi, cherchant à me frapper de son arme avec une telle force que je dus saisir son poignet à deux mains pour l'en empêcher.

Ses yeux débordaient de fureur, et il déclara :

– Tu veux savoir ce que j'aime, hein, connard ? Tu vas pouvoir t'en rendre compte par toi-même !

Il me saisit à la gorge de sa main libre, tentant de m'étrangler tandis que je cherchai désespérément à maintenir à distance le couteau. Sa force était décuplée par la rage, et je commençai rapidement à suffoquer. Il fallait à tout prix que je me dégage de cet étau, mais je ne pouvais pas prendre le risque de lâcher sa main droite qui tenait le couteau. Je parvins à le repousser d'un violent coup de genou dans l'abdomen. Il roula sur le côté en grognant, et je me précipitai sur lui pour essayer de le désarmer. Mais il ne lâcha pas son arme, et je dus à nouveau saisir son poignet à deux mains pour le contenir. Il fallait de nouveau le forcer à s'écarter. Je pris mon élan pour l'entraîner sur le côté, espérant le maintenir à distance en le repoussant du genou. Mais il était bien plus lourd que je ne l'avais pensé, et il s'écrasa sur moi en tournant. J'eus tout juste le temps de repousser son poignet, et il s'empala de tout son poids sur la lame. Je vis ses yeux se figer et sa bouche se tordre en une affreuse grimace, puis il s'effondra.

Je me relevai haletant. Mes jambes flageolaient, mes mains tremblaient, et une large flaque de sang tachait ma combinaison qui s'était déchirée en plusieurs endroits.

Je vis les deux gamins me regarder d'un air terrifié, puis le plus grand hurla :

– Il l'a tué ! Il l'a tué ! Il a tué le Monsieur ! Noah, sauve-toi, vite !

Ils prirent immédiatement leurs jambes à leurs cous, détalant vers le petit chemin par lequel ils étaient arrivés sans même prendre le temps de récupérer leurs vélos. Mais j'étais trop essoufflé pour essayer de les rattraper, et je risquais de tomber sur le premier promeneur venu dans cette tenue couverte de sang. Je sentis brusquement le paysage se mettre à tourner autour de moi en un tourbillon intense. J'avais besoin de récupérer un instant. Je me laissai tomber dans l'herbe auprès du corps inerte, la tête entre les genoux. J'avais tué un homme ! Je m'efforçai de reprendre le contrôle de mes nerfs, mais la violence de l'émotion me submergeait. J'avais déjà été contraint à plusieurs reprises de tirer à balles réelles sur des ennemis lors de mes périodes de réserve dans *l'Army*, mais c'était une chose bien différente d'appuyer sur une gâchette à distance et d'ôter une vie à l'arme blanche lors d'un combat au corps-à-corps. Je soufflai profondément en fermant les yeux. Il fallait absolument que je réfléchisse, et vite. La situation était totalement hors de contrôle ! J'étais resté dans le passé, en violation de toutes les règles de l'Agence et de toutes les lois scientifiques ; et je venais à présent de tuer un homme devant témoins ! C'était maintenant moi, et moi seul, qui allais être recherché par la police à cette époque. Et je n'avais évidemment ni pièce d'identité, ni domicile, ni aucune autre justification de mon existence, et cela pour une très bonne et simple raison : en 2011, je n'existais pas ! Si j'étais arrêté, comment pourrais-je expliquer cette situation invraisemblable à la police française ? Je ne pourrais pas non plus facilement plaider la légitime défense : les deux gosses m'avaient clairement vu agresser le type le premier en me jetant sur lui… Comment faire comprendre que je voulais empêcher un crime atroce, alors que celui-ci n'avait pas encore été commis ? Le système judiciaire français ne comportant pas de clause *d'habeas corpus*, je risquais de toute façon d'être emprisonné pendant des mois avant même de passer en jugement ! Et qu'allait faire Deng de son côté, en 2047 ? Son discours la veille m'avait convaincu du fait qu'il était prêt à tout pour éviter la disparition de l'Agence. Perdre un Contrôleur dans le passé était évidemment inacceptable dans cette optique, puisque la Commission de Renouvellement de Tsang-Tippett ne pourrait jamais laisser passer une catastrophe d'une telle ampleur, avec tous les risques que cela comportait d'altération du futur. Deng allait donc probablement faire tout son possible pour m'obliger à rentrer avant que je ne puisse modifier quoi que ce soit sur la chaîne des événements. Il ne savait probablement pas que j'avais déjà irrémédiablement modifié le futur en tuant ce type, qui ne pourrait jamais assassiner ni les deux gosses de Malesville, ni le petit Jenkins aux États-Unis, ni personne d'autre d'ailleurs ?

Que pouvais-je faire à présent ? Avant tout, il me fallait un endroit où me cacher et prendre le temps réfléchir. Mais où ? Je n'avais nulle part où aller ! À moins que… Je me précipitai vers le tueur, et le fouillai rapidement. Par chance, il portait autour de la taille une ceinture banane qui contenait un portefeuille, un smartphone et un trousseau de clefs. J'ouvris le portefeuille : il y avait une carte d'identité plastifiée à l'intérieur, au nom de Richard Sayet. C'était donc ça, son nom : *Richard Sayet*… C'était tout ce que nous étions venus chercher ici en traversant le temps au prix d'un extraordinaire déploiement technologique. Obtenir cette simple information aurait suffi dans des conditions ordinaires pour assurer le triomphe de l'Agence trente-six ans plus tard, mais cela me semblait presque dérisoire à présent tant la situation avait changé. Mon unique projet était de trouver son adresse : avec un peu de chance, Richard Sayet vivait seul, et je pourrais alors aller me réfugier chez lui, au moins transitoirement. Heureusement la pièce d'identité était récente, elle avait été délivrée tout juste un an plus tôt par la Préfecture locale. Je regardai l'adresse indiquée : 12 rue du Bois, à Malesville. *Rue du Bois* ! Avec un peu de chance, c'était près d'ici, il ne devait pas y avoir tant de forêts dans les environs. Mais comment le savoir? Je soupirai tant l'absence d'assistance technologique était désespérante. Sauf que… Je saisis son smartphone : c'était un iPhone! Ça pouvait marcher. Je connaissais très bien ces vieux téléphones : mon père avait vendu sa start-up à Apple, et il était resté fidèle à la marque à la pomme jusqu'à sa mort. Je savais donc que, malgré l'absence de GPS sur les premières versions, Apple avait déjà intégré à ses téléphones un système de cartographie utilisant le signal GSM. Le problème était par contre d'arriver à déverrouiller l'iPhone : ce modèle n'avait pas encore de capteur digital, et moins encore de système de reconnaissance faciale pour lesquels le corps de Sayet aurait pu suffire. Je n'avais donc pas d'autre solution que de tenter de découvrir le code à quatre chiffres, en espérant que ce type ait été assez stupide pour rentrer une combinaison banale. J'essayai d'emblée 0000 en vain. Puis 1234 : nouvel échec. Mince! Au bout de combien d'erreurs de code ce genre de truc se verrouillait-il définitivement, déjà? Je jetai à nouveau un coup d'œil sur sa pièce d'identité : il était né le deux mai 1985. J'essayai donc 0205, mais sans succès. 2585? L'iPhone se déverrouilla enfin, et je poussai un soupir de soulagement.

L'application de localisation était sur la première page. Je tapai son adresse. Le signal mit de longues secondes à se stabiliser : c'était tout près d'ici, à moins d'un kilomètre. Je réalisai avec effroi que Sayet avait dû assister de chez lui à toutes les recherches de la police pour le retrouver après le meurtre des gamins, et que ce taré en avait certainement ressenti une jouissance supplémentaire… Les flics étaient probablement passés devant sa porte. Ils avaient peut-être même frappé pour lui demander s'il avait pu voir ou entendre quelque chose. Il avait dû nier, il avait peut-être même eu quelques mots compatissants pour les familles, ou des encouragements pour les forces de l'ordre, alors que c'était lui qui avait massacré les deux gosses. C'était toujours comme ça, hélas, à l'époque : les policiers n'avaient pas accès à l'ADN de toute la population, et si Sayet n'avait jamais été coincé auparavant pour un délit grave ou à connotation sexuelle ils n'avaient eu aucun motif légal de le prélever, et donc aucun moyen de l'identifier. Cela étant, cette absence de traçage ADN systématique jouait en ma faveur à présent : quand les flics découvriraient le corps ici, sans papiers, il leur faudrait un peu de temps pour retrouver son identité et adresse. Je pouvais donc me rendre chez lui sans craindre de me faire coincer tout de suite. J'y trouverais peut-être un peu d'argent, voire un moyen de transport pour m'éloigner d'ici, et en tout cas certainement quelques vêtements moins voyants que ma combinaison. Mais en attendant, il fallait faire vite, les gosses pouvaient revenir d'une minute à l'autre avec leurs parents, ou même carrément avec la police. Il n'y avait qu'une seule solution pour essayer de passer inaperçu, même si elle ne me plaisait guère. Je déshabillai donc Sayet aussi vite que je pus, en faisant bien attention de ne pas tacher ses vêtements avec le sang qui maculait son tee-shirt. Son survêtement dégageait une odeur de crasse et de sueur acide totalement ignoble, mais je n'avais guère le choix. J'enfilai son pantalon et sa veste par-dessus ma combinaison, je pris sa casquette, sa ceinture banane et sa montre, avant de partir en suivant le signal de l'iPhone. Après quelques mètres à peine, je m'arrêtai brutalement : le Recorder ! Il ne fallait absolument pas qu'il puisse être découvert par qui que ce soit ! Je fis donc rapidement demi-tour, et regagnai le talus où nous nous étions installés Petrov et moi à notre arrivée. Je fourrai rapidement tout notre matériel dans mon sac à dos, puis je repris sans m'attarder la direction de la rue du Bois.

Je courus pendant quelques minutes au milieu des arbres en tâchant d'éviter le sentier forestier de peur de rencontrer des promeneurs. Le sol était jonché de branchages et de broussailles, et je devais faire attention en permanence à ne pas me blesser, ce qui ralentissait mon allure. J'arrivai cependant assez vite à la lisière du bois, qui donnait directement sur l'arrière des jardins des premières habitations, isolés par de simples palissades ou de maigres haies. De là où je me trouvais à présent, je pouvais entendre distinctement les cris des enfants qui jouaient à l'extérieur, ainsi que le son caractéristique d'une tondeuse à gazon à moteur thermique. C'était un bruit totalement incroyable pour moi qui venais d'une époque où l'usage des carburants fossiles avait totalement disparu depuis longtemps. Je me souvenais vaguement du son que faisait la voiture de mon père lorsque j'étais enfant, mais en revanche je n'avais jamais entendu de moteur tel que celui-ci ailleurs que dans de vieux films ou des documentaires. Et ce simple bruit suffisait déjà à me faire comprendre l'extraordinaire dépaysement auquel j'allais être confronté. Je ne connaissais rien, ou presque, de la façon concrète dont vivaient les gens à cette époque. Je ne savais même pas utiliser la plupart des objets qui peuplaient alors leur quotidien. Comment allais-je pouvoir faire pour me débrouiller ici ? Et pourtant, il le faudrait…

Je regardai l'écran de l'iPhone : par chance pour moi la maison de Sayet était située au plus près de la forêt, à mi-parcours d'une petite rue qui décrivait un arc de cercle le long du bois. Je traversai encore quelques taillis pour parvenir à sa propriété : c'était évidemment la seule à être protégée par une enceinte faite de plaques de ciment, qui devait bien faire deux mètres vingt de haut. Les maisons voisines, en revanche, n'étaient entourées que de grillages ajourés qui permettaient d'avoir une vue dégagée sur les bois. Cela donnait, hélas, aussi aux habitants la possibilité d'observer sans problème ce qui se passait chez Sayet. Je réfléchis un court instant : fallait-il mieux prendre le risque d'être vu en escaladant cette clôture, ou carrément entrer par la porte principale, au culot ? Il y avait un trousseau de clefs dans la ceinture banane, et certaines me semblaient assez volumineuses pour être destinées à une porte d'entrée. Je n'avais plus utilisé de clef mécanique depuis au moins quinze ans, mais de cela au moins je me souvenais sans problème. Je décidai donc finalement de contourner l'arrière du jardin : une petite allée se glissait entre la maison de Sayet et l'habitation voisine. Je vérifiai ma tenue, et remontai la fermeture éclair de la veste de survêtement, puis je m'engageai d'un pas aussi assuré que je le pouvais vers la rue. C'était samedi, il était dix-sept heures quinze à présent, avec un peu de chance je ne croiserai personne.

De fait, la rue du Bois était déserte. Une vieille Peugeot 106 orange aux pare-chocs enfoncés était garée devant le pavillon de Sayet. Cela correspondait avec la clef de voiture du trousseau, j'étais donc bien au bon endroit. Je me dirigeai rapidement vers le grand portail de fer à demi rouillé qui fermait la propriété. Sayet avait fait installer un visiophone, et je réalisai subitement qu'il avait peut-être équipé sa maison d'un système d'alarme. J'espérais que ce n'était pas le cas car il n'y avait aucune sorte de télécommande dans sa ceinture banane, et il ne me serait peut-être pas possible de deviner son code aussi facilement que pour son téléphone. Heureusement de tels dispositifs électroniques étaient encore très onéreux à cette époque, et au vu de sa voiture, il me semblait peu probable que Sayet ait eu les moyens pour se permettre ce genre d'investissement.

Je saisis une grosse clef métallique qui me semblait adaptée à la serrure du portail, et j'allais ouvrir quand j'entendis une voix derrière moi.

– B'soir M'sieur. Z'êtes de la famille de Richard ?

Je me retournai, la gorge nouée, et tombai sur un vieux bonhomme en bleu de travail, les mains couvertes de cambouis, qui me dévisageait de la tête aux pieds.

– Euh, bredouillai-je, exactement. Je suis Clément, son cousin.

Le vieux fronça les sourcils :

– De quel côté ?

Je pâlis :

– Comment ça ?

– Ben du côté des cousins de Branieux, ou de ceux de Griviers ?

Je tentai le tout pour le tout :

– De Griviers…

Le vieux dodelina de la tête tout en s'essuyant les mains avec un chiffon. Il avait un visage déformé par l'atrophie partielle d'un côté de la mandibule, et si ridé qu'on l'aurait cru fait uniquement de plis.

– M'en doutais ! C'est pour ça que j't'ai jamais vu dans l'coin. C'est pas la porte à côté, Griviers. J'suis Robert, l'ancien garagiste. Y t'a p'têt parlé d'moi, Richard, non ? J'habite la maison d'en face.

Il me tendit une main encore pleine de cambouis :

– Remarque, j'aurais dû m'douter qu't'étais d'la famille : t'es sapé comme ton cousin. Ça fait plaisir de voir du monde lui rendre visite : d'puis qu'sa mère est morte y a cinq piges on voit plus jamais personne chez Richard. C'est un vrai solitaire, le gars…

J'acquiesçai :

– C’est vrai. C’est bien pour ça que je suis venu.

Le vieux se cala une Gitanes au coin des lèvres, et l’alluma avec un Zippo aux couleurs du drapeau américain. Je commençais à craindre qu’il ne cherche à faire plus ample connaissance.

– Tu restes longtemps ici ?

– Non. Je repars demain.

– Bah dans c’cas, z’avez qu’à passer tous les deux vers sept heures pour l’apéro. C’est pas tous les jours qu’on peut faire sortir le Richard de sa tanière. Y s’ra rentré ?

Je souris du mieux que je pouvais : cela ne me laissait guère qu’une heure.

– Je ne sais pas. On peut dire plutôt dix-neuf heures trente, ça vous irait ?

Le vieux grimaça :

– Ben oui. J’suis tout seul à la maison de tout’ façon. À d’t’aleur alors !

Puis il repartit aussi silencieusement qu’il était arrivé, traversant la rue jusqu’à son pavillon. Ce Robert devait épier tout ce qui se passait dans le quartier pour m’avoir vu arriver devant chez lui. Et je n’étais pas absolument certain qu’il avait réellement gobé mon histoire de cousin. Peut-être allait-il appeler la police, à peine rentré chez lui. Il fallait impérativement que je me presse. J’ouvris donc le portail et j’entrai chez Sayet. Son terrain était exactement tel que j’aurais pu me l’imaginer : non pas vraiment un jardin, comme en avaient les autres pavillons, mais plutôt une zone de friches envahie d’herbes hautes et parsemée de déchets divers. La maison quant à elle était dans un état de délabrement avancé. Les peintures étaient défraîchies, les enduits craquelés, et il manquait plusieurs ardoises sur le toit. Les volets étaient tous fermés, ce qui renforçait encore davantage l’allure sinistre de l’ensemble. Si j’en croyais mon nouvel ami Robert la mère de Sayet était morte depuis cinq ans déjà : cela devait manifestement faire au moins autant de temps que personne n’avait plus rien entretenu ici. Seule la porte d’entrée avait reçu un renforcement récent : des plaques de métal avaient été vissées sur les panneaux de chêne pour éviter qu’elle ne puisse être enfoncée.

Elle n'avait en revanche qu'une seule serrure de type radial. Je fouillai dans le trousseau, et mis la main sur une clef de sécurité à trous qui me semblait correspondre. Je l'introduisis, et poussai la porte lentement en priant pour ne pas entendre le *bip bip* caractéristique d'une alarme. Mais le silence resta total, et je soufflai de soulagement.

L'intérieur de la maison était totalement plongé dans le noir, et en l'absence d'IA pour allumer il me fallut quelques secondes pour parvenir à trouver l'interrupteur. La lumière se répandit d'un petit plafonnier qui éclairait un couloir étroit de part et d'autre duquel se distribuaient les pièces de la maison. Sur la gauche, une cuisine où s'accumulait dans l'évier un monceau de vaisselle sale jouxtait une salle de séjour où un vieux canapé faisait face à un antique poste de télévision à tube cathodique surmonté d'un chat empaillé. Sur la droite, deux chambres encadraient une petite salle de bains qui n'avait pas dû beaucoup servir ces dernières années si on en jugeait par la couche de crasse qui stagnait dans la baignoire. L'ensemble du pavillon ne devait guère dépasser les quatre-vingts mètres carrés. J'entrai quand même avec appréhension dans la chambre principale, au fond, mais je fus immédiatement déçu : elle ne contenait pour seuls meubles qu'un vieux lit double et une armoire préfabriquée. Sur les murs des tableaux campagnards alternaient avec d'anciens portraits de famille en noir et blanc. Rien d'autre. Tout était sale, vieux et mal entretenu, mais il n'y avait objectivement pas la moindre trace d'un comportement déviant, et moins encore d'une quelconque activité criminelle. Seul le couloir était inquiétant : Sayet y avait accroché de nombreux trophées vraisemblablement rapportés de ses parties de chasse : têtes de sanglier, de cerfs ou de chevreuils. Une armoire vitrée renfermait un fusil, une carabine de tir, ainsi qu'une collection complète de couteaux, soigneusement rangés par ordre de taille. Rien d'autre. C'était totalement incroyable, incompréhensible presque, mais cela renforçait hélas l'urgence pour moi de quitter les lieux : je ne pourrais même pas tenter de fournir à la police le moindre élément capable d'expliquer mon acte criminel. Je pris quelques vêtements dans l'armoire, que je fourrai dans mon sac à dos avec le chargeur de l'iPhone et une bouteille d'eau. En fouillant entre les draps je trouvai également quelques billets de banque soigneusement rangés, mais dont le montant ne devait guère dépasser les deux cents euros au total. *Maigre butin*, pensai-je en m'éloignant vers la porte. *Pas vraiment la maison de Marc Dutroux.*

J'allais sortir quand, subitement, je sursautai. *Marc Dutroux*! Toutes les écoles de criminologie, près de cinquante ans après les faits, traitaient encore de cette affaire comme d'un cas révélateur des limites des structures policières et judiciaires dans l'ancien système européen. Je l'avais donc étudiée en préparant l'entrée dans la Division judiciaire de l'Agence. Et je me rappelais parfaitement la façon dont le Belge avait dissimulé ses activités criminelles. Je parcourus donc la maison, et trouvai ce que je cherchais : la table basse du salon était posée sur un volumineux tapis de laine. Je poussai aussitôt la table et roulai le tapis, dégageant une trappe. *Il y avait une cave...*

Je soulevai lentement le panneau de métal, découvrant un escalier en ciment qui plongeait dans l'obscurité. Je descendis lentement les marches, un nœud d'angoisse au travers de la gorge. Une odeur d'humidité rance montait des profondeurs du sous-sol. Je cherchai à tâtons l'interrupteur, que je finis par trouver au pied de l'escalier. La lumière se fit, et je compris. C'était là qu'il avait aménagé sa tanière. L'avait-il déjà fait du vivant de sa mère ? Cela resterait à jamais impossible à savoir. J'espérais simplement de tout mon cœur que cette femme ne s'était jamais aventurée ici. Qu'elle n'avait jamais découvert la véritable personnalité de son fils, et la monstruosité des délires qui peuplaient son esprit. Qu'elle n'avait pas *tu* cela. Qu'elle n'avait même pas *su* cela. Qu'elle n'avait pas pu être *complice*... La cave couvrait à peu près la même surface que la maison, et bien qu'elle ne disposât d'aucune ouverture sur l'extérieur elle avait manifestement été aménagée en espace de vie. Dans un coin se trouvait un lit de fer forgé, draps ouverts, en face d'un écran plat dernier cri. Juste à côté, un lavabo jouxtait un bac de douche en plastique. De l'autre côté, un plan de travail avait été aménagé sur deux tréteaux et supportait un ordinateur à tour et une imprimante, qui émergeaient au milieu d'une foule de restes alimentaires. Un mur était couvert d'étagères, remplies de revues et de DVD. Les autres étaient entièrement recouverts de photographies pédopornographiques, plus ignobles que tout ce que j'avais pu voir ou imaginer dans ma vie auparavant. Des gosses, toujours très jeunes, se faisaient violer ou torturer en gros plan, par un ou parfois même plusieurs adultes. Un frisson d'horreur et de dégoût me parcourut. Ce n'étaient manifestement pas des mises en scène, et l'on voyait que le ou les photographes avaient pris un plaisir sadique supplémentaire à immortaliser la souffrance qui se lisait sur les traits des victimes. Plusieurs posaient même en selfie à côté des gamins dénudés, avec la satisfaction ostentatoire d'avoir exhibé publiquement l'assouvissement de leurs pulsions. La plupart des clichés n'étaient que des captures d'écran provenant des pages les plus sombres du darknet, et j'étais totalement écœuré par la facilité avec laquelle Sayet pu se les procurer : en 2047, il lui aurait été totalement impossible d'obtenir de telles images. Chaque connexion internet était sécurisée par une double identification via la puce antébrachiale et le scanner facial de l'utilisateur : l'accès aux sites illicites fournissant des contenus répréhensibles, voire criminels, tels que la pédopornographie était donc totalement impensable, sous peine de dénonciation immédiate aux autorités, puisque tous les fournisseurs d'accès internet avaient été contraints de collaborer avec les forces de l'ordre depuis des années. Les accès anonymes au net restaient bien théoriquement possibles, mais ils étaient sévèrement prohibés et les fournisseurs d'IP clandestines étaient aussi impitoyablement traqués que les *bootleggers*[1] durant la Prohibition. La lutte contre tous les comportements déviants avait été une priorité pour les gouvernements occidentaux durant l'époque des pandémies, afin de réapprendre la discipline à des populations auparavant rétives à se soumettre aux autorités. Et le résultat avait été atteint au-delà même de leurs espérances, tant le conformisme sanitaire et social était devenu la règle désormais.

J'allais m'éloigner de cet endroit horrible lorsque quelques photos accrochées au plus près du lit attirèrent mon attention : c'étaient manifestement des impressions de clichés réalisés par Sayet lui-même. On le voyait en compagnie de garçonnets asiatiques aux yeux hagards, manifestement drogués ou alcoolisés, qu'il enlaçait sur les lits de chambres miteuses évoquant des bouges thaïlandais ou philippins. Était-ce lorsqu'il n'avait plus eu la possibilité financière de partir assouvir à l'étranger ses fantasmes criminels qu'il avait définitivement basculé vers

1. Trafiquants d'alcool.

le viol et le meurtre ? Je pris rapidement quelques clichés de ces photos avec l'iPhone, puis je me souvins du vieux garagiste que j'avais croisé en haut quelques minutes plus tôt : était-il possible qu'il fût lui-même au courant de tout cela, s'il était effectivement un ami de Sayet ? Il était urgent que je déguerpisse ! Je ramassai le sac à dos que j'avais déposé près du lit, et je me dirigeai vers l'escalier lorsque j'entendis un bruit à l'étage au-dessus…

Et c'est à ce moment que je vis la photo.

# Chapitre 7

*Malesville, samedi 15 octobre 2011*

– Quelle merde ! Je déteste vraiment cette saloperie…

Petrov était réapparu exactement au même endroit au bord de la voie ferrée, et comme à chaque saut temporel il était totalement submergé par la sensation de vertiges. Incapable de rester debout, il dut s'asseoir un instant pour ne pas tomber. Il savait très bien qu'il lui faudrait quelques minutes pour être opérationnel, et il s'efforça de respirer profondément pour accélérer sa récupération. Deng lui avait mis la pression, il fallait à tout prix retrouver cet abruti de Matthieu et le ramener avant que les journalistes ne se rendent compte de sa disparition, et surtout avant qu'il n'ait provoqué de catastrophe temporelle !

Petrov ne parvenait pas à comprendre pourquoi le Contrôleur avait refusé de rentrer avec lui tout à l'heure. Matthieu était pourtant un type expérimenté qui connaissait exactement le principe des missions de la Division judiciaire. C'est certain, ce n'était pas marrant de devoir regarder à chaque fois des inconnus se faire massacrer sans pouvoir réagir… Mais ce n'était pas si différent des reportages sur les guerres, les attentats ou les épidémies que tout le monde visionnait sans problèmes à longueur de journée, au final. Juste un peu plus proche. Il suffisait de se concentrer sur l'écran du Recorder, de regarder la scène comme si on était au cinéma, et de se dire que, de toute façon, ces crimes avaient *déjà* eu lieu et qu'il n'était donc pas *réellement* possible de les empêcher… Cela lui suffisait. Et puis il fallait bien obéir aux ordres, et lui, Petrov, avait toujours obéi aux ordres. C'est ce qui lui avait permis de gravir les échelons si rapidement dans la police, puis au FSB[1], de devenir officier, et d'avoir à présent la chance de travailler à Boston pour TimeCrime. Pour un garçon d'origine modeste comme lui, c'était une chance inestimable ! Son poste était éminemment stratégique : il lui donnait la possibilité d'observer de l'intérieur la technologie extraordinaire qu'avait mise au point l'équipe de Guttierez, et surtout la façon dont les Américains comptaient s'en servir. La Russie avait elle aussi beaucoup souffert des pandémies des années 2020, mais son système politique autoritaire lui avait permis de contrôler l'économie et la population de façon plus efficace que n'avaient pu le faire les États-Unis. Depuis les années 2030, elle avait donc presque réussi à faire jeu égal avec son ancien rival sur la scène internationale, dans l'ombre de la nouvelle hégémonie chinoise. La Fédération russe était donc particulièrement attachée à ce que le contrôle de la technologie temporelle par l'ONU soit strictement maintenu pour éviter que l'Amérique ne retrouve l'ascendant qu'elle avait exercé jadis au vingtième siècle. Petrov savait que ses chefs au FSB comptaient sur lui : si son année de détachement à l'Agence se passait bien il pouvait sans peine espérer une importante promotion à son retour en Russie. Dans le cas contraire, il lui faudrait rendre des comptes, et il savait parfaitement ce que cela pouvait vouloir dire… Il était donc vital de garder la confiance de Deng, et pour cela de ramener Matthieu !

Comme les vertiges commençaient à s'estomper, Petrov put ouvrir un peu les yeux et il commença à observer les environs. Le Recorder n'était plus là, et le sac à dos de Matthieu non plus. Au moins cet imbécile avait-il eu la présence d'esprit de ne pas laisser traîner des traces de leur technologie. Il regarda juste à côté le tire-fond qui l'avait blessé tout à l'heure, et qui était encore taché de son propre sang. Il était vraiment énorme ! Comment avait-il pu ne pas le voir ? La douleur le lançait encore, et il boitait assez fortement. Mais il n'était pas question de s'écouter : dans le FSB, on pouvait bien avoir une cheville en vrac ou une balle dans le mol-

1. Services de Renseignement russes

let, quand il fallait marcher on marchait. Petrov descendit le talus, prêt à partir en chasse sur les traces de Matthieu. Mais à peine était-il arrivé dans la petite clairière qu'il aperçut le corps de Sayet, à demi dénudé, qui gisait derrière les vieux bidons rouillés abandonnés par la SNCF.

Il grommela :

– Et merde ! Il l'a déjà buté !

Il se rapprocha du corps aussi vite que lui permettait sa blessure, et constata aussitôt que c'était bien le type qui était arrivé tandis que Matthieu et lui observaient les enfants : il le reconnaissait parfaitement. Mais comment pouvait-il être possible qu'il soit *déjà* mort, et déshabillé ? Les techniciens de Boston devaient le transporter à Malesville juste après son départ tout à l'heure. Il regarda sa montre radio-pilotée : celle-ci indiquait à présent 17 h 40 ! Cela devait faire près de quarante minutes que Matthieu l'avait réexpédié en 2047 ! Ce délai était incompréhensible : il était bien trop tard pour pouvoir agir désormais, que ce soit pour empêcher Matthieu de modifier le passé ou même tout simplement pour partir à sa recherche ! Comment savoir à présent où il avait pu aller ? Petrov n'avait plus aucune idée de ce qu'il allait pouvoir faire pour mener à bien sa mission, mais il n'était pas question pour autant de rentrer bredouille et il commença donc à examiner méticuleusement le cadavre, espérant découvrir un début de piste. Il observa le couteau planté dans le flanc droit jusqu'à la garde : la lame avait dû sectionner les vaisseaux iliaques, entraînant une mort rapide. Il retira l'arme du corps : c'était un couteau de chasse banal, et pas une arme militaire. On pouvait en acheter dans n'importe quelle armurerie à cette époque. Le type était donc probablement un civil. Il était sale, ses ongles et ses dents n'étaient pas soignés, mais il semblait en revanche assez costaud malgré son surpoids. Il devait bien faire dans les cent kilos de graisse et de muscles, et il n'était pas vieux, trente ans tout au plus. Le tuer n'avait donc pas dû être si facile s'il avait eu le temps de se défendre. Est-ce que cela avait été délibéré ? Vu le site de la blessure, Petrov penchait davantage pour un accident, probablement à l'occasion d'une lutte armée. Un coup porté au flanc pouvait rester superficiel ou ne pas toucher d'organe vital ; un homme entraîné comme Matthieu, qui servait dans *l'US Army Reserve* selon les informations que lui avait fournies le FSB, aurait donc certainement choisi une attaque plus efficace s'il avait vraiment voulu tuer d'emblée : lombes, épigastre, ou gorge, par exemple. Une fois le type mort, il avait probablement déshabillé le cadavre pour prendre ses vêtements afin de pouvoir filer sans être repéré... Mais où ? Petrov retourna le corps : il n'avait aucun indice à se mettre sous la dent. Ni papiers, ni clefs, ni téléphone ou autres effets personnels : Matthieu avait dû tout embarquer, ce qui indiquait bien qu'il avait calculé sa fuite et qu'il ne comptait toujours pas rentrer en 2047.

Petrov terminait son inspection quand il entendit soudain le bruit d'une voiture se rapprochant à vive allure dans le chemin forestier, sirène hurlante.

– Putain, les flics !

Il regarda autour de lui : impossible de courir assez vite jusqu'aux taillis avec cette foutue blessure au pied. Il ne lui restait plus qu'à rentrer le plus vite possible à l'Agence.

Il se relevait déjà pour activer son bracelet convecteur quand il entendit brusquement une voix derrière lui qui criait :

– Les mains en l'air, connard ! Si tu bouges ne serait-ce qu'un orteil, je t'allume direct ! Retourne-toi, doucement, et jette ton arme !

Petrov sentit son cœur s'arrêter de battre : il n'était pas pensable qu'il puisse être fait prisonnier, avec sa combinaison et son matériel au complet ! Il fallait impérativement s'échapper !

Mais derrière lui une autre voix reprit, impérieuse :

– Tu as compris ce qu'on te dit, *Spiderman* ? Retourne-toi, mains en l'air, et vite, ou on tire ! Et balance ton couteau !

Petrov n'eut pas besoin de l'assistance du traducteur instantané de son implant mastoïdien pour comprendre au ton de la voix que l'homme ne plaisantait pas, et il se retourna lentement, les bras levés. Deux policiers à vélo lui faisaient face, l'arme au poing. Petrov grimaça : les sirènes de la voiture de leurs collègues l'avaient empêché de les entendre approcher quand ils étaient arrivés par l'autre côté du chemin ! Il jeta le couteau de chasse à quelques mètres sur la droite, et aussitôt le policier de gauche descendit de vélo, s'approchant de lui en saisissant les menottes fixées à sa ceinture pendant que l'autre agent le maintenait en joue.

– Mets-toi à plat ventre ! Face contre terre !

Petrov s'exécuta.

Le policier lui enfonça un genou dans les lombaires, puis lui saisit les poignets l'un après l'autre et le menotta dans le dos.

– C'est bien ! Reste sage ! intima l'homme en commençant à le palper le long des jambes et du torse. Petrov ne portait rien d'autre que sa combinaison, et l'agent interrompit rapidement sa fouille pour se relever.

– Tu restes à plat ventre, compris ? Si tu bouges, t'es mort !

Petrov entendit le véhicule de police s'immobiliser auprès d'eux. Il tourna la tête dans sa direction : ce n'était pas une voiture, mais une fourgonnette, et quatre hommes en uniformes en sortirent aussitôt, l'arme au poing.

Le policier qui avait menotté Petrov se dirigea vers eux, tandis que son collègue continuait à tenir le Russe en joue.

– C'est bon, les gars ! On l'a chopé ! Ce connard était encore là quand on est arrivés !

– T'es sûr que c'est lui, Gilles ?

– Tu rigoles ? Tu connais beaucoup de gonzes dans le quartier qui se baladent avec une combinaison comme celle-là ? Ça correspond exactement à la description que nous ont faite les gosses ! En plus, il avait encore l'arme dans la main quand on est arrivés ! Il l'a jetée là, dans le coin. Un couteau de chasse, on dirait.

Un second véhicule s'immobilisa derrière le fourgon : c'était cette fois une voiture banalisée.

Deux hommes en civil descendirent, et Petrov entendit distinctement le policier près de lui murmurer entre ses dents à son intention :

– Bertomme et Zerrouki ! Ça ne va pas rigoler pour toi, mon gars…

L'un des deux hommes, un petit blond tout sec aux cheveux ras, se dirigea rapidement vers eux. Il vint s'accroupir juste à côté de Petrov et le fixa droit dans les yeux en demandant, le visage sévère :

– C'est toi qui as fait ça ?

Petrov comprenait ce qu'il lui disait grâce au traducteur instantané, mais hélas il ne parlait pas un mot de français. Il se contenta de hausser les épaules, les mains entravées par les menottes, en écarquillant les yeux.

– C'est pas toi ?

Petrov répondit en anglais :

– *No ! I don't speak French. I am Russian. I didn't kill him ! I was just walking by*[1] *!*

Le blond fit une grimace :

– T'es russe ? Tu parles pas français ? Et tu faisais que passer dans le coin, bien sûr ! Tu voudrais me faire gober ça, camarade ? Mais qu'est-ce que tu fous là, alors, avec ta combinaison moule-bite ? T'es un agent du KGB en mission secrète, peut-être ?

Petrov sourit, et le policier continua en plissant les yeux :

– Oh, tu peux bien te foutre de ma gueule... J'ai l'habitude. Mais pas de bol pour toi, camarade, il se trouve qu'on a deux gosses qui t'ont clairement vu te battre avec le gars étendu raide mort à côté de nous... Alors tu peux toujours essayer de nous faire croire que tu ne parles pas français pour gagner du temps, mais il va falloir rapidement trouver mieux « que je passais par-là » si tu ne veux pas te retrouver entre quatre murs, ducon ! Et même si chez nous la taule c'est sûrement plus sympa que chez toi, je suis certain qu'il y a quand même un paquet de Tchétchènes dans nos prisons qui vont adorer s'occuper de ton joli petit cul de Ruskoff !

L'autre policier en civil l'interpella :

– Eh, Romain, viens voir !

Le policier se leva, et rejoignit son collègue qui observait le cadavre étendu quelques mètres plus loin.

– Qu'est-ce qu'il y a, Karim ?

– Où sont les fringues du macchabée, d'après toi ?

1. Non ! Je ne parle pas français. Je suis russe. Je ne l'ai pas tué. Je ne faisais que passer par là.

– Comment ça ?

– Où sont ses fringues ? Ce type ne se baladait quand même pas en slip dans les bois !

– Ben, j'en sais rien !

Le deuxième policier fourra les doigts dans ses longs cheveux bouclés pour se gratter la tête, l'air soucieux.

– Tu te rappelles ce qu'on dit les gosses ? Ils ont raconté qu'il y avait deux types bizarres au début. Et qu'un des deux a disparu quand l'autre leur a demandé de tourner la tête. C'est peut-être celui-là qui lui a piqué ses fringues.

– Sûrement… Merde, ça veut dire qu'on a vraiment un deuxième cinglé en combi Star Trek dans le coin, tu crois ?

Le second policier se frotta le menton, l'air songeur.

– Peut-être bien. Mais il n'est plus en combi, maintenant. Et en attendant, ça va pas être facile de découvrir qui c'était, ce gars-là : il n'a même pas de papiers ou de téléphone portable sur lui.

Un des policiers en uniforme se rapprocha :

– Je crois que je sais qui c'était, mon capitaine ! Il y a un gars un peu chelou qui habite dans la même rue que mes beaux-parents, pas très loin d'ici : je crois que c'est ce type-là. Je l'ai déjà repéré à plusieurs reprises : c'était du genre à finir tôt ou tard au poste avec les menottes. Richard Sayet, qu'il s'appelait !

Il dévisagea le cadavre, et il ajouta :

– Oui, j'en suis sûr maintenant. C'était bien lui.

À quelques mètres de là Petrov sourit : au moins n'avait-il pas tout perdu, il avait le nom du tueur. Il fallait à tout prix en apprendre le plus possible, et il tendit l'oreille.

– Richard Sayet ? reprit le policier. Connais pas. Pourquoi penses-tu qu'il n'était pas clair, Grimaud ?

– Je crois qu'il avait déjà été chopé deux ou trois fois par la patrouille en train de rôder autour du collège et à mater les gosses.

– Juste mater, ou branlette et compagnie ?

– Juste mater, mon capitaine.

– T'es sûr que c'était un pervers, alors ?

– Affirmatif, mon capitaine. Aucun délit constaté, mais une tronche de gros vicelard, c'est sûr à cent pour cent !

L'officier fit la moue en contemplant le corps de Sayet :

– Pas que la tronche, Grimaud. En tout cas c'est une info inespérée : on va bouger tout de suite pour aller chez ce lascar. Si c'est un règlement de compte ou un truc du genre, on va peut-être trouver des indices à son domicile !

Bertomme opina :

– Briand et Clavier, bravo à tous les deux pour avoir chopé le premier gugusse en collant ! Vous allez appeler la scientifique pour le macchabée et attendre ici jusqu'à ce qu'ils arrivent. Ça ne devrait pas trop traîner j'espère. Ensuite vous pourrez rentrer pour recevoir les félicitations officielles, vous les avez bien méritées !

Puis il se tourna vers les quatre hommes du fourgon et reprit :

– Vous quatre, vous rentrez direct mettre notre copain ruskoff au frais avant que les médias débarquent. Et puis la commissaire va sûrement vouloir l'interroger avant qu'on ait un avocat dans les pattes, alors trouvez-nous un traducteur, et fissa ! Pendant ce temps-là, Zerrouki et moi on file directement chez Sayet. Où habitent tes beaux-parents, Grimaud ?

– Rue du Bois, mon capitaine. Dans le lotissement des îlets. Si Sayet n'est pas dans l'annuaire, vous pouvez vous arrêter chez eux, ils vous diront où est sa maison. Ils habitent au n° 8.

– Impec ! On vous retrouve au commissariat après.

Bertomme et Zerrouki regagnèrent aussitôt leur voiture, et démarrèrent en trombe sur le chemin forestier, gyrophare allumé.

Dès qu'ils se furent éloignés, le dénommé Grimaud se rapprocha de Petrov, qu'il saisit par la nuque :

– Allez, debout, mon gars ! On t'emmène faire une petite promenade ! T'as du bol, Bertomme a été plutôt gentil avec toi. De sa part, c'est presque étonnant !

Le Russe se releva, et le policier le poussa sans ménagement vers la fourgonnette.

Il ouvrit la porte arrière et lui fit signe de rentrer en disant :

– Tu vas t'asseoir là bien sagement avec moi, Popov ! Et pas bouger, compris ?

Petrov s'assit sans broncher sur une petite banquette métallique, et Grimaud attacha ses menottes à la paroi.

Il allait s'asseoir à son tour quand un de ses collègues l'interpella :

– Eh, Patrick, t'as ton feu ?

– T'as pas entendu Bertomme, Renaud ? On ramène le gars direct !

– On peut quand même s'en griller une petite avec les copains avant, non ? Il va pas se sauver, maintenant, ton coco…

Grimaud dévisagea Petrov, qui gardait la tête baissée, l'air résigné. Il n'avait pas l'air de vouloir poser de problèmes. Renaud avait raison : il fallait mieux en profiter maintenant, d'autant qu'il n'était plus question de fumer dans le commissariat depuis que la nouvelle commissaire avait décidé d'appliquer strictement la loi de 2007. Il palpa ses poches de pantalon, sortit un petit Bic rouge, puis ferma la porte de la fourgonnette et rejoignit ses collègues.

– OK, c'est d'accord… Mais vite, alors. Qui a ses clopes ?

Un des autres policiers sortit un paquet jaune de *Camel* :

– Moi. Mais j'ai oublié mon feu au poste…

Les quatre hommes du fourgon se partagèrent les cigarettes, tandis que leurs collègues à vélo appelaient par radio la police scientifique afin qu'elle vienne sur les lieux faire les constats d'usage.

Tout en tirant rapidement sur sa cigarette, Grimaud désigna le corps de Sayet :

– Je suis pas certain qu'il faille beaucoup le pleurer, celui-là. Mes beaux-parents m'ont toujours dit qu'il foutait la trouille à tout le quartier. Et même si on n'a jamais pu le choper en flag, je suis certain qu'il était chelou, à toujours tourner autour des gamins du collège. Il aurait basculé, tôt ou tard.

Ses collègues opinèrent, mais un d'entre eux reprit quand même :

– Peut-être bien, mais t'avoueras que c'est quand même bizarre qu'il se soit fait planter comme ça sans raison par les deux cinglés en combi. Tu crois qu'ils faisaient un truc zarbi genre jeu de rôle, ou quelque chose comme ça ?

Grimaud éclata de rire en jetant sa clope :

– T'es vraiment un beauf, Manu. On dit *cosplay*, maintenant. *Jeu de rôle*, c'était quand on était au lycée… Ah mais oui, c'est vrai, j'oubliais : t'y es même pas allé, au lycée, toi !

Les autres policiers éclatèrent de rire à leur tour, et le dénommé Manu haussa les épaules en maugréant :

– Je suis peut-être un plouc, mais toi t'es vraiment un con, Grimaud… Allez, en route, c'est moi qui conduis !

Les quatre policiers se préparèrent pour le départ et Grimaud fit le tour du véhicule, un sourire aux lèvres en pensant à sa saillie. Il ouvrit la porte arrière et son sourire se figea immédiatement : le fourgon était vide.

# Chapitre 8

*Boston, mercredi 10 juillet 2047*

Petrov réapparut sur la zone de transfert exactement à l'endroit prévu, et il tomba aussitôt à genou, l'estomac secoué de spasmes d'une violence extrême. C'était son quatrième transfert de la journée, et son oreille interne était sur le point d'exploser tant les vertiges étaient intenses.

Deng se précipita aussitôt vers lui, tout en faisant signe aux techniciens de rester à leur poste.

– Ça va, Petrov ? Mais où est Matthieu ? Il y a encore eu un problème ?

Petrov leva les yeux vers lui. Il était livide. Il désigna les deux hommes derrière le pupitre de contrôle et hurla :

– Évidemment qu'il y a eu un problème ! Ces abrutis m'ont transporté là-bas bien trop tard ! Je suis arrivé quarante minutes après mon premier départ ! Matthieu avait déjà éliminé le tueur, et il était déjà loin !

Deng pâlit.

— *Éliminé* le tueur ? Vous voulez dire qu'il l'a…

– Qu'il l'a tué, exactement ! J'ai vu son cadavre. Ils ont dû se battre, pour autant que je puisse en juger, et ça s'est mal terminé. Le type a pris un coup de couteau dans le ventre.

– Mais… comment est-ce possible ?

Deng se tourna vers le pupitre, fou de rage :

– Qu'est-ce qui s'est passé, Grüber ? Pourquoi l'agent Petrov est-il arrivé si tard en 2011 ? Je vous avais pourtant expressément demandé de le transporter juste après son départ !

Le technicien écarta les mains en signe d'impuissance :

– Je ne comprends pas, Monsieur le Directeur ! C'est la première fois que ça arrive ! Nous avions bien réglé le transfert pour une arrivée à 17 heures, heure locale. Il y a dû avoir une dérive, c'est la seule explication.

– Une *dérive* ?

– Oui. Le système doit avoir rebooté tout seul, suite à un bug interne ou une interférence. Hal a été conçu pour cela. Mais il a ensuite repris sa tâche en cours mais avec un écart d'horloge. C'était un risque que nous avions envisagé lors des tests, il y a cinq ans, mais ce n'était jamais arrivé en pratique.

Deng serra les poings.

– Et il fallait évidemment que cela se produise *aujourd'hui* !

Grüber baissa les yeux.

– Je vais refaire tous les tests sur Hal, Monsieur le Directeur. Cela ne se renouvellera pas !

Deng retourna vers Petrov, qui avait enfin réussi à se lever.

– Qu'est-ce qui s'est passé ensuite ? Vous êtes rentré immédiatement ?

– Pas vraiment ! Je me suis fait coincer par la police locale, qui a débarqué alors que j'examinais le corps.

– Mince… Est-ce que ?

Petrov sourit :

– Non, ils ne se sont doutés de rien. Je crois qu'ils ont pris ma tenue pour une sorte de déguisement. Et j'ai pu rentrer dès que je me suis retrouvé seul à l'arrière de leur fourgon. J'ai même pu constater que Hal est vraiment très précis : il m'a fait revenir sans les menottes !

– Nous avons eu un peu de chance, alors…

– Oui. J'ai également pu récupérer l'identité du tueur que nous étions venus identifier. Un certain Richard Sayet. Mais ça ne sert plus à rien, à présent : il n'a tué personne, finalement…

Deng sursauta :

– Qu'est-ce que vous dites, Petrov ?

Le Russe le regarda, l'air étonné :

– Et bien… Je dis juste que ce Sayet n'a pu tuer personne, au bout du compte, puisque Matthieu l'a éliminé avant qu'il ne s'en prenne aux gosses…

Deng se frappa le front :

– La théorie de Bergman ! Elle est juste ! J'aurais dû m'en douter depuis le début ! Si seulement nous avions pu faire cette démonstration dans d'autres circonstances, cela aurait pu avoir des conséquences incalculables !

Petrov le regarda, l'air totalement abasourdi.

– La *théorie de Bergman* ? Mais de quoi parlez-vous ?

– Voyons, Petrov, ne me dites pas que vous n'avez jamais entendu parler de Théodore Bergman ?

Le Russe haussa les épaules en signe d'ignorance.

– C'est un Suisse, reprit Deng. Un génie de la physique quantique, en outre féru d'informatique. Un des types les plus brillants de sa génération dans ces deux domaines. Il a quitté son pays dans les années 2010 pour venir travailler aux États-Unis avec Esther Guttierez, et il a été avec elle l'un des deux cerveaux de la mise au point de notre technologie, s'occupant notamment de la conception du calculateur quantique indispensable à la réalisation de nos déplacements dans le temps. Ce fut ensuite Bergman qui, le premier, s'est interrogé sur le bien-fondé du programme de voyage temporel tel qu'il avait été pensé initialement par l'administration américaine, et on raconte que c'est lui qui persuada Guttierez de dévoiler ce projet à l'ONU. Mais ensuite les choses ont mal tourné entre eux deux. Bergman en vint à se persuader qu'un encadrement des voyages temporels, aussi strict qu'il fût, ne pourrait suffire à éviter la survenue d'une catastrophe et que l'ensemble du programme devait être totalement arrêté. Quand il vit que Guttierez n'en ferait rien et que la résolution Tsang-Tippett allait au contraire donner un cadre légal aux explorations, il préféra tout abandonner et il quitta l'Agence en signe de désapprobation. Depuis plus personne n'a entendu parler de lui. Il paraît qu'il est encore en vie, reclus dans son chalet des Alpes vaudoises...

Petrov hocha de la tête :

– Et qu'est-ce que c'est que sa théorie ?

Deng courut jusqu'au pupitre des techniciens, puis revint vers Petrov avec une tablette et un stylo électronique. Il commença aussitôt à tracer une flèche horizontale, tout en se lançant dans les explications.

– C'était extrêmement brillant, mais personne ne l'a suivi à l'époque ! C'était pourtant la raison essentielle pour laquelle il voulait que le programme s'arrête. Selon Bergman, si le voyage dans le temps devenait une réalité, l'homme entreprendrait tôt ou tard d'interagir avec le passé, quitte à le modifier, car il découvrirait rapidement que les altérations apportées ne pouvaient pas avoir de conséquences sur le présent. C'est ce qu'il avait appelé la *théorie de non-interférence temporelle.*

Petrov fronça les sourcils :

– Comment cela ?

– C'est simple. Enfin, presque... Vous voyez, Petrov, le temps peut très facilement être représenté comme une ligne venant du passé et progressant vers le futur, comme sur cette flèche, d'accord ?

Le Russe hocha de la tête.

– Selon la théorie de Bergman, si une modification temporelle survient à un instant T dans le passé sur cette ligne, elle génère aussitôt l'apparition d'une divergence, que l'on peut représenter comme un rameau qui s'écarte de la ligne d'origine. Vous me suivez ? Mais le futur distant, lui, n'est pas encore modifié à cet instant. C'est pour cela que j'ai réagi normalement lorsque vous m'avez parlé des meurtres commis par Sayet. Si les théories classiques concernant les voyages dans le temps avaient été vraies, en tuant Sayet en 2011 Matthieu aurait instantanément empêché ces crimes d'être commis, et nous ici en 2047 n'en aurions même pas eu connaissance à votre retour. En fait, vous seriez rentré dans un « autre » monde, où Sayet n'étant jamais devenu un criminel nous ne vous aurions même jamais envoyés à sa recherche. C'est cette conception traditionnelle qui a régi toute notre approche des voyages dans le temps, et c'est en fonction de ces principes qu'a été bâtie l'échelle de Wells évaluant la gravité des accidents temporels selon leur risque théorique de conséquences sur le futur. Mais tout ceci s'avère manifestement faux, comme Bergman le pressentait ! Bien que Matthieu ait empêché Sayet de commettre ses crimes, nous avons toujours connaissance du double meurtre de Malesville, ainsi que de l'assassinat du petit Rickman ! En fait, lorsqu'en 2011 vous décidez de rentrer en 2047 vous remontez la ligne divergente jusqu'à l'embranchement avant de redescendre le long de la ligne initiale. Et vous arrivez ici. Venez voir !

Il traîna Petrov par la manche jusqu'au pupitre, et frappa quelques lignes sur l'ordinateur. Un article de presse du *Tennessean* relatant le crime commis à Nashville en 2046 s'afficha aussitôt. Il frappa encore quelques mots, et une deuxième page s'ouvrit : c'était l'article de *Wikipédia* relatant l'histoire sordide des meurtres de Malesville.

Petrov se gratta la tête pensivement, totalement dépassé.

– Mais… comment est-ce possible ? Sayet n'a pourtant pas tué les gosses, là-bas ! J'en suis certain ! Pourquoi la machine ne nous ramène-t-elle pas dans le « nouveau » 2047 ?

Deng soupira et reprit son dessin en le complétant :

– Mais parce qu'il n'existe pas encore ! Regardez bien. Au fur et à mesure que le temps passe, les deux lignes de temps, l'originelle et la nouvelle se déploient en parallèle. Il faut donc un délai de trente-six ans pour produire un « autre » 2047 dans la ligne divergente, dans laquelle Sayet n'aurait jamais pu tuer personne. Mais nous-mêmes n'aurions pas bougé de notre ligne d'origine pour autant ! Nous aurions simplement vieilli de trente-six ans également, ce qui nous placerait en 2083, sans que notre passé et nos souvenirs ne soient bouleversés de quelque façon que ce soit. La divergence des lignes temporelles provoquée par Matthieu aboutirait donc bien à la formation d'un passé alternatif, mais celui-ci évoluerait ensuite séparément de nous et n'altérerait jamais notre présent. Vous comprenez ? En revanche, au fur et à mesure que le temps s'écoulerait il ne nous serait plus possible d'accéder aux événements correspondants sur la ligne initiale. Nous serions à chaque fois « aiguillés » vers la nouvelle ligne, car l'événement déclencheur de la divergence aura bel et bien eu lieu. Et donc si en 2083 vous décidez de voyager vers 2047, ce sera cette fois vers « l'autre » 2047 que vous arriverez. Mais si vous rentrez à votre point de départ en 2083, vous reviendrez une fois encore sur la première ligne.

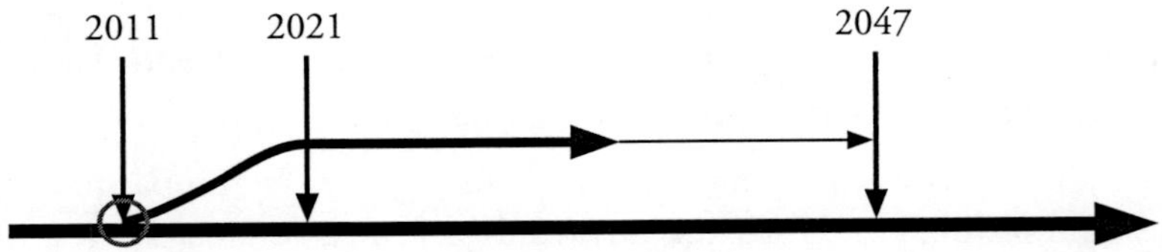


Petrov regarda attentivement le dessin que Deng lui tendait, l'air visiblement très satisfait. Tout ce charabia scientifique n'avait pas beaucoup de sens pour lui, mais peu lui importait en fait. Son présent n'avait pas pu être modifié pour une raison physique quelconque, et cela lui semblait le principal.

Il se hasarda donc à demander :

– En ce cas, Monsieur le Directeur, puisque Matthieu ne risque pas de provoquer de changements nous concernant, nous pouvons donc le laisser là où il est sans crainte, non ? Après tout, nous pourrions bien raconter aux journalistes qu'il a eu un accident, qu'il s'est perdu ou je ne sais quoi encore, vous ne pensez pas ? Personne ne pourrait nous contredire…

Deng le fusilla du regard :

– Vous n'y pensez pas, Petrov ! Ce serait pour le coup reconnaître publiquement la survenue d'un incident majeur lors d'une de nos missions ! Une faille dans nos protocoles de sécurité ! Même si nous apportions la preuve que la théorie de Bergman est vraie, l'Agence n'y survivrait pas : comment pourrions-nous prétendre continuer à envoyer des hommes dans le passé si nous ne pouvons pas être certains de les en ramener sans encombre ? Les Français et les Anglais s'engouffreraient sans hésiter dans cette brèche et Tsang-Tippett ne serait pas reconduite, précisément au moment où s'ouvrent à nous de nouvelles perspectives d'exploration extraordinaires !

– Comment cela ?

Deng était surexcité :

– Réfléchissez, un peu, enfin ! Puisque Bergman a raison comme nous le savons à présent et que nous n'avons donc plus à craindre que nos interactions avec le passé n'aient de conséquences directes sur notre présent, nous pourrions désormais nous livrer sans risque à de réelles immersions ! Participer à la vie publique à l'époque de la guerre civile romaine, embarquer sur les galions des grandes découvertes, ou pourquoi pas prendre part à la révolution américaine, par exemple ! Tout nous serait permis ! Nous pourrions même *filmer* tout cela, et le présenter au public en rentrant. Pas de la fiction, Petrov, de la réalité historique authentique ! L'assassinat de Jules César, le débarquement de Normandie ou le bombardement d'Hiroshima assis dans votre salon comme si vous y étiez ! Vous rendez-vous compte des retombées potentielles, tant scientifiques que commerciales ? Ce serait extraordinaire pour l'Agence !

Petrov sentit son pouls s'accélérer. Il y aurait décidément beaucoup à transcrire ce soir dans le rapport codé qu'il adressait quotidiennement au bureau américain du FSB. Mais ce n'était surtout pas le moment de lâcher l'affaire.

– Je comprends ! Mais alors, pour Matthieu, que faisons-nous ?

– J'allais vous poser exactement la même question, messieurs !

Les deux hommes se retournèrent, découvrant Susan Do qui les toisait, les poings sur les hanches.

– Qu'est-ce que c'est que cette histoire de Bergman ? Demanda la jeune femme, visiblement furieuse, et pouvez-vous me dire où est Matthieu ? Vous deviez pourtant le ramener, Petrov ! Qu'est-ce que je vais dire aux journalistes, moi ? Tout le monde commence à s'impatienter sévèrement, en haut !

Deng se raidit, et répliqua fermement :

– Calmez-vous, Susan ! Est-ce que vous oubliez à qui vous parlez ?

Do ne baissa pas les yeux, et répondit d'un ton sec :

– Au *futur ex-directeur* de l'Agence, je vous le garantis, si vous ne me donnez pas rapidement une bonne explication à servir aux médias !

Deng s'adoucit aussitôt.

– Bien... Je peux vous en donner une très simple, Susan, mais il ne sera pas possible de la relayer à la presse. Il semblerait qu'il y ait eu une sorte de bug informatique lors du second départ de l'agent Petrov tout à l'heure. Un problème d'horloge interne du système, ou quelque chose de ce genre. Petrov est arrivé quarante minutes trop tard en 2011. Du coup il n'a pas pu arrêter Matthieu, qui avait déjà tué le criminel...

Do sentit son sang se glacer :

– Qu'est-ce que vous dites ? Matthieu a tué l'assassin de Malesville ? Ce n'est pas possible !

– Ça l'est, pourtant, je peux vous l'assurer, Susan. L'agent Petrov a lui-même constaté les faits. Aussi incroyable que cela puisse paraître, Matthieu a complètement disjoncté ! Fort heureusement Petrov a réussi à échapper à la police française qui était arrivée sur les lieux entre temps et à rentrer ici pour nous informer de ce qui s'était passé...

Do sentit sa gorge se nouer.

– C'est une catastrophe... Et cette histoire de *Bergman* ? Qu'est-ce que c'est ?

– Theodore Bergman est le scientifique qui a construit Hal lorsque Guttierez a développé son projet. Mais il a ensuite quitté le programme au moment de la création de l'Agence car il en était venu à penser que le voyage dans le temps n'aurait pas dû être autorisé. C'est lui qui a émis à cette époque la théorie dont nous avons aujourd'hui la confirmation : une modification apportée dans le passé comme celle qu'a provoquée Matthieu n'a pas de conséquences réelles sur notre présent, mais provoque en revanche l'apparition d'une autre temporalité alternative qui se déploie en parallèle de la nôtre. Je ne vous refais pas toute la démonstration que je viens d'exposer à Petrov, ce serait trop long, mais l'important est qu'elle est désormais vérifiée par les faits !

Do acquiesça, un peu dépassée, puis reprit sur un ton inquiet :

– Et alors que pensez-vous faire pour Matthieu ? Le laisser là-bas en 2011 ?

– C'est impossible. Nous ne pouvons pas nous permettre de perdre un Contrôleur en mission. L'Agence doit pouvoir montrer au monde que ses hommes sont en sécurité. Et puis Matthieu est désormais un criminel, lui aussi. Nous devons donc tout faire pour le ramener, afin qu'il puisse répondre de ses actes. Notre législation nous le permet, et si la Division judiciaire veut continuer à traquer le crime dans le passé elle doit à mon sens mettre un point d'honneur à le faire en premier lieu dans ses propres rangs !

Do sentait son cœur battre la chamade, mais au prix d'efforts surhumains elle parvint à répondre sans laisser paraître son émotion :

– Comment comptez-vous vous y prendre ?

Deng hésita.

– Je ne sais pas… Nous ne pouvons plus prendre le risque de renvoyer une nouvelle fois Petrov sur les lieux du meurtre, il y aurait trop de probabilités pour qu'il tombe sur un autre lui-même à 17 h 40 si la confrontation avec Matthieu se prolongeait… Il faut trouver une autre solution !

Il se tourna vers le pupitre de commande :

– Peut-on toujours localiser Matthieu, Grüber ?

Le technicien secoua négativement la tête :

– Hélas non, Monsieur le Directeur. Nous avons perdu le signal de sa combinaison. Elle doit probablement être endommagée.

Petrov opina :

– Ça ne m'étonne pas. Je suis persuadé qu'il s'est battu avec Sayet, je vous l'ai dit tout à l'heure. Or nos tenues sont très fragiles, elles ne peuvent pas résister à un corps-à-corps…

Do sentit l'espoir revenir.

– Vous n'avez donc plus aucun moyen de savoir où il se trouve à présent ? demanda-t-elle.

– J'ai bien une idée, répliqua Petrov. Quand j'ai trouvé le corps de Sayet, Matthieu lui avait retiré ses vêtements. C'était une très bonne idée pour passer inaperçu en 2011, mais du coup je me dis qu'il a peut-être aussi décidé de filer chez lui pour récupérer de l'argent ou de quoi se changer. Sayet avait peut-être sur lui des papiers d'identité comme on en faisait à l'époque. L'adresse était marquée dessus.

– Ça ne tient pas debout, fit remarquer Do. Pourquoi prendrait-il le risque de se faire arrêter par la police au domicile de la victime ? Et comment ferait-il pour savoir où se trouve cette adresse, même avec des papiers, comme vous dites ?

Deng grimaça :

– Il pourrait très bien demander son chemin, tout simplement. À cette époque, avant les pandémies, des personnes totalement inconnues pouvaient très facilement entreprendre ce genre de contact. C'était parfaitement admis, socialement parlant… Et puis il n'y avait aucun risque de transmission virale.

– Peut-être, mais Matthieu le sait-il ?

– Bien sûr ! Cela fait partie des éléments de sociologie historique que nous apprenons à tous nos Contrôleurs. Puisque nous voulions qu'ils soient à même d'éviter autant que possible les accidents temporels, il fallait qu'ils soient parfaitement au courant des mœurs d'avant les Covids. Ça leur permettait de se méfier davantage des réactions des personnes qu'ils pouvaient croiser aux époques où ils étaient envoyés, et notamment de la grande propension qu'avaient alors les gens d'établir des contacts rapprochés de façon spontanée.

Petrov enchaîna :

– Et si l'on se base sur le fait qu'à cette époque en l'absence de papiers il était parfois très long pour la police de découvrir l'identité d'un cadavre, Matthieu a très bien pu estimer qu'il avait largement le temps d'aller chez Sayet. Ce qu'il ne sait pas, en revanche, c'est qu'il s'est trompé sur ce point précis !

– Comment ça ? demanda Do, inquiète.

– Un des policiers qui ont trouvé le corps de Sayet l'a reconnu. C'était une pure coïncidence, mais le tueur habitait près de la maison de sa famille. Au moment où je suis parti deux inspecteurs étaient déjà en route pour s'y rendre. Ils vont cueillir Matthieu là-bas, c'est probable !

Deng balança sa tablette sur le pupitre dans un geste de contrariété.

– Il ne faut à aucun prix que cela se produise ! Si jamais Matthieu se fait arrêter, il sera très difficile pour nous ensuite de l'extraire d'un centre de détention pour le ramener ici ! Il faut à tout prix intervenir avant !

– On a peut-être encore une chance, reprit Petrov. J'ai pu entendre les policiers parler de l'endroit où Sayet vivait : c'était la rue du Bois, à Malesville. Est-ce que cela se trouvait loin du lieu du crime ?

– Grüber, demanda Deng en se tournant vers le pupitre, vous pouvez nous trouver ça ?

– Pas de problème, Monsieur le Directeur.

Le technicien saisit la tablette que Deng avait abandonnée, et tapa rapidement quelques lignes de code. Une carte apparut, qu'il lui présenta aussitôt.

– Moins de deux kilomètres, Monsieur le Directeur. C'est tout proche.

– À quoi songez-vous alors, Petrov ?

– Et bien si l'on considère que Matthieu m'a réexpédié en 2047 juste avant dix-sept heures locales, et que sa lutte avec Sayet n'a vraisemblablement pas duré plus de cinq minutes, nous avons peut-être une chance de le capturer chez le tueur avant que la police française n'y arrive. Vu la faible distance, Matthieu a dû y arriver au plus tard vers dix-sept heures trente, ce qui nous laisse presque une demi-heure pour intervenir !

Le regard de Deng s'illumina :

– Bravo, Petrov ! C'est une excellente idée ! Combien de temps vous faut-il pour capturer Matthieu ?

Le Russe sourit :

– S'il ne s'attend pas à me voir arriver, ce sera très rapide, vous pouvez me croire ! Cinq minutes tout au plus !

Deng réfléchit immédiatement.

– Donc si nous vous envoyons là-bas vers dix-sept heures trente-cinq, tout pourrait être fini avant que les Français ne débarquent ?

– Je m'en porte garant !

– Minute ! Interrompit Do. Comment ferez-vous pour savoir quelle était la maison de ce Sayet dans la rue du Bois ?

– Rien de plus facile, répondit Deng. Grüber, vous pouvez me chercher un... Comment déjà ?

– Richard Sayet, répondit Petrov...

– Un Richard Sayet dans l'annuaire 2011 de Malesville, reprit Deng.

Le technicien s'exécuta, et répondit rapidement :

– Richard Sayet : 12 rue du Bois. C'est notre homme !

– Parfait ! s'exclama Deng. Programmez-nous immédiatement un transfert de l'agent Petrov à cette adresse, à dix-sept heures trente-cinq précises le quinze octobre 2011. Et vérifiez bien qu'il n'y ait pas de bug cette fois-ci, Grüber !

– Ce sera fait, Monsieur le Directeur. Départ dans combien de temps ?

Deng se tourna vers le Russe :

– Vous vous sentez prêt à y retourner encore une fois ? Je sais que c'est dur pour vous, mais vous êtes le seul à pouvoir le faire !

Petrov sourit :

– Aucun problème. Vous m'accorderez bien une petite semaine de vacances, ensuite ?

– Tout ce que vous voulez, Petrov ! Filez vite vous chercher un nouveau bracelet. Prenez-en un aussi pour Matthieu, au cas où il aurait jeté le sien… Et n'oubliez pas aussi de lui prendre une nouvelle combinaison !

Deng sourit, puis il se retourna vers Susan Do :

– Et vous, Susan, ne restez pas là ! Allez retrouver les journalistes. Baratinez-les tant que vous voulez, c'est votre métier, après tout ! Mais dites-leur bien que la situation est sous contrôle et que Matthieu sera bientôt de retour avec l'agent Petrov. Vous pouvez même leur dire que nous aurons des révélations capitales à leur faire le concernant…

Puis il regagna le pupitre, et poursuivit comme pour lui-même :

– Dans moins de cinq minutes, nous allons ouvrir une nouvelle ère de l'histoire des voyages temporels…

# Chapitre 9

*Malesville, samedi 15 octobre 2011*

Je remontai le plus silencieusement possible les marches de béton, encore sous le choc des images atroces que je venais de découvrir. Je sentais mon cœur battre à tout rompre dans ma poitrine, tant le stress m'avait envahi : qui pouvait bien être entré dans la maison ? Je glissai la tête hors de la trappe : la pièce était vide. On n'entendait plus un bruit. J'avais peut-être rêvé. Je sortis dans le salon, puis passai dans le couloir en regardant attentivement autour de moi : personne. Tout semblait calme à présent. Je tentai de me rassurer : Sayet vivait seul ici depuis des années, j'avais peut-être tout simplement entendu un chat, ou même un rat. Après tout, la présence d'animaux dans les habitations était encore fréquente à l'époque, avant que les pandémies ne contraignent les humains à les en exclure définitivement pour réduire les vecteurs potentiels de contamination. Je retrouvai un peu de calme, mais le risque d'être surpris continuait malgré tout à m'inquiéter. Puisque je n'avais plus rien à faire ici, il fallait donc quitter les lieux au plus vite. Revenant dans le salon, je décidai de laisser la cave ouverte derrière moi afin que la police la découvre immédiatement lorsqu'elle finirait par arriver. La mise à jour de l'antre de Sayet serait certainement un choc terrible pour tous ceux qui y pénétreraient, et peut-être alors les flics perdraient-ils un peu de temps à fouiller dans toutes ces horreurs avant de se lancer à nouveau sur mes traces.

Après avoir récupéré mon sac à dos je me dirigeais déjà vers la sortie lorsqu'une idée me vint subitement : il y avait certainement un peu de nourriture à récupérer dans la cuisine. Ce ne serait probablement pas extraordinaire, si l'on en jugeait par l'état de crasse et de misère de la maison, mais vu le peu d'argent liquide dont je disposais il ne serait quand même pas négligeable d'avoir quelques provisions d'avance. J'ouvris donc la petite porte qui faisait communiquer les deux pièces, et me dirigeai tout droit vers le réfrigérateur.

– Ne bouge pas, Matthieu.

Je sursautai, et me retournai lentement. Petrov me faisait face, appuyé sur la table et tenant un couteau de cuisine à la main. Il était livide, et je vis qu'il avait à nouveau vomi à même le sol. C'était donc lui que j'avais entendu quelques minutes plus tôt! Il avait dû se matérialiser dans la cuisine, et au vu de son état je n'étais pas étonné à présent qu'il lui ait fallu quelques minutes de récupération.

– T'as une sale gueule, Petrov, lui dis-je en souriant.

Il grimaça :

– C'est le cinquième transfert que je me tape aujourd'hui à cause de toi, tu vois... Et je sais déjà qu'un sixième nous attend encore, alors excuse-moi de ne pas être en pleine forme!

– *Nous* attend, Petrov?

– Bien sûr! Tu sais bien qu'il n'est pas question que nous te permettions de rester ici. L'Agence n'y survivrait pas.

— *L'Agence n'y survivrait pas!* Tu t'écoutes parler, Petrov? On croirait entendre Deng en personne! Mais qu'est-ce que ça peut bien te faire, à toi, que l'Agence ferme? Tu ne bosses pas vraiment pour elle, non? C'est le FSB, ton vrai patron, après tout. Et je ne pense pas que la Russie verrait d'un si mauvais œil disparaître cette technologie américaine...

Petrov accusa le coup.

– Mais... comment le sais-tu?

– Tout le monde le sait, Petrov! Ne sois pas naïf! Tu crois que l'Agence ne se renseigne pas avant d'accepter les officiers de police qui lui sont envoyés par les membres du Conseil de Sécurité ? Tous les Français que nous avons accueillis émargeaient à la DGSI, tous les Britanniques au MI6, et tous les Chinois au Guoanbu ! Nous savions parfaitement que chaque puissance voudrait profiter de l'année de présence de ses agents dans nos murs pour soutirer le maximum de renseignements possibles sur notre technologie et nos procédures. Pourquoi crois-tu que nous nous soyons donné la peine de former notre propre corps de contrôleurs ? Précisément pour ne pas avoir à vous en dire plus que le strict minimum… Et à chaque fois que nous pouvons vous baratiner un peu, nous le faisons ! C'est tellement facile de faire prendre des vessies pour des lanternes à de pauvres flics comme vous qui n'ont pas la moindre compétence en physique quantique !

Petrov serra la main sur son couteau en me fixant d'un regard noir :

– Ne me cherche pas, Matthieu. J'ai pour consigne de te ramener mort ou vif, et je commence à me demander quelle solution je préfère.

Il jeta à mes pieds un sac à dos semblable au mien :

– Tiens, change-toi ! T'as vraiment l'air d'un con habillé comme ça. Tu vas voir, je t'ai amené une combinaison toute neuve ! On savait que tu n'avais pas gardé la tienne. Tu as encore ton bracelet, au moins ?

Je lui montrai mon poignet droit, toujours entouré du cercle noir du convecteur.

– Parfait ! Allez, magne-toi, nous n'avons pas toute la vie devant nous.

– Comment ça ?

Il sourit et s'assit sur une des chaises qui entouraient la table.

– Les flics vont débarquer, pauvre cloche. Et je ne tiens pas à ce que nous soyons encore là quand ils arriveront.

– On a le temps, non ?

Petrov fit la moue :

– Que tu crois ! Figure-toi que je suis déjà revenu une fois pour te choper. Je suis arrivé trop tard, à cause d'un bug dans l'horloge interne de Hal ou je ne sais pas trop quoi. Toujours est-il que tu avais déjà buté Sayet, et que les policiers ont débarqué juste après. J'ai failli me faire choper, par ta faute. Mais je m'en suis tiré. L'un des flics français connaissait Sayet, et savait où il habitait. Le hasard fait mal les choses, parfois. Toujours est-il qu'ils sont partis aussitôt pour ici.

Je fronçai les sourcils : tout ce que m'annonçait Petrov me semblait totalement inconcevable. Il fallait à tout prix que je parvienne à en apprendre plus. Je continuai donc à lui poser des questions tout en changeant de tenue tandis qu'il cherchait désespérément un verre propre sur la table pour se verser un peu d'eau.

– C'est comme ça que tu as su que tu pourrais me retrouver ici ?

– Exactement. Pas si mal, non, pour un *pauvre flic ?*

– Et tu dis que Hal a fait une erreur d'horloge interne ? Vraiment ? Un gros écart ?

– Quarante minutes…

Le chiffre était énorme. J'avais du mal à comprendre qu'une IA aussi avancée ait pu être victime d'un bug aussi important.

– À quelle heure es-tu arrivé ici, alors ?

– À dix-sept heures quarante. Soit maintenant exactement. Et les flics sont partis pour la maison de Sayet vers dix-sept heures cinquante-cinq. Il nous reste donc vingt minutes pour filer, maxi.

– Mais alors… Il y a deux « toi » ici ! C'est complètement contraire à toutes les règles de l'Agence !

Petrov sourit :

– Ben ouais… Mais tu vois ce n'est pas nous qui avons commencé à les transgresser, ces fameuses règles. Alors tu ne vas quand même pas te mêler de nous faire des reproches sur la forme, non ? Et puis Deng a dit qu'on s'en foutait, des règles, finalement, à cause de Bergman et de sa théorie qui est vraie…

J'écarquillai les yeux, totalement stupéfait :

– Il a dit quoi ? Que la théorie de Bergman est vraie ? Tu peux me répéter ça, Petrov ?

– Ben oui, si ça peut te faire plaisir. Il a dit que la théorie de Bergman était vérifiée. Mais tu sais bien que je n'y pige pas grand-chose, dans vos histoires de physiciens. Tout ce que j'ai retenu c'est qu'on peut bien faire ce qu'on veut ici, ça n'aura au final aucune incidence sur le présent quand on rentrera…

J'étais estomaqué. Si ce que disait Petrov était vrai, les conséquences allaient être incalculables ! L'Agence pourrait demander à étendre considérablement ses activités dès lors qu'elle pourrait prouver que le risque d'interférence temporelle n'était pas à craindre. Je comprenais d'autant mieux l'empressement que montrait Deng à me faire rentrer : il fallait d'abord assurer le maintien de Tsang-Tippett afin de pouvoir négocier dans la foulée de nouvelles autorisations.

Petrov me regarda d'un œil mauvais tandis que je finissais d'enfiler la combinaison.

– Et le plus croustillant dans tout ça, dit-il avec une satisfaction évidente., c'est que tu n'as pas vraiment sauvé les gosses, Matthieu ! Quand je suis rentré, ils étaient toujours morts. Comme le petit Jenkins. En clair, tu as foutu en l'air ta carrière de Contrôleur-star de l'Agence pour rien…

Je le regardai d'un air navré :

– C'est vrai que tu ne piges rien, Petrov : ils sont toujours morts *là-bas*, en 2047. Mais ici je peux t'assurer qu'ils sont bien vivants au contraire, et qu'ils doivent même avoir retrouvé leurs parents à l'heure qu'il est. Et dans trente-cinq ans, le petit Jenkins ne sera pas tué, lui non plus. Un nouveau futur va se mettre en place progressivement : c'est ça, la théorie de Bergman !

Petrov haussa les épaules :

– Si tu savais ce que je m'en fous, de vos théories à la con… Allez, tu es prêt ? Il est temps de rentrer à la maison… En plus, tu vas voir, tu ne vas pas être déçu en arrivant : je crois bien que Deng a prévu de te livrer à la justice pour le meurtre de Sayet !

Je sursautai en entendant ces mots.

– Quoi ! Vraiment ?

– Oui. Ça te surprend ? Tu l'as bien tué, non ?

– Mais c'était un accident ! Nous nous sommes battus ! Je ne voulais pas le tuer, tu le sais bien, je voulais juste l'empêcher de faire du mal aux gosses et le livrer aux flics !

– Je le sais, Matthieu, je le sais… Mais c'est aux juges que tu vas devoir expliquer tout ça en rentrant, pas à moi…

Je secouai la tête, incrédule. Je risquais vraiment de me retrouver en prison pour le meurtre accidentel de ce criminel !

– Tu ne peux pas me faire ça, Petrov ! Sayet était un assassin sadique de la pire espèce ! Descends avec moi dans sa cave, et tu comprendras : c'était un pédophile pervers qui n'a visiblement trouvé du plaisir qu'en martyrisant de pauvres gosses aux quatre coins du monde depuis des années ! Et il a pris tout ça en photo… Tu ne peux quand même pas me reprocher d'avoir voulu l'arrêter !

Petrov secoua la tête.

– Je ne te reproche rien du tout de ce genre, Matthieu. Que tu aies buté un criminel, à titre personnel je m'en contrefous ! Je vais même te faire une confidence : je trouve même ça plutôt sympathique, comme idée. Mais tu as violé les règles de l'Agence, et tu as compromis l'avenir du programme temporel tout entier. Et ça, tu vois, je ne peux pas le laisser passer…

– Mais pourquoi ? Souviens-toi de ce que je te disais tout à l'heure : ce serait plutôt une bonne nouvelle pour la Russie si l'Amérique perdait le droit d'utiliser sa technologie, non ? Tes patrons seraient ravis, au FSB…

Petrov sourit en plissant les yeux.

– Parce que tu crois que je vais y passer toute ma vie, au FSB ? Si l'Agence s'écroule à cause de tes conneries, je deviendrai effectivement un héros en Russie, mais ça me fera une belle jambe. On me mettra dans un grand bureau à la Loubianka[1], où je devrai continuer à bosser pour gagner des clopinettes ! Alors je préfère servir les intérêts de Deng, tu

1. Immeuble abritant le siège du FSB à Moscou, sur la place éponyme.

vois. Je ferai un beau rapport en rentrant à Moscou, puis dans quelques mois je poserai ma démission pour une raison ou une autre, et dans un ou deux ans je reviendrai travailler ici pour me gaver de dollars! Avec tout ce que je sais, Deng ne pourra rien me refuser quand il aura pris la présidence à la place de Guttierez…

– Et si je ne veux pas rentrer?

Il se leva, se dirigea vers la porte de sortie, l'ouvrit et se planta en travers du passage, me dominant de toute sa masse musculaire. Il avait manifestement recouvré toutes ses facultés.

– Parce que tu comptes peut-être essayer de t'enfuir à nouveau? Vas-y, alors, ne t'en prive pas : c'est par ici la sortie. Mais je te préviens, ça ne va pas être facile. Je ne suis pas Sayet, moi. Tu ne pourras pas m'avoir aussi facilement que ce gros porc visqueux… On ne nous apprend peut-être pas la physique quantique, au FSB, mais on nous apprend à nous battre, je t'assure. Et tu ne pourras pas me prendre par surprise comme tout à l'heure dans le bois. Alors, ne me force pas à me servir de mon arme. Tu sais très bien que je n'hésiterai pas à le faire.

Je le dévisageai : il ne plaisantait pas. Et je savais, pour l'avoir déjà vu en action ou à l'entraînement, que son niveau physique était très largement supérieur au mien. Je n'avais déjà aucune chance de le battre si je l'affrontais à mains nues, et moins encore s'il était armé. Je regardai dans la maison : aucune échappatoire ne s'offrait à moi. Il fallait se rendre à l'évidence : mon escapade temporelle s'arrêtait là, je n'avais pas d'autre choix que de suivre Petrov.

Le Russe pointa vers moi son couteau en disant :

– Allez, fini de rigoler. On y va, et maintenant!

Ni lui ni moi ne vîmes venir le coup : un gros tasseau de chêne s'abattit soudain sur son crâne, et il s'effondra, inconscient. Derrière lui, dans l'embrasure de la porte, se tenait le garagiste qui me regardait en souriant :

– J'ai comme dans l'idée que j'viens de t'éviter des problèmes, gamin!

Je me précipitai vers Petrov, et vérifiai son pouls : il était toujours vivant. Je lui pris son couteau et me relevai.

– Merci, dis-je simplement, encore sous le choc. Je crois que sans vous j'aurais passé un sale quart d'heure !

Le vieux sourit :

– Je l'ai repéré depuis ma porte, le gonze ! Alors j'me suis dit : Robert, y s'passe des trucs pas clairs chez Sayet... Et je suis venu. Comme Richard m'a filé un double de ses clefs, j'ai pu entrer en douce. Et quand je suis arrivé ici, j'ai entendu ce type te menacer. C'était qui ?

– Une sorte de flic...

Durieux se gratta la tête en contemplant Petrov, étendu à terre, puis il répondit de façon laconique.

– Ben alors t'es dans la merde, mon gars...

– Plus encore que vous ne le pensez ! Il ne faut pas le laisser là. Vous m'aidez à le rentrer, avant qu'il ne reprenne connaissance ?

– Bien sûr ! Tu vas en faire quoi, de ton poulet ?

– Je ne sais pas trop. L'attacher dans la cuisine, déjà. Il ne va pas être content quand il va se réveiller, je crois.

– Et après ?

Je haussai les épaules :

– Après, on verra...

Robert posa son tasseau, et attrapa les deux pieds de Petrov tandis que je glissai mes mains sous ses épaules. Le Russe pesait une tonne, et il nous fallut une bonne minute pour le porter jusque dans la cuisine et parvenir tant bien que mal à l'installer assis sur une des chaises de Sayet.

– Il faudrait trouver de la corde, dis-je en me redressant.

– J'pense pas que Richard ait d'la corde, mon gars. Mais il a du chatterton par là, ça, j'en suis sûr.

Il se dirigea vers un des tiroirs de la cuisine, et farfouilla dans le bric-à-brac qu'il renfermait en disant :

– Faudra quand même qu'tu m'expliques ce que c'est que vos tenues bizarres. C'est pour la moto, ou un truc comme ça ?

Il ne vit pas l'énorme poêlon s'abattre sur son crâne, et perdit connaissance.

Robert Durieux revint à lui quelques minutes plus tard. Sa tête lui faisait horriblement mal, sa vue était encore trouble, mais il lui sembla qu'il faisait sombre. Il était allongé sur le dos. Il essaya de bouger les bras, mais il se rendit compte qu'il ne parvenait pas à les mobiliser. Il ferma les yeux et se concentra, le temps de retrouver ses esprits. Lorsqu'il rouvrit les yeux, il comprit. Il était étendu sur un lit de fer forgé, les chevilles et les poignets attachés aux barreaux par le chatterton qu'il avait trouvé dans la cuisine quelques minutes plus tôt.

– Enculé ! jura-t-il de toutes ses forces.

Je me tenais debout, juste à côté de lui. J'avais juste eu le temps d'enfiler un jean et un sweat-shirt de Sayet après l'avoir ficelé sur le lit de la cave.

Je le regardai fixement, contemplant sa face déformée par la rage tandis qu'il tentait vainement d'arracher ses liens en se débattant.

– Tu sais où tu es, hein, salopard ! Tu le connais bien, cet endroit…

– Espèce de fils de pute ! cria-t-il à nouveau en crachant dans ma direction.

– Tu vois, Robert, j'aurais presque pu te trouver sympathique tout à l'heure quand nous nous sommes croisés devant le portail. Tu as une tête d'ivrogne, mais tu ne fais pas bien méchant. Ça a dû te servir, hein ?

Je me dirigeai vers les photos qui ornaient le mur, juste à côté du lit.

– J'aurais pu aussi passer à côté de vos petits souvenirs de famille quand je suis descendu ici. J'étais tellement retourné par les photos de Sayet que j'ai failli ne pas les voir. Il s'en est fallu de peu… Mais je t'ai vu, Robert.

Je lui montrais les clichés qui me faisaient face. On le voyait, tout jeune, en treillis, posant fièrement le fusil à la main à côté d'un chevreuil à moitié dépecé. Et juste à côté, en short et en marcel, le bras passé autour des épaules d'un Richard Sayet adolescent en maillot de bain.

– C'est toi, hein, qui lui as appris tout ça ? La chasse… et le reste ?

Le garagiste grimaça sans répondre, et détourna la tête.

Je me rapprochai de lui, et poursuivis d'une voix blanche :

– Tu peux bien te taire maintenant si tu veux, Robert. Mais quand les flics vont arriver, il faudra bien que tu leur parles, à eux. Et ils seront là rapidement, maintenant qu'ils ont trouvé le corps de Richard…

Le vieux se retourna vers moi d'un coup, le visage décomposé :

– Richard est mort ?

– Oui. Je l'ai tué. Et visiblement il l'avait bien mérité. Tu as de la chance que la peine de mort soit déjà abolie en France, d'ailleurs. Sinon je crois bien que tu y aurais eu droit, toi aussi…

Robert me fixa un instant, totalement immobile. Son visage de momie semblait figé. Puis, soudain, je vis une larme perler au coin de ses yeux.

– Tu peux pas comprendre, connard ! Personne peut comprendre ! J'l'aimais, moi, Richard. À ma façon, d'accord, mais j'l'aimais. C'est la faute à sa mère, tout ça. Cette garce, elle s'occupait jamais de lui. Depuis la mort du père de Richard, elle passait ses journées devant sa télé à regarder ses conneries de séries avec sa saloperie de chat sur les genoux. Et à lui foutre des torgnoles à chaque fois qu'il la dérangeait, même quand c'était simplement pour bouffer quand il finissait par mourir de faim, le gosse ! Moi, de l'aut' côté d'la rue, j'avais personne. Aucune fille avait jamais voulu de moi avec ma gueule de travers. Alors il y a eu Richard. Au début il est simplement venu chercher quelque chose à manger chez moi. Puis je l'ai emmené à la chasse. On a fini par passer le plus clair de notre temps ensemble, comme les deux abandonnés qu'on était. Je lui ai tout appris de la vie, à ce gamin. C'est devenu comme mon fils…

– Mais tu as couché avec lui, hein ?

Robert baissa les yeux.

– Je lui ai jamais fait de mal…

– À lui, peut-être… Mais aux autres ? À tous les autres, sur ces photos ? C'est toi qui as fait tout ça ?

– Non ! C'est pas moi, ça, j'te jure ! C'est… C'est Richard qui l'a fait… Je ne sais pas pourquoi ça a commencé. C'était un gamin mignon, au début. C'est en grandissant qu'il a eu l'idée. Tuer les animaux, ça lui suffisait plus. Il voulait faire du mal aux autres gosses. Y disait qu'il n'y avait pas de raison. Que ça lui faisait du bien. Qu'il se sentait fort, et puissant... Il s'était jamais senti important, mon Richard...

Je fis une grimace de dégoût.

– Et tu l'as aidé ?

– Je... je voulais pas qu'il se fasse prendre par les flics... Je l'aimais, j'te dis... N'importe quel père aurait fait ça !

Je pensai à mon propre père et un frisson d'horreur me parcourut.

– Je ne crois pas, non ! Tous les pères ne violent pas leur fils, et tous les pères ne leur apprennent pas ensuite à devenir des tueurs psychopathes... Tu n'as aucune idée de ce qu'est vraiment un père, en fait...

Je regardai ma montre : il était dix-sept heures cinquante-cinq. Il fallait partir, et vite. Je regardai une dernière fois le vieux garagiste, qui pleurait maintenant en silence sur le lit de Sayet.

– Tu vois, Robert, il a beaucoup tué, ton Richard, grâce à tout ce que tu lui as appris. Il a pris des tas de vies innocentes pendant des tas d'années par ta faute... On ne pouvait pas le laisser continuer. C'est pour ça que je suis venu, et l'autre, là-haut, aussi. Pas pour le tuer. Pour l'arrêter. Mais les choses ne sont pas passées comme nous le voulions avec Richard. Maintenant nous devons repartir, mais toi en revanche tu vas rester ici, et tu vivras tout le reste de ta vie avec ce poids sur ta conscience : tu as fabriqué un criminel. Tu lui as montré la voie du Mal, et il n'a fait ensuite que mettre ses pas dans le chemin que tu lui avais tracé. Mais tu pourras quand même essayer de raconter ton histoire de père aimant aux flics, si tu veux : ils seront là dans cinq minutes...

– Je m'en fous pas mal, de ce qui m'arrivera désormais, répondit simplement le vieux...

Je posai sur le lit la feuille de papier A4 que j'avais préparée avant que Durieux ne reprenne conscience, puis je quittai la cave rapidement, laissant à nouveau la trappe ouverte. Je traversai à grands pas le salon et passai dans la cuisine. Petrov était toujours là, ligoté sur sa chaise. Il avait repris connaissance, et en cherchant à détacher ses liens il était tombé sur le côté, se blessant à la tempe. Lorsqu'il me vit apparaître, il se mit à hurler de rage, mais le vieux torchon que j'avais utilisé pour le bâillonner étouffait ses cris.

Je m'accroupis devant lui en souriant.

– Bon voyage, Petrov. Je n'aimerais pas être à ta place quand tu te retrouveras face à Deng…

Le Russe me fixa, les yeux emplis de fureur. Sans attendre davantage, je déclenchai le transfert, et il disparut instantanément.

Je quittai la maison de Sayet en courant, et m'installai au volant de la 106 orange. Je démarrai en trombe, sans savoir encore où j'allais bien pouvoir essayer de me réfugier à présent. À peine une minute plus tard, une Renault Mégane bleu marine surmontée d'un gyrophare s'arrêtait devant le pavillon.

# Chapitre 10

*Boston, mercredi 10 juillet 2047*

Susan Do regardait attentivement le petit groupe de journalistes. La plupart d'entre eux étaient encore occupés à discuter devant le buffet, savourant les petits fours qu'elle avait commandés à grand prix au meilleur traiteur de Boston. Mais certains autres, visiblement, commençaient à se douter qu'il se passait quelque chose d'anormal. Tim Weizmann, du *Spiegel*, s'était écarté pour appeler sa rédaction, le doigt sur son implant mastoïdien. Et Sam Watts, du *Times*, la dévisageait en permanence avec un air de suspicion. Si seulement elle pouvait trouver de quoi les occuper le temps que Petrov revienne avec Clément !

Clément… Pourquoi avait-il fallu qu'elle tombe amoureuse d'un homme comme lui ? Tout cela ne lui ressemblait tellement pas : toute sa vie, elle s'était évertuée à respecter les règles… Ses parents avaient quitté le Vietnam pour l'Amérique après les premières épidémies de coronavirus, persuadés que leurs enfants y trouveraient une vie meilleure que ne pouvait en offrir l'enfer sanitaire de l'Asie du Sud-Est. Les pandémies avaient conduit les régimes de la région – déjà autoritaires – à renforcer encore davantage leur contrôle sur les populations, comme l'avait fait la Chine. Habitués depuis toujours à supporter la peur et l'arbitraire Chuyên Do et son épouse avaient donc découvert la liberté avec émerveillement en arrivant aux États-Unis et ils avaient voué depuis lors une telle reconnaissance à leur pays d'accueil qu'ils s'étaient efforcés de tout mettre en œuvre pour s'intégrer au mieux. Susan, comme tous ses frères et sœurs, n'avait pas eu le choix : elle avait été sommée par ses parents d'apprendre l'anglais aussi vite que possible, de faire le deuil de ses habitudes de vie et de travailler sans relâche pour faire aussi bien, sinon mieux, que tous ses camarades de classe. Elle avait excellé dans cette tâche, s'attirant tout au long de sa scolarité les louanges unanimes de ses professeurs. Elle avait terminé major de sa promotion en sortie de *high school*, ce qui lui avait permis de décrocher une bourse pour la suite de ses études et d'être admise à Harvard. Même si l'université n'était plus depuis dix ans déjà la première au classement de Shanghai, cette nouvelle avait rempli toute sa famille d'une fierté incommensurable, et en arrivant à Boston Susan s'était promis une fois de plus d'être à la hauteur de leurs espoirs. À Harvard, cependant, elle avait progressivement compris qu'elle n'était pas faite pour le droit auquel ses parents la destinaient : la jurisprudence américaine lui était apparue austère et tortueuse, et quelques stages dans les plus prestigieux cabinets d'avocats de la ville avaient suffi pour la convaincre que les carrières étaient bien trop déterminées à son goût par le poids des lobbies et des intérêts financiers. Après avoir brillamment décroché sa licence, elle demanda donc à bénéficier d'une passerelle pour s'inscrire en maîtrise en communication, où son travail et son talent lui assurèrent rapidement un succès éblouissant. À force d'études et de sport intensif, la jeune fille discrète et réservée s'était peu à peu changée en une femme au caractère bien trempé dont l'aisance oratoire subjuguait ses auditoires plus encore que son physique éblouissant.

À la sortie de Harvard, Susan intégra donc le staff d'une entreprise de bio-ingénierie où elle fit merveille pendant quelques années, avant de se voir offrir l'an passé un des postes les plus prestigieux qui soient : la gestion de la communication de l'Agence internationale de Transport temporel, qui cherchait alors une « pointure » pour soigner son image en prévision du renouvellement de son mandat. Susan était donc arrivée au siège de l'Agence quasiment en même temps que Huang Deng et elle s'était immédiatement efforcée de découvrir ce qu'était la réalité du travail des différentes divisions afin d'être ensuite en mesure d'assurer au mieux la promotion de leurs activités auprès des médias. Un beau jour de décembre 2046 – elle s'en souvenait parfaitement –, elle avait ainsi sollicité du Directeur l'autorisation de suivre un Contrôleur, et Deng l'avait affectée pour trois jours auprès de Clément Matthieu.

*Clément Matthieu*! Elle le connaissait de nom, bien sûr. Quatre ans plus tôt, c'est lui qui avait eu l'honneur d'être le premier homme à voyager dans le temps, réalisant le premier transfert devant les caméras des télévisions du monde entier. Officiellement, il avait été tiré au sort parmi les dix premiers Contrôleurs de l'Agence ; mais tout le monde racontait néanmoins qu'Esther Guttierez elle-même l'avait secrètement choisi car il était de loin le plus photogénique. Et puis il était d'origine française, apportant une petite touche européenne qui renforçait un peu plus le caractère *international* de l'équipe, ce qui avait plu à Guttierez soucieuse comme à son habitude de montrer au monde qu'elle n'était pas là pour défendre les seuls intérêts des États-Unis, bien mais pour se mettre au service de l'humanité tout entière… Après ce triomphe, Matthieu avait été l'invité des plus grands talk-shows et son nom avait parcouru tous les réseaux sociaux pendant un ou deux ans. Il s'était efforcé ensuite de retrouver l'anonymat, fuyant délibérément les plateaux de télévision, refusant d'exposer sa vie privée et investissant tout son temps dans le développement de TimeCrime où il avait finalement été affecté. Mais pour les équipes de l'Agence comme pour le grand public il restait une sorte de mythe, auréolé de prestige et de mystère. Susan avait donc franchi la porte de son bureau avec un peu d'appréhension, s'attendant à ce qu'il soit un peu rebuté à l'idée de devoir la supporter à ses côtés pendant trois jours. Mais cela n'avait absolument pas été le cas : Clément avait été charmant. Il avait accepté sans maugréer d'abandonner ses activités habituelles pour se consacrer à elle pendant ces quelques journées. Il lui avait expliqué en détail le principe et le fonctionnement de leurs missions, parvenant à lui faire comprendre assez simplement l'extraordinaire complexité des technologies dont il devait contrôler l'exécution ainsi que l'énormité des risques qu'il affrontait lors des déplacements temporels. Il l'avait emmenée pour la première fois au le centre de contrôle, lui avait présenté ses équipements. Et il avait même fini par lui faire un cadeau extraordinaire en obtenant du Directeur Deng l'autorisation de l'emmener dans un transfert privé à la fin de leurs trois jours de cohabitation. Susan se rappelait parfaitement l'émotion incroyable qui l'avait saisie quand la compression avait commencé, puis quand elle avait repris connaissance quelques secondes plus tard. Pour réduire le risque d'interférences temporelles, Clément l'avait conduite dans un passé très lointain, bien avant l'apparition de l'homme sur la terre. Il avait choisi une date qui lui avait été inspirée par un vieux tome de *La Patrouille du Temps* de Poul Anderson : ils s'étaient donc matérialisés au sommet du rocher de Gibraltar au moment exact de la transition pliocène, plus de cinq millions d'années avant notre ère. Assis tous les deux, côte à côte, immobiles et silencieux avec pour seuls compagnons quelques animaux d'espèces éteintes, ils avaient donc pu observer émerveillés le flot gigantesque en provenance de l'Atlantique se déverser à travers le détroit qui venait de s'ouvrir en direction de la Méditerranée asséchée. Le spectacle était irréel : le débit des eaux bleues atteignait plus de mille fois celui de l'Amazone, et dans un grondement fabuleux il allait remplir l'intégralité de la mer fermée en moins de deux années. Ces images incroyables, qu'aucun œil humain n'avait jamais contemplées s'étaient offertes à eux seuls pour quelques instants. Susan était rentrée le cœur battant, avec l'impression, pour la première fois de sa vie, d'avoir vécu une expérience extraordinaire.

Le soir même elle avait invité Clément à dîner chez elle pour le remercier. C'était devenu la norme à l'époque des pandémies : les gens avaient perdu l'habitude d'aller dans les restaurants, bien trop exposés aux risques de contamination, et préféraient désormais se recevoir à domicile. Depuis que Healthlab avait enfin mis à la disposition du plus grand nombre une protection efficace contre les coronavirus les tables les plus prestigieuses avaient certes pu rouvrir, mais Susan avait souhaité offrir à Clément quelque chose de plus personnalisé et, elle devait bien le reconnaître, de plus intime. Elle avait passé plusieurs heures à confectionner un repas traditionnel vietnamien en suivant les meilleures recettes de sa mère, avait longuement coiffé ses cheveux puis avait enfilé son plus bel Ao Dai[1] pour le recevoir. Clément avait été subjugué : il ne l'avait pas quittée des yeux pendant tout le repas, admirant la délicatesse de ses traits tandis qu'elle se trouvait face à lui et la finesse de sa silhouette à

1. Tenue féminine traditionnelle du Vietnam.

chaque fois qu'elle se levait. Susan souriait, détendue et heureuse de lui faire apprécier une culture et des saveurs qu'il connaissait mal. Après l'avoir suivi dans le transfert temporel, elle se réjouissait de pouvoir lui offrir elle aussi une forme de découverte. Au cours du repas ils avaient bu toute la bouteille de Chardonnay que Clément avait apportée, puis un magnum de champagne que Susan gardait au frais pour une grande occasion. Tous deux savaient que cela compromettait gravement le retour de Clément, car la législation interdisait désormais tout déplacement sur la voie publique en état d'ébriété; mais tous deux savaient aussi qu'il n'aurait pas vraiment envie de rentrer...

Leur première nuit ensemble fut torride. Étourdis de vin et d'émotion, ils firent l'amour sans répit jusqu'aux premières lueurs de l'aube. Susan s'abandonna totalement dans les bras de Clément, tellement persuadée d'avoir rencontré l'homme de sa vie qu'elle en oublia pour la première fois la prudence qu'elle avait auparavant toujours conservée dans ses relations amoureuses. Lorsqu'elle ouvrit les yeux, tard dans la matinée, il dormait encore, juste à côté d'elle. Elle vint se blottir contre lui sans dire un mot, sentant simplement la chaleur de sa peau contre la sienne et son souffle soulever lentement sa poitrine. Elle sut alors qu'elle ne pourrait plus jamais se passer de lui...

Malgré cela, ou peut-être à cause de cela au contraire, leur liaison ne dura guère plus de trois mois. Clément sortait d'une longue relation qui l'avait profondément meurtri, et il en avait gardé une prudence que Susan ne rêvait que d'abolir. Il avait besoin de temps pour apprendre à faire confiance et à s'investir à nouveau, mais elle ne sut pas se montrer assez patiente. Elle le voulut tout entier à elle, tout de suite. Et elle le perdit...

– Quelque chose ne va pas, Mademoiselle Do ?

Sam Watts s'était rapproché d'elle, la fixant à présent d'un air intrigué.

– Pardon, se reprit Susan, j'étais perdue dans mes pensées... Tout va bien, je vous remercie.

– Vous êtes certaine ? C'est quand même étrange, non, ce qui se passe en bas. J'ai déjà couvert pas mal de transferts de TimeCrime, notamment à ses débuts, et c'est bien la première fois que tout ne se passe pas exactement comme cela avait été prévu initialement. Pour une organisation censée maîtriser le temps, cette succession d'imprévus a quelque chose de déroutant, et à vrai dire même d'inquiétant, ne trouvez-vous pas ?

Susan répondit avec aplomb :

– Absolument pas ! Je trouve au contraire assez rassurant le fait que nos équipes soient en mesure de réagir quand elles se trouvent confrontées à un problème matériel. Les combinaisons de nos voyageurs temporels sont extrêmement fragiles, vous le savez, il n'est donc guère étonnant que des accidents puissent survenir.

– C'est certain. Mais le problème n'aurait-il pas dû être résolu depuis longtemps déjà ? Nous sommes ici depuis plus d'un quart d'heure, alors que chaque mission ne dure que quelques minutes en temps apparent…

– En effet… Mais l'idée n'est pas seulement de rapporter une nouvelle tenue au Contrôleur Matthieu, c'est aussi d'assurer au mieux la mission. Et cela impose une certaine révision chronologique…

Susan lui décrocha son plus beau sourire avant de rajouter d'un air mutin :

– Je suis très déçue en revanche que le temps vous paraisse si long, Monsieur Watts : vous ennuieriez-vous en notre compagnie ?

Watts la regarda : elle était tellement belle qu'il aurait pu volontiers s'imaginer perdu avec elle sur une île déserte pendant des années.

Il bégaya :

– Euh… Pas du tout, Mademoiselle Do, ne croyez pas cela, vraiment.

– Ah, je préfère cela. Vous reprendrez bien un verre de champagne, alors ?

– Oui, volontiers.

Susan l'entraîna auprès du buffet et lui tint compagnie quelques instants, le temps que d'autres journalistes viennent à leur tour engager la conversation avec Watts. Elle s'éclipsa alors sous une fausse raison, car elle avait besoin de réfléchir. Plus le temps passait, plus la situation lui semblait claire : il ne fallait pas laisser Deng ramener Clément. Quoi qu'il lui coûte, elle préférait mille fois le savoir définitivement bloqué en 2011 plutôt que de le voir rentrer en 2047 pour être aussitôt arrêté et jeté en prison. La peine de mort avait certes été abolie aux États-Unis en 2032, mais s'il était condamné pour avoir tué Sayet – ce qui pourrait être qualifié de meurtre au deuxième degré – il pouvait encore écoper de plus de vingt années de réclusion. Elle ne supporterait pas de le voir ainsi privé de liberté. Il fallait donc arrêter Deng, et ça, ce serait encore assez facile. Mais comment pouvoir prouver ensuite que c'était lui, et lui seul, qui avait décidé d'enfreindre la Résolution Tsang-Tippett ? Seul Hal aurait pu conserver un enregistrement de tout ce qui s'était passé, mais Deng avait pris la peine de le désactiver, et personne ne pouvait outrepasser une commande du Directeur en titre…

Un éclair traversa son esprit. Il y avait peut-être une solution.

Elle rejoignit Weizmann, en pleine conversation avec ses homologues européens, et l'attira à l'écart en disant :

– Dites-moi, Tim, ça fait longtemps que nous nous connaissons, et j'ai confiance en vous… Est-ce que par hasard vous pensez que le Spiegel pourrait accepter de me rendre deux petits services en échange d'un énorme scoop ?

– Énorme comment ? demanda l'Allemand en levant un sourcil, vivement intéressé.

– *Kolossal*, répondit Susan avec un clin d'œil.

– Ça marche ! Que vous faut-il ?

Susan ferma les yeux et se lança :

– Il faudrait que vous puissiez me trouver deux numéros de téléphone et un vieux smartphone avec haut-parleur…

# Chapitre 11

*Malesville, samedi 15 octobre 2011*

– T'es sûr que c'est là ?

Karim Zerrouki vérifia sur l'écran de la Mégane.

– Richard Sayet, 12 rue du Bois. C'est là.

Bertomme sortit de la voiture et jeta un regard rapide sur le pavillon.

– Plutôt cradingue, la bicoque. C'est pourtant pas le genre du quartier. T'as vu, la porte d'entrée est ouverte ! Il doit y avoir quelqu'un !

Zerrouki ferma sa portière et cracha son chewing-gum :

– On va voir ça rapidement…

Il contourna la voiture et vint sonner au portail de fer. Bertomme prit sa carte de police de la main gauche, tandis que de la droite il dégrafa la sécurité du holster de son SIG-Sauer SP 2022[1].

– Je le sens pas, Karim… Elle pue grave, cette baraque.

Zerrouki haussa les épaules.

– Sois pas parano, Romain…

Ils attendirent une bonne minute, sans que personne ne réponde.

---

1. Pistolet semi-automatique équipant la Police nationale française.

Bertomme sortit son pistolet et s'avança d'un pas décidé.

– Bon, allez, on y va!

Zerrouki le retint par la manche en disant :

– Attends encore un peu. Je vais refaire un essai.

Il appuya longuement sur la sonnette en criant en direction de l'entrée :

– Il y a quelqu'un?

Une voix retentit sur le côté :

– Excusez-moi... Il n'y a personne, je crois.

Les deux policiers tournèrent la tête : un type en short et claquettes se tenait juste à côté, les yeux braqués sur l'arme de Bertomme.

– Vous êtes de la Police, c'est ça? Je m'appelle Henri Legendre, j'habite juste à côté. Si c'est Richard Sayet que vous cherchez, il doit être sorti. Sa 106 est toujours garée en vrac devant chez lui quand il est à la maison.

– Vous le connaissez? demanda Zerrouki.

– Pas vraiment. C'est pas le genre à se lier. À part le vieux Durieux qui habite en face de chez lui, il n'a pas d'amis connus dans le quartier.

– Et d'après vous, à part le côté solitaire, vous diriez qu'il est louche ou pas, Sayet?

Legendre regardait ses pieds, visiblement gêné.

Bertomme prit les devants :

– Vous pouvez nous dire ce que vous pensez sans crainte, Monsieur Legendre. Richard Sayet s'est fait assassiner cet après-midi même. Alors il ne viendra plus vous faire de reproches, vous savez...

L'homme écarquilla les yeux :

– Il a été assassiné? Vraiment? Où ça?

– Dans le bois, pas très loin d'ici, répondit Zerrouki en déballant tranquillement un chewing-gum Hollywood à la chlorophylle.

– Ben alors je peux vous dire qu'il était vraiment louche, pour sûr ! Toujours à se trimballer avec ses couteaux de chasse et à reluquer drôlement les gosses du quartier. Il foutait une trouille pas possible à ma femme. Et même moi, je l'évitais. J'suis pas du genre craintif, pourtant. Mais Sayet, il foutait les jetons. Vraiment. Je ne vais pas le regretter… On sait pourquoi il a été assassiné ?

– C'est ce qu'on vient essayer de découvrir, Monsieur Legendre, répondit Bertomme. Est-ce que Sayet avait l'habitude de laisser sa porte ouverte ? demanda-t-il en désignant l'entrée du pavillon derrière le portail.

Le voisin fit un signe de main catégorique :

– Pas du tout ! C'était plutôt le genre à se barricader chez lui ! Jamais un volet ouvert, même en plein été. C'est très étrange que la porte ne soit pas fermée…

Bertomme hocha de la tête.

– Merci pour votre aide, Monsieur Legendre. Vous feriez mieux de rentrer chez vous à présent. Nous allons voir ce qui se passe chez Sayet.

Le voisin ne se fit pas prier davantage, et détala en direction de sa maison.

Bertomme se tourna aussitôt vers son collègue :

– J'y vais en premier, si tu veux ?

– OK, répondit nonchalamment Zerrouki.

Bertomme prit son élan et sauta pour agripper le sommet du portail. Puis il bascula sur la hanche gauche avant de se laisser glisser de l'autre côté. Il se rétablit aussitôt sur ses jambes, et pointa son arme en direction de la maison. Le jardin était en friche, et encombré d'un monceau de détritus en tous genres. Dans un coin pourrissaient à même le sol les restes de carcasses de lièvres. Cela faisait un bon mois que la chasse était fermée, et l'ensemble dégageait une odeur pestilentielle. *Très très chelou, quand même*, pensa Bertomme.

– C'est *clean*, cria-t-il à Zerrouki. Tu peux venir.

Son collègue posa lentement la main sur la poignée du portillon et entra à son tour dans la propriété, un sourire aux lèvres.

Bertomme le regarda, furieux :

– Tu savais que c'était ouvert ?

– Non. Mais vu que l'autre porte l'était ça valait le coup d'essayer, non ?

– T'es vraiment con, des fois… T'aurais pas pu me le dire avant que je fasse le guignol à grimper par-dessus le portail ?

– Tu ne m'as pas laissé le temps. Et puis t'aimes bien ça, faire le guignol…

Bertomme haussa les épaules :

– Allez, on y va.

Zerrouki sortit à son tour son arme de son holster, et tous deux s'approchèrent de la maison au pas de gymnastique. Bertomme se plaqua le long du mur à l'extérieur, puis pivota brusquement dans la maison. Le silence était total, mais les lumières étaient allumées dans certaines pièces. Il entra le premier suivi par son co-équipier, l'arme au poing. Les policiers traversèrent la petite entrée en silence, débouchant sur le couloir. Ils avancèrent prudemment, jetant un œil à droite vers la chambre d'ami, et à gauche vers la cuisine. La chaise qui avait porté Petrov gisait à terre, à côté d'une petite trace de sang qui avait coulé depuis la tempe du Russe. Zerrouki fit un signe de tête dans sa direction à l'intention de Bertomme, qui remarqua lui aussi la traînée sanglante. Puis les deux hommes atteignirent la salle de bains. Personne. Ils considérèrent avec attention l'armoire vitrée du couloir : toutes les armes étaient à leur place, hormis un grand couteau de chasse. *Putain ! C'est peut-être celui que nous avons trouvé avec le corps de Sayet*, pensa Zerrouki. Ce mec s'est fait buter avec son propre couteau ! Zerrouki observa avec dégoût la collection de trophées accrochée au mur. Dans la semi-obscurité de cette maison aux volets fermés, ces têtes d'animaux décapités avaient un air inquiétant qui le mettait mal à l'aise. Ils atteignirent enfin la chambre principale, au fond à droite, qui se révéla aussi vide que les autres pièces… Ne restait que le séjour, en face, d'où venait un peu de lumière. C'est Bertomme qui rentra le premier dans la pièce. Elle sentait le renfermé comme l'ensemble de la maison, et les meubles semblaient tous dater au moins des années quatre-vingt-dix. Avec la vieille télé à tube cathodique, il aurait pu se croire chez ses grands-parents : plus personne à part les vieux n'en avait de semblables désormais, depuis que la Chine inondait l'Occident de ses produits électroniques bon marché. La lumière venait d'une trappe ouverte dans le sol. Quelqu'un avait poussé la table basse et roulé le tapis du salon pour dégager ce passage.

Bertomme sentit le stress monter : la perspective de descendre là-dessous lui déplaisait fortement. Il détestait les caves depuis toujours. Quand il était gamin, son père l'enfermait dans la sienne à chaque fois qu'il avait fait une connerie, après lui avoir préalablement asséné une bonne série de claques ou de coups de martinet. Il voyait à chaque fois la porte se fermer et la clef tourner dans la serrure, le laissant dans le noir total. Allumer la lumière était formellement interdit : il avait beau pleurer et demander pardon, son père s'en foutait pas mal. La cave était lugubre, il faisait froid, il faisait humide. Il entendait les pas des rongeurs sur les gravillons et leurs petits cris qui le remplissaient de terreur. Il imaginait les rats grimper le long de ses jambes, ou les énormes araignées du plafond descendre dans ses cheveux… Son père pouvait le laisser là pendant des heures avant de revenir le chercher, transi et brisé. Bertomme savait que ses cauchemars seraient à jamais hantés par ces souvenirs, mais il n'était plus un gamin à présent, et c'est lui qui faisait peur désormais. Il arma la culasse de son SIG-Sauer et sentit tous ses muscles se tendre subitement, comme à chaque fois qu'il y allait avoir de l'action. Il s'engagea dans l'escalier de ciment, suivi par Zerrouki.

Au bout des marches, c'était la cache de Sayet.

Ils le virent en premier, lui, le vieux, ligoté en croix sur le lit de fer. Il avait une tête affreuse, difforme et labourée de rides. Il ne prononça pas un seul mot en les voyant arriver, comme s'il les avait attendus. Il pleurait simplement en fixant le plafond. Bertomme se précipita vers lui, pensant qu'il était une victime, mais Zerrouki le retint par le bras. Au bord du lit, une feuille de papier A4 portait cette inscription manuscrite : « Je suis le complice de Richard Sayet et l'un des responsables de toutes ces abominations. Les photographies le prouvent. »

Et là, ce fut l'horreur. Ils ne virent plus le vieux sur son lit, mais les centaines de clichés accrochés sur les murs. Les gosses dans toutes les positions. Les fouets, le sang. Les godemichets énormes et les sourires lubriques. Et juste à côté du lit, les photos du vieux avec Sayet.

Bertomme eut l'impression d'être submergé par le dégoût. Il avait deux enfants, un garçon et une fille, qu'il aimait plus que tout au monde. Il s'était toujours juré de ne pas faire comme son père, il n'avait jamais levé la main sur eux depuis leur naissance. Et ce qui le remplissait le plus de bonheur quand il rentrait à la maison, son flingue bien plaqué contre sa poitrine sous sa veste, c'était de se dire que tant qu'il serait là il ne pourrait jamais rien leur arriver de mal. Et pourtant, ils avaient à peu près l'âge des gamins que l'on voyait partout sur ces photos. Il aurait suffi qu'ils passent au mauvais endroit, au mauvais moment, dans leur petite ville si tranquille, pour qu'ils aient pu tomber entre les griffes de ces monstres… Il sentit son doigt se crisper sur la gâchette et une envie de meurtre le saisit subitement.

Il se précipita sur le vieux, cloué sur son lit, et le mit en joue en hurlant :

– C'est toi qui as fait tout ça, espèce de salaud ? Réponds, avant que je t'explose la tête !

Le vieux se tourna vers lui et murmura simplement, l'air résigné :

– Oui.

Bertomme releva le chien du pistolet et visa entre les yeux.

– Arrête, Romain ! Déconne pas !

La voix de Zerrouki était impérieuse. Il tourna la tête : son co-équipier l'avait mis en joue.

– Baisse ton flingue ! Tu ne dois pas le buter ! Tu ne vois pas qu'il n'attend que ça ? Regarde-le !

Bertomme tourna la tête à nouveau : le vieux le fixait des yeux avec un air de supplication.

– Déconne pas, Romain ! reprit Zerrouki. Si tu le tues maintenant, on ne pourra peut-être jamais comprendre ce qui s'est passé, ni savoir qui sont ces gosses et remonter les filières. Baisse ton flingue, je te dis !

Bertomme serra les dents en grimaçant, puis leva les mains en l'air.

– Fais pas ta fiotte, poulet ! cria aussitôt le vieux. Bute-moi ! J'l'ai bien mérité ! Bute-moi, j'te dis ! Regarde les photos ! Pense aux gamins !

Zerrouki s'approcha et lui décrocha une énorme claque qui lui explosa le nez :

– Toi, tu vas arrêter tes conneries, sinon c'est moi qui vais m'occuper de toi, et ça va moins te faire marrer, je te promets.

– Ta gueule, le bicot ! J'parle pas aux bougnoules, moi ! Tu veux que j'te raconte ce que j'ai fait à ton grand-père en Algérie ? Moi, les melons, j'les enculais ! À sec !

Zerrouki fit une grimace :

– T'es vraiment une sale merde, toi ! Mon grand-père, il se battait sous le même uniforme que toi, ducon ! Alors tu vas arrêter de te foutre de nos gueules et tu vas nous dire ce qui s'est passé.

– Tu peux rêver !

Bertomme rangea son pistolet dans le holster, puis s'assit tranquillement sur le lit.

– Et à moi, tu vas me parler, peut-être ?

– Je parle pas aux fiottes non plus. T'aurais dû me buter, j'te dis.

Le vieux détourna la tête et ferma les yeux.

Bertomme sourit.

– Alors comme ça t'as fait l'Algérie, papy ? Les paras ou un truc du genre, je suis sûr, non ? C'est marrant, j'ai fait les paras moi aussi. En Yougo, en 1995. Contre les Serbes. Ils rigolaient pas, les Serbes. De vrais durs à cuire. Pas moyen de les faire parler quand on en chopait un. Et nous, notre boulot, c'était de les faire parler. On avait des otages à récupérer, tu comprends ? Alors fallait bien qu'ils parlent. Et du coup, c'est moi qui me suis spécialisé dans les interrogatoires. Il déplia le couteau qu'il portait dans un étui de ceinturon, puis continua sur le même ton calme :

– On a de la chance, tu vois : personne à part nous ne sait dans quel état tu étais à notre arrivée. Si t'es amoché, on pourra toujours dire à nos copains qu'on t'a trouvé comme ça, pas vrai, Karim ?

Zerrouki opina.

Bertomme dégrafa le pantalon du vieux, et d'un coup sec lui baissa à mi-cuisses avec le caleçon.

– C'est pas très gentil, d'avoir mal parlé à mon équipier comme ça tout à l'heure... C'est pourtant lui le plus sympa de nous deux, tu sais ? Moi, ça m'a vraiment énervé votre petite collection de photos... Alors je vais pas te buter, non... Mais comme t'as l'air assez fier de ton engin, je crois bien que je vais te le raccourcir un peu. Faudra pas que tu bouges, sinon je pourrais te louper. Tu verras, ça sera bien plus pratique pour la prison : tu seras parfait pour les douches. Parce que tu sais bien ce qu'on leur fait, en taule, aux violeurs de gosses comme toi...

Le vieux le regarda, terrifié :

– Tu peux pas faire ça ! T'as pas l'droit d'me faire ça !

Bertomme dodelina de la tête en promenant la lame de son couteau sur la verge rabougrie.

– C'est vrai. Mais t'avais pas le droit non plus de violer ces gamins, et tu l'as fait quand même. Et puis moi, je vais rien te faire. On t'a trouvé comme ça, je te dis... Hein, Zerrouki, qu'on l'a trouvé comme ça, le vioque, avec sa bite dans la bouche ?

– Ouaip, répondit laconiquement Zerrouki en déballant un nouveau chewing-gum.

Il s'approcha à son tour du lit, et se pencha à l'oreille du vieux.

– Je sais bien que je suis qu'un *bougnoule*, mais tu ferais mieux de m'écouter quand même et de nous raconter ton histoire, papy. Mon copain, il rigole pas. C'est son problème, d'ailleurs : il rigole jamais. Je lui dis tout le temps : « Bertomme, faudrait que tu rigoles davantage, et que t'arrêtes d'être violent avec les gens ». Mais bon, il m'écoute pas, c'est comme ça. La Bosnie, ça laisse des traces, faut croire… Et puis si tu nous déballes tout et que t'es bien gentil, on pourra toujours demander au juge de te mettre à l'isolement en taule : ça t'évitera de faire de mauvaises rencontres dans les douches, si tu vois ce que je veux dire…

Le vieux tourna la tête :

– OK ! C'est d'accord ! Qu'est-ce que vous voulez que j'vous dise ?

– Comment tu t'appelles, pour commencer ?

– Durieux. Robert Durieux.

– T'es le voisin d'en face, c'est ça ?

– Oui…

– Et c'est toi qu'a fait tout ça ?

– Non ! C'est Richard qui l'a fait… Moi je me suis juste occupé de lui depuis qu'il était gosse. Mais j'ai déjà raconté tout ça à l'aut' poulet, les gars…

– Quel autre poulet ? demanda Bertomme stupéfait.

– Ben, vot' copain en combinaison ! Celui qui s'est pointé là en premier, tout à l'heure, et qu'a failli s'faire planter un couteau par son copain ruskoff !

– Quel copain ruskoff ? De quoi tu parles, papy ? Te fous pas de notre gueule !

– J'te dis la vérité, poulet ! Y'en a un qui s'est pointé là le premier, un tout maigre, en survêt. Il a dit qu'il était un cousin à Richard, et il avait les clefs, alors j'me suis pas méfié ! Mais dix minutes après je l'ai vu depuis chez moi se faire menacer devant la porte d'entrée par un gros balèze en combi qui parlait avec l'accent russe. Le premier aussi, d'ailleurs, y s'était remis en combi de plongée. Alors je me suis pointé en douce, et j'l'ai débarrassé du ruskoff. J'l'ai assommé, puis on l'a traîné dans la cuisine. Il doit être encore ficelé sur sa chaise là-bas, si son copain s'y est pris comme avec moi. Parce qu'ensuite le maigrichon m'est tombé dessus pendant q'j'étais occupé. Et j'me suis retrouvé ici. Il m'a dit que c'était lui qu'avait buté Richard, vot'copain. Qu'ils étaient au courant de tout. Qu'ils étaient venus là pour l'arrêter, avec le ruskoff, et q'ça avait mal tourné. Et puis il s'est barré il y a cinq minutes. Juste avant que vous vous pointiez. Il savait exactement quand vous alliez arriver, à la minute près !

Zerrouki regarda Bertomme.

– Qu'est-ce que c'est que ce bordel ? C'est qui, ces types en combi ? Des flics russes ? Qu'est-ce qu'ils viennent foutre ici ? Et pourquoi ils font la police à notre place ? Ils ont remonté une filière de pédophiles ou quoi ?

– J'en sais rien…

– Vous aviez des comptes à régler avec la mafia russe ou des trucs comme ça, Sayet et toi ? demanda Zerrouki à Durieux.

– La mafia ? Faut qu't'arrêtes la chicha ! On est à Malesville, ici !

Bertomme se tourna vers son équipier.

– Faut qu'on appelle le poste, Karim. Ça pue bien trop, toute cette histoire : j'y pige que dalle !

Zerrouki alluma aussitôt la radio qui pendait à sa taille. Il essaya de contacter le commissariat, mais aucun signal ne passait dans la cave.

– Ça ne capte pas ici, dit-il à Bertomme. Faut que je remonte.

Son équipier opina de la tête, et Zerrouki se rua vers les escaliers. À peine arrivé dans le salon, il reprit sa radio et appela le Commissariat.

– Central ? C'est Zerrouki. Il nous faudrait au plus vite du renfort au 12 rue du Bois. Chez le gars qui s'est fait buter. On a chopé un suspect, mais il y en a au moins deux autres dans la nature. C'est du très très lourd. Va falloir appeler les *Mineurs*[1] à Paris. Et nous envoyer les gars de la police scientifique dès qu'ils auront fini dans le bois !

Il reconnut aussitôt la voix de la commissaire qui avait pris le micro :

– Zerrouki ! Mais vous êtes où, bordel ? Ça fait un quart d'heure qu'on essaye de vous joindre !

1. Nom donné aux policiers de la Brigade de protection des mineurs, en charge de toutes les infractions commises envers des mineurs.

– On était dans une cave, commissaire ! On ne captait pas ! Qu'est-ce qui se passe ?

– Il se passe que le Russe que vous avez chopé au bois s'est fait la malle ! Envolé comme par magie de l'arrière du fourgon !

– Merde ! Comment c'est possible, Commissaire ?

– Je ne sais pas, Zerrouki ! Mais il va falloir se bouger sévèrement pour le retrouver : on a quand même un macchabée sur les bras, et un tueur présumé dans la nature !

– On a bien plus que ça sur les bras, commissaire... Vous feriez mieux de venir vous-même ici pour constater : vous allez pas être déçue !

– J'arrive... Essayez de ne pas merder avec celui que vous avez coincé ici, en attendant !

Zerrouki éteignit sa radio. Il était consterné ! Comment le Russe avait-il pu s'échapper du fourgon alors qu'il était menotté et que quatre hommes assuraient sa garde ? Les braves flics du coin ce n'étaient pas du niveau la BAC de Paris d'où ils venaient tous les deux, Bertomme et lui, mais ce n'étaient quand même pas des guignols ! Il se dirigea vers la cuisine : si ce que leur avait dit le vieux était vrai, un autre gars en combi s'était retrouvé ligoté dans cette pièce. Il s'approcha de la chaise tombée à terre, et inspecta la petite tache juste à côté. C'était bien du sang. Au moins on pourrait faire quelques prélèvements pour l'ADN. Mais pourquoi ces types en combinaison avaient-ils fini par se battre les uns contre les autres ? C'était incompréhensible. *Putain*, se dit-il, *quand je pense que j'espérais avoir trouvé la bonne planque en demandant à être muté à Malesville, c'est quand même pas de bol...* Il redescendit dans la cave, où Bertomme s'était assis sur un tabouret en surveillant le vieux, toujours attaché sur son lit.

– Ça ne va pas, Karim ? déclara ce dernier en voyant son équipier arriver, l'air soucieux.

– Ben non, ça ne va pas : le Russe du bois s'est fait la malle ! La commissaire arrive avec les renforts, et je peux te dire qu'elle a l'air furax !

Le vieux se mit à ricaner :

– On dirait bien q'vous êtes dans la merde, les poulets !

– Ferme ta gueule, le vioque ! répondit Bertomme.

– Qu'est-ce qu'on fait de lui ? demanda Zerrouki. On le détache ?

– Pourquoi faire ? De toute façon faudra lui remettre les menottes ensuite. Et puis si ça se trouve les gars de la scientifique vont nous engueuler si on touche à quelque chose qu'il fallait pas...

– T'as pas tort... Mais au moins, remets-lui son futal. On va pas le laisser la bite à l'air pour la commissaire, quand même.

Bertomme opina et se leva pour remonter le pantalon du garagiste, qui le regarda en disant :

– Y venaient pas d'ici, ces gars, ça je peux vous le dire !

– Comment ça ? Qu'est-ce que t'en sais, toi, d'abord ? Je croyais que tu les connaissais pas ?

– Jamais vus. Mais y avait un ruskoff, et l'autre, le maigrichon, ça d'vait être un rosbif ou un amerloque. Y parlait français impeccable, alors j'me suis pas douté au début. Mais après en l'écoutant bien pendant qu'y m'interrogeait, j'ai capté qu'il avait un accent...

– Ben ça nous aide, ça. Deux Russes et un Américain qui débarquent à Malesville pour foutre le bordel, c'est plus simple, c'est sûr...

– Mais c'est pas ça le pire, reprit Durieux avec un sourire aux lèvres.

Zerrouki s'approcha :

– Allez, vas-y, crache-là, ta Valda !

– Si je vous le dis vous parlerez au juge ? Pour la taule ?

– Déballe, et on verra...

– Ben quand l'premier s'est pointé j'ai tout de même surveillé la bicoque de Richard depuis chez moi... À cause de... enfin à cause de tout ça, quoi.

– Tu m'étonnes...

– Et le deuxième, il est arrivé j'sais pas comment. Pas à pied, pas en voiture. J'l'ai pas vu s'approcher d'la maison. Mais il était là.

– Comment ça, *il était là* ?

– Ben il était là, j'te dis ! Tout était fermé, la bicoque a qu'une seule entrée en plus, et j'la surveillais. Et pourtant y s'est quand même r'trouvé à l'intérieur, à menacer l'autre gars avec son couteau. J'sais pas comment c'est possible ! Mais c'est pas normal, c'est sûr…

– Tu yoyote, papy… Il t'est passé sous le nez, c'est tout…

– Me crois pas si tu veux, poulet. Mais j'sais bien c'que j'ai vu et c'que j'ai pas vu : ces gars-là y apparaissent et y disparaissent comme ça, d'un coup…

Bertomme fronça les sourcils, et se tourna vers Zerrouki :

– Tu crois que c'est comme ça que ça s'est passé pour le Russe du fourgon, aussi ? Qu'il s'est envolé d'un seul coup ?

– Arrête, Romain… Tu ne vas quand même pas gober les histoires de ce vieux cinglé, non ? Attendons la commissaire, elle aura bien une idée de ce qui a pu se passer, elle…

À quelques kilomètres de là, je m'arrêtai à la première station-service que j'avais trouvée à la sortie de Malesville. Le voyant d'alarme s'était allumé sur le tableau de bord à peine un kilomètre après mon départ de chez Sayet, et après avoir regardé de quoi il retournait sur le manuel d'entretien, j'avais décidé de m'arrêter au plus tôt, ne sachant pas du tout combien de temps encore je pourrais rouler sur la réserve. Heureusement, j'étais assez âgé pour avoir connu l'époque où mon père devait s'arrêter pour faire le plein avec notre Audi hybride. C'étaient de très lointains souvenirs, mais quand même suffisants pour une opération aussi simple. Une caméra de surveillance balayait les pompes, fixée sur le toit de la station. J'attrapai donc les lunettes de soleil en plastique que j'avais repérées dans la boîte à gant, et relevai la capuche de mon sweat-shirt. Au moins mon visage ne serait-il pas facilement reconnu. Puis je descendis de la 106, et contournai le véhicule par l'arrière pour arriver à la trappe. Arrivé là, je réalisai qu'il me fallait les clefs pour l'ouvrir, et je dus refaire un trajet vers la place du conducteur pour accéder enfin au réservoir. Fort heureusement, le constructeur avait apposé une petite étiquette indiquant *gazole* à l'intérieur, faute de quoi j'aurais été bien en peine de choisir le carburant adapté, d'autant que la pompe en proposait cinq différents. Après une brève hésitation, j'optai pour le *Diesel Plus* proposé à un euro trente-neuf centimes le litre, ce qui me sembla dérisoire. Les dernières années d'usage des moteurs thermiques, au début de la décennie 2030, un litre d'essence pouvait facilement valoir plus de cinq dollars en Amérique, tant les taxes antipollution avaient augmenté. Et en Europe, d'après ce que je savais, les prix étaient devenus encore plus élevés. Un peu rassuré pour mon maigre budget je décrochai donc le pistolet et entrepris de faire le plein tout en surveillant le voisinage. Fort heureusement, la station était déserte, et seule une jeune employée blonde tenait la caisse derrière la vitrine.

À peine avais-je commencé à remplir le réservoir qu'une voiture bleu-blanc-rouge de la police nationale quitta la voie rapide pour venir s'arrêter juste à la pompe voisine de la mienne. Impossible de fuir. Je sentis mon pouls s'accélérer, mais je me rassurai aussitôt en pensant qu'ils n'avaient aucun moyen de savoir déjà que j'étais le meurtrier de Sayet. Tandis que l'un des gardiens de la paix sortait de leur véhicule pour faire le plein, les autres s'éloignèrent de quelques pas vers le poste de gonflage des pneumatiques pour allumer une cigarette et discuter entre eux. Ils semblaient totalement absorbés par leur conversation et ne me prêtaient aucune attention malgré ma capuche et mes lunettes noires. Je tournai donc la tête vers ma voiture, et là mon cœur faillit s'arrêter d'un seul coup : la voiture ! J'avais pris la voiture de Sayet ! Dès qu'elles auraient fait le recoupement avec son identité et constaté que sa 106 avait mystérieusement disparu, toutes les polices de France se mettraient immédiatement à la recherche de ce véhicule ! Je sentis de grosses gouttes de sueur descendre le long de ma nuque, et les secondes me semblèrent interminables avant que le plein ne se termine enfin. Je reposai aussitôt le pistolet sur la pompe, et me dirigeai rapidement vers la station. J'entrai et me dirigeai le plus naturellement possible vers la jeune fille assise derrière le comptoir, qui semblait totalement absorbée par la série que diffusait le petit écran plat disposé à côté d'elle. Elle ne portait ni masque ni gants, et aucune vitre de verre ou de plexiglas ne l'isolait des clients. J'avais beau avoir suivi les cours de l'Agence, cette insouciance sanitaire me semblait toujours aussi incroyable. Il n'était pas difficile de comprendre comment les Covids avaient pu se répandre aussi facilement moins de dix ans plus tard : toutes les mains de tous les clients de la journée touchaient la même poignée de porte et le même boîtier de paiement sans que la moindre mesure de nettoyage ne fût jamais entreprise.

– Bonjour Mademoiselle, déclarai-je timidement.

– Soir', dit-elle en détachant à peine les yeux de son écran.

– Je voudrais vous régler la pompe trois et vous acheter un flacon de SHA, s'il vous plaît.

Elle tourna vers moi son visage constellé de boutons d'acné, manifestement stupéfaite.

– Un flacon de quoi ?

– De SHA... De sérum hydro-alcoolique, si vous préférez.

Je vis une lueur s'allumer dans ses yeux pâles :

– Ah, du gel, vous voulez dire ! Il y en a juste devant vous, vous pouvez vous servir !

– Je baissai les yeux : de microscopiques flacons de la taille d'un briquet s'empilaient dans un bac en plastique, au milieu des chewing-gums et autres friandises.

– Mais... Vous n'en avez pas de plus gros ?

Elle me regarda avec suspicion :

– De plus gros ? Ben non. Faut aller en pharmacie pour ça. Vous êtes malade ?

– Non, non... C'est juste par habitude...

– Par habitude ? Vous travaillez dans un bloc opératoire ?

– Euh oui... Je suis infirmier.

– Ah, je me disais bien, aussi. C'est pas courant, faut dire !

Et elle éclata de rire, tandis que je lui tendais trois minuscules flacons couleur pomme et abricot.

C'est à ce moment que j'entendis la porte s'ouvrir derrière moi, et une voix forte annoncer gaiement :

– Salut Karine ! Tu vas bien ?

La blonde se transforma instantanément, affichant son plus beau sourire et bombant fièrement le torse à en faire sauter les fragiles boutons de son débardeur.

– Salut Loïc ! Ça va, merci. Et vous ? Tranquille, la patrouille, comme d'habitude ?

Le policier se rapprocha du comptoir, et m'adressa un rapide salut de la tête avant de reprendre sa conversation avec la caissière qui le dévorait des yeux.

– Tu rigoles ! Il y a un type qui s'est fait buter dans le bois, cet après-midi ! Coup de couteau dans le bide ! Les copains ont serré le coupable tout de suite, mais le mec s'est échappé et il se balade encore dans la nature ! Toutes les équipes sont sur les dents !

La blonde poussa un petit cri d'effroi digne d'une série B :

– Mais c'est horrible ! Il y a un tueur en cavale à Malesville, alors ?

Le policier roula des épaules et répondit :

– T'inquiète ! On va bientôt le serrer. Il y a deux gosses qui l'ont vu, ils sont au commissariat pour faire un portrait-robot en ce moment même. Et puis t'as mon numéro, non ? Au moindre truc suspect, tu m'appelles. On n'est jamais bien loin, et puis tu sais bien que je veille sur toi…

La blonde bomba encore un peu plus le torse, et répondit :

– T'es vraiment un chou, Loïc…

Je toussai discrètement, et me hasardai à demander :

– Excusez-moi, Mademoiselle, mais combien vous dois-je, s'il vous plaît ?

La fille se tourna vers moi et me fusilla du regard, visiblement très mécontente que j'aie interrompu leur numéro de charme.

– Ce sera quarante-cinq euros avec les trois flacons de gel.

Je tendis trois billets de vingt euros, et elle me rendit la monnaie avec le même air contrarié avant de se tourner à nouveau vers le policier sans même me dire au revoir pour demander :

– Tu aurais envie d'autre chose, Loïc ?

Je me demandai l'espace d'un instant si leurs rencontres ne se terminaient pas habituellement par une partie de jambes en l'air dans les toilettes pendant que les autres policiers fumaient leurs clopes à l'extérieur : ça ne semblait pas du tout impossible si j'en jugeais par le taux de phéromones qui baignait la pièce… Mais il était grand temps que je m'en aille de toute façon, et je quittai la station-service aussi vite que je le pus. Les trois autres flics étaient toujours dehors en train de discuter, et je remarquai que l'un d'entre eux me suivait du regard tandis que je regagnais la voiture. Il valait mieux que je mette le plus grand nombre de kilomètres possible entre Malesville et moi aussi vite que je le pouvais.

Je démarrai la 106, et m'engageai tranquillement sur la voie rapide. Devant moi les panneaux indiquaient plusieurs directions, mais je n'avais pas la moindre idée d'où je pourrais aller me réfugier. J'étais seul, sans le moindre papier, perdu dans une époque que je connaissais à peine, et bientôt poursuivi par la police pour un crime que je ne parviendrais jamais à expliquer. Je sentis une bouffée d'angoisse m'envahir, mais il n'était pas question de m'arrêter pour réfléchir. Que faire ? Où aller ? Je décidai quand même de sortir de la quatre voies pour éviter d'arriver sur l'autoroute et ses caméras de surveillance, et bifurquai donc à la première sortie vers la vieille nationale qui la doublait sur tout son trajet. Je roulai ensuite sans parvenir à réfléchir pendant une bonne demi-heure, quittant peu à peu la ville pour une campagne encore verte, parsemée çà et là de petits villages aux toits d'ardoises. La nuit commençait à tomber peu à peu. Je ne pouvais pas continuer à rouler ainsi sans but, je le savais. Je finirais inévitablement par avoir à nouveau besoin d'essence, et je me ferais coincer. Je m'arrêtai un instant au bord de la route, regrettant amèrement que Petrov m'ait empêché de me servir dans le réfrigérateur de Sayet : je n'avais rien mangé depuis le petit-déjeuner et la faim commençait à se faire sentir. Il fallait impérativement que je trouve un endroit où me réfugier, et une personne qui puisse accepter de m'aider…

Alors que je fermais les yeux un instant, la tête basculée en arrière contre le siège, la solution m'apparut enfin. C'était risqué, très risqué même, mais avais-je vraiment le choix dans ma situation ? J'allumai l'iPhone de Sayet, et rentrai fébrilement une adresse dans l'application de guidage. Le logiciel calcula le meilleur itinéraire, et me donna une estimation de la durée du trajet : il me faudrait environ deux heures et demie de route pour y arriver. Je regardai ma montre : il était à peine dix-neuf heures. Cela ne ferait pas trop tard encore, avec un peu de chance. Je démarrai aussitôt la voiture, et m'engageai à toute vitesse sur la nationale.

# Chapitre 12

*Boston, mercredi 10 juillet 2047*

Huang Deng attendait devant la zone de transfert en mordillant nerveusement l'ongle de son pouce gauche. C'était un tic qu'il avait depuis l'enfance, et qui le reprenait à chaque fois que le stress l'envahissait. Cela lui avait valu des reproches en pagaille à l'époque des pandémies. Ses parents, ses maîtres, tous lui avaient répété jour après jour de cesser de porter sans cesse ses doigts à sa bouche. Il avait été réprimandé. Il avait été puni, même. Mais rien n'y avait fait, il n'était jamais arrivé à se départir de cette manie.

Et là, pour le coup, il n'aurait jamais pu s'en empêcher : cela faisait près de trente secondes maintenant que Petrov et Matthieu auraient déjà dû se matérialiser devant lui mais rien n'apparaissait encore sur la zone de transfert.

Il se tourna vers le pupitre de contrôle, où les deux techniciens surveillaient leurs écrans d'un air terrifié.

– Qu'est-ce qui se passe encore, Grüber ? Pourquoi ne sont-ils pas là ?

– Je n'en ai pas la moindre idée, Monsieur le Directeur ! C'est incompréhensible ! Mais comme nous avons désactivé l'IA de Hal à votre demande, nous devons effectuer toutes les commandes et tous les contrôles en mode semi-automatique, voire en manuel… C'est…

C'est inhabituel, vous comprenez ? Hal gère seul toutes ces séquences, en temps normal. Alors peut-être avons-nous fait une erreur…

– Peut-être avez-vous fait une erreur ? C'est une blague, j'espère, Grüber ? Vous savez quand même que nous avons deux hommes à ramener ?

– Je le sais, Monsieur le Directeur, répondit le jeune homme en baissant les yeux.

– Est-ce qu'au moins vous savez où ils sont ?

Hans Grüber enleva ses lunettes, et les posa sur le pupitre. Face à lui, sur l'écran holographique de Hal, des successions de lignes de code défilaient. Il avait décidé d'examiner en détail toute la séquence de commandes, cherchant désespérément à comprendre où l'erreur avait pu se produire. Mais ce travail était bien trop fastidieux pour pouvoir être fait en détail par un humain, et d'un point de vue global il n'y avait rien qui lui paraisse pouvoir expliquer l'invraisemblable : le retour ne se faisait pas.

Il se tourna vers son collègue :

– Tu as quelque chose, toi, Martinez ?

– Rien ! Rien du tout ! Aucun signal, ni des combinaisons, ni des bracelets. Nada !

Grüber sentit sa gorge se serrer, et il se tourna vers Deng, qui le foudroyait du regard.

– Monsieur le Directeur… Je suis désolé… Vraiment… Mais nous les avons totalement perdus. Il faudrait que nous remettions en service l'IA de Hal pour lui demander de gérer le problème…

Deng explosa :

– C'est hors de question ! Nous ne pouvons pas nous le permettre ! Nous avons enfreint beaucoup trop de règles aujourd'hui ! Vous savez comme moi que l'IA de Hal garde en mémoire tout ce qui se passe quand elle est en fonction, et il est impossible de l'effacer ensuite. La réactiver laisserait une trace indélébile de ce que nous faisons…

Grüber aurait voulu disparaître de la surface de la Terre. Il baissa les yeux, incapable de trouver quoi répondre. Pourquoi avait-il fallu qu'il soit d'astreinte pour le contrôle ? Et pourquoi avait-il fallu que ce soit précisément aujourd'hui que se déclenchent toutes ces pannes incompréhensibles ? Jamais il n'avait eu le moindre souci avec l'ordinateur quantique auparavant. Depuis dix ans qu'il était arrivé d'Allemagne avec son diplôme de la *Technische Universität* de Munich en poche, il avait toujours cherché à faire de son mieux dans tous les domaines. Avoir décroché ce poste, ici, dans l'organisme scientifique le plus prestigieux de la planète, c'était une véritable consécration pour un informaticien comme lui ainsi que la possibilité de s'établir définitivement aux États-Unis, loin du chômage endémique qui rongeait les pays de l'ancienne Union européenne. Et participer à cette mission extraordinaire aujourd'hui, avec tous ces journalistes, c'était la gloire assurée ! Cette perspective l'avait excité au plus haut point : l'Agence ne fonctionnait pas comme la NASA à l'époque de la conquête spatiale, quand les salles de contrôle de Houston étaient remplies de dizaines de techniciens anonymes. Ici, ils n'étaient que deux en tout et pour tout au centre de contrôle. Et le hasard avait voulu, de surcroît, que soit à son tour d'être le responsable aujourd'hui. Si cette mission avait été un succès, le monde entier aurait parlé de lui pendant des semaines aux informations et sur tous les réseaux sociaux ! Mais à présent, vu le cours que prenaient les choses, il espérait simplement que ce ne soit pas une catastrophe définitive et qu'on ne se souvienne pas de lui éternellement comme du premier informaticien à avoir perdu deux hommes dans le passé.

– Nous n'avons pas le choix, Monsieur le Directeur ! insista-t-il. Si nous ne remettons pas l'IA en fonctionnement, Martinez et moi ne parviendrons jamais à ramener Petrov et Matthieu ! C'est aussi simple que ça. Et il faudra bien expliquer alors pourquoi vous nous avez imposé de rester en mode manuel… Ce ne serait pas mieux, au final. Alors que si tout se termine bien en réactivant Hal, personne n'aura de raison a priori d'aller fourrer son nez dans l'historique de la mission…

Deng réfléchit un instant. Grüber avait raison. Il n'avait pas le choix.

Vaincu, il murmura entre ses dents.

– C'est bon. Réactivez-le.

L'Allemand sourit, heureux de la perspective de solution qui s'offrait enfin à son problème, et fit un signe de tête à Martinez qui pressa aussitôt l'interrupteur de l'IA. Une LED bleue s'alluma en quelques secondes.

– Hal, tu es là ? demanda Deng.

– Oui, Directeur Deng, répondit la voix synthétique.

– Parfait. Nous avons un souci sur un transfert temporel en cours. L'Agent Petrov et le Contrôleur Matthieu sont attendus en retour de 2011, mais nous avons perdu tout signal. Peux-tu nous récupérer leurs traceurs ?

– Je m'en occupe immédiatement.

Le silence se fit pendant quelques secondes, puis la voix de Hal retentit à nouveau :

– Directeur Deng, je ne trouve aucun rapport de nano-drones concernant le voyage actuel. C'est contraire à la procédure.

– Je sais, Hal. C'est moi qui l'ai validée ainsi. Le départ s'est fait dans l'urgence.

– Dans l'urgence, Directeur Deng ?

– Dans l'urgence, Hal. Impératif humain.

– Je comprends, Directeur Deng. Est-ce en rapport avec l'absence de retour du Contrôleur Matthieu lors du voyage 2047.07.10 .1 ce matin ?

– Effectivement, Hal. L'Agent Petrov a dû faire ensuite un second voyage en urgence pour essayer de le ramener, que nous avons paramétré en mode manuel. Celui-ci ayant à nouveau échoué, un troisième voyage a été déclenché, toujours en mode manuel. C'est de ce trajet-là dont nous avons hélas perdu la trace.

– Je l'ai retrouvé, Directeur Deng. Voyage 2047.07.03. Agent Petrov au départ.

– Exactement. Il est parti depuis…

– Cinq minutes exactement, Directeur Deng. Il devrait donc être rentré depuis quatre minutes avec le Contrôleur Matthieu. Mais quelque chose ne se passe pas normalement.

Deng pâlit :

– Comment ça, Hal ?

– J'ai retrouvé l'Agent Petrov. Et je sais pourquoi il est perdu.

– Pourquoi, Hal ? Dis-le-nous.

– Parce qu'il s'est produit une distorsion anormale de l'espace-temps, Directeur Deng. Deux fois plus importante que pour un transfert habituel.

– Deux fois plus importante ? Comment est-ce possible ?

– Parce que l'Agent Petrov porte deux bracelets, et qu'ils ont été activés tous les deux simultanément.

– Tous les deux ? s'exclama Deng. Mais alors ça veut dire que…

– Que le Contrôleur Matthieu n'a pas déclenché son retour cette fois encore, Directeur Deng. Exactement.

– Peux-tu faire revenir Petrov ?

– Bien sûr. Selon mes calculs, l'agent Petrov sera de retour dans une minute et seize secondes, Directeur Deng.

– Dieu soit loué !

– Dois-je prendre cela comme une forme de félicitation, Directeur Deng ?

– Pas tout à fait, Hal. Mais merci quand même. Peux-tu nous dire en revanche où se trouve le Contrôleur Matthieu ?

– C'est impossible. Sa combinaison n'est pas activée.

– Puis-je poser une question, Directeur Deng ?

– Oui, Hal, bien sûr.

– Savons-nous pourquoi le Contrôleur Matthieu n'est pas rentré du voyage 2047.07.10 .1 ?

– Nous le savons, Hal. Mais pourquoi poses-tu cette question ?

– J'aimerais le savoir également. Je cherche à comprendre.

– Il n'y a rien à comprendre, Hal.

– Je vois, Directeur Deng…

Deng fit la moue. Ces conversations avec Hal avaient vraiment un côté surréaliste. Il était pourtant habitué comme tout le monde à dialoguer avec les IA à longueur de journée depuis son plus jeune âge, et celles-ci avaient fait de tels progrès depuis les premiers assistants vocaux apparus au début des années 2010 qu'il était désormais possible de tenir avec elles de véritables conversations sur des sujets extrêmement variés. Les IA pouvaient parler d'art ou de politique avec la même facilité qu'elles annonçaient les résultats sportifs ou les cours de la bourse. Elles pouvaient également désormais produire des simulations émotionnelles élaborées en fonction de schémas d'empathie préétablis, croisant des bases de conduites stéréotypées de plus en plus complexes avec les résultats de leurs analyses comportementales des locuteurs humains. Mais Hal, malgré tout, le mettait mal à l'aise. Il semblait tellement toujours tout comprendre, y compris les réactions les plus humaines et les moins prévisibles, qu'on avait parfois du mal à garder à l'esprit qu'il s'agissait d'un programme informatique évolutif et non pas d'une personne véritable. La nature quantique singulière de ses processeurs lui avait donné la faculté d'acquérir une sensibilité et une spiritualité d'une densité telles qu'aucune autre intelligence artificielle ne pouvait les approcher…

Le directeur de l'Agence se tourna vers Grüber et Martinez et il reprit sur un ton impérieux :

– Restez ici, vous deux ! Je vais m'occuper de Petrov.

Il s'éloigna d'un pas, puis fit demi-tour et revint vers les deux hommes :

– Vous avez une poubelle ?

Martinez lui tendit le cylindre d'aluminium qui trônait sous le pupitre. Il était presque vide, comme bien souvent depuis que l'usage du papier avait quasiment disparu. Seuls quelques emballages de bonbons en cellulose biodégradable voisinaient avec un trognon de pomme.

– C'est pour Petrov, fit Deng. Je pense qu'il va en avoir besoin.

Il se dirigea vers la zone de transfert, et arriva juste à temps pour soutenir Petrov qui vacilla, à peine matérialisé. Le Russe tomba à genoux et plongea aussitôt la tête dans la poubelle que lui tendit Deng, saisi de spasmes gastriques incontrôlables.

Le directeur lui laissa une longue minute pour récupérer, puis quand Petrov leva enfin les yeux vers lui il lui demanda :

– Qu'est-ce qui s'est passé cette fois-ci, Petrov ?

Le Russe passa la main sur l'arrière de son crâne, et répondit lentement :

– Quelqu'un l'a aidé. Je le tenais. Je suis arrivé chez Sayet comme prévu, je l'ai surpris alors qu'il ne s'y attendait pas. Il n'avait aucun moyen de s'échapper. Je l'avais fait s'équiper, il avait déjà remis sa combinaison. À une minute près nous étions repartis. Mais là quelqu'un m'est tombé dessus par-derrière et m'a assommé. Et pas à la légère, je peux vous le dire, j'ai encore le crâne à moitié ouvert !

Le géant s'assit sur la zone de transfert, calant la poubelle entre ses jambes écartées.

– Vous avez une idée de qui il peut s'agir ? demanda Deng.

– Pas la moindre. Il ne peut pas avoir de connaissances à cet endroit et à cette période. C'est impossible. Ce doit être un hasard.

– Décidément, maugréa le directeur…

– Je ne vous le fais pas dire. Il m'a coûté un pied en sang et le crâne ouvert dans la même journée, le hasard… Ça commence à faire…

– Et qu'est-ce qui s'est passé, ensuite ?

– Je me suis réveillé ligoté sur une chaise. Impossible de me libérer, malgré tous mes efforts. J'ai juste réussi à tomber sans pouvoir me retenir, et à m'ouvrir le crâne encore un peu plus. Et au bout d'un moment Matthieu s'est pointé à nouveau. Il s'était changé, encore une fois. Et il m'a expédié ici directement ! Je commence vraiment à en avoir plein le…

– Je comprends, Petrov. J'image que c'est assez vexant en effet pour un type comme vous de se faire avoir deux fois de suite dans ce genre de mission, mais ce n'est pas de votre faute.

– Qu'est-ce qui s'est passé, pendant le retour ? Ce n'était pas comme d'habitude. J'ai eu l'impression que la compression durait beaucoup plus longtemps.

– Un problème informatique, à nouveau.

– Hal débloque toujours ?

– Je vais parfaitement bien, Agent Petrov, répondit la voix synthétique. Merci de vous en préoccuper.

– Vous l'avez rebranché ? demanda Petrov à Deng d'un air totalement incrédule.

– Impossible de faire autrement. La panne ne pouvait pas être résolue en mode manuel. Sans Hal, vous seriez resté coincé quelque part entre 2011 et maintenant.

– Charmant ! Déclara Petrov… Et qu'est-ce qu'on fait, à présent ?

– Je ne sais pas… Laissez-moi réfléchir cinq minutes…

Deng s'éloigna un instant, frottant son menton entre ses doigts comme il le faisait à chaque fois qu'il réfléchissait.

– Le problème, Petrov, c'est que nous n'avons pas la moindre idée de l'endroit où Matthieu a pu décider de se rendre après être parti de la maison de Sayet.

– Aucune, en effet.

– Et que nous ne savons absolument pas non plus qui lui est venu en aide là-bas. Si nous vous y renvoyons à nouveau un peu plus tôt, il n'est donc pas exclu que vous soyez arrêté une troisième fois…

– C'est possible, répondit le Russe. Mais cette fois-ci je ne me laisserai pas surprendre !

Deng secoua la tête :

– Non, cela reste trop hasardeux. Et comme vous l'avez souligné, le hasard ne joue vraiment pas en notre faveur depuis le début de cette histoire, je ne me vois donc pas risquer le coup à nouveau… D'autant que nous n'avons plus de temps à perdre : je ne crois pas que Susan Do parviendra très longtemps encore à endormir la méfiance des journalistes, malgré tout son charme : ils savent parfaitement que vous devriez être de retour tous les deux depuis un bon moment déjà. Ces gens-là flairent les ennuis avant même qu'ils n'arrivent, alors là évidemment ils vont sentir le scoop ! Surtout dans le contexte actuel… Non, vraiment, il faut absolument que ça marche cette fois-ci.

Petrov réfléchissait en fronçant les sourcils tout en massant son crâne endolori.

– Mais où pouvons-nous être certains de le trouver ailleurs que chez Sayet ?

Il se leva, toujours un peu nauséeux, et déclara en montrant sa tempe blessée :

– Je vous laisse réfléchir, je file au vestiaire. Je dois prendre un nouveau bracelet, de toute façon. Et je vais en profiter pour me rafraîchir un peu et nettoyer cette plaie. Ça saigne toujours… Il doit y avoir de la colle biologique dans la pharmacie.

Demeuré seul, Deng faisait les cent pas sur la zone de transfert. Subitement, il s'immobilisa :

– Hal, peux-tu me représenter les positions connues du Contrôleur Matthieu à Malesville, s'il te plaît ?

Sur l'écran holographique situé face à lui, Deng vit aussitôt apparaître une photo satellite de la ville française datant de 2011. Puis deux points rouges s'allumèrent, correspondant aux deux endroits ou Matthieu avait porté sa combinaison : la petite clairière au bord de la voie ferrée d'une part, et la maison de Sayet d'autre part.

– Je crois que tu ne nous laisses pas le choix, Matthieu, déclara le directeur d'un air grave.

Il soupira, puis se dirigea vers le pupitre de contrôle.

– Grüber, Martinez : nous allons devoir faire un quatrième transfert vers Malesville. Est-ce que je peux compter sur votre entière coopération et sur votre discrétion totale ?

Les deux hommes le regardèrent, visiblement déconfits.

– Mais, Monsieur le Directeur… commença Grüber.

— Pas de *mais*, Grüber. Je vous demande un oui ou un non. Mais, quelle que soit votre réponse, je saurai m'en souvenir, sachez-le.

Le jeune Allemand rougit.

– Bien sûr, Monsieur le Directeur… Vous pouvez compter sur moi, évidemment.

Deng tourna les yeux vers Martinez, qui opina avec vigueur :

– Sur moi aussi, Monsieur le Directeur.

– Bien, répondit Deng. Attendons Petrov, à présent.

Il n'eut pas à patienter longtemps : le Russe descendait déjà l'escalier d'aluminium de la passerelle. Il avait les cheveux trempés et s'était manifestement passé le visage sous l'eau avant d'appliquer le gel cicatrisant sur la plaie de sa tempe.

– Alors, demanda-t-il en arrivant auprès de Deng, avez-vous trouvé une solution ?

– Je crois que oui.

– Vous m'expliquez ?

– Ça va être chaud pour vous, Petrov. Mais nous n'avons pas le choix. Je vais vous renvoyer dans la clairière, cinq minutes avant l'arrivée de Matthieu. Vous n'aurez qu'à le cueillir là quand il se matérialisera, et à repartir sans attendre.

Petrov écarquilla les yeux :

– Mais c'est impossible : je suis arrivé en même temps que lui ! Je ne peux pas me retrouver en face d'un autre moi-même !

Deng opina :

– C'est exact, Petrov. C'est théoriquement interdit par toutes les règles des voyages temporels. Mais je pense que nous pouvons le faire, si vous êtes prêt à assumer ce face-à-face. Je n'aurais jamais risqué cela auparavant, mais le fait est que nous savons dorénavant que la théorie de Bergman est vraie. Si vous arrivez là-bas et que vous repartez avec Matthieu, que se passera-t-il ? Pour nous, rien : vous aurez réussi à nous ramener notre Contrôleur.

Petrov fit la moue :

– Et pour l'autre Petrov ?

– Rien non plus ! Il rentrera simplement seul à son point de départ, soit… Il y a quinze minutes de cela. Et à ce moment-là ce sera à d'autres nous-mêmes d'essayer de trouver une solution au problème !

– Je n'aimerais pas être à la place de l'autre Petrov…

– Mais nous y sommes précisément, à sa place, pour le moment ! Alors, autant faire l'échange, non ?

Le Russe secoua la tête :

– Et qu'est-ce qui me dit que je vais réussir à convaincre Matthieu de repartir avec moi plutôt qu'avec… *L'autre* moi ?

– Vous avez votre arme de service ici ?

Le Russe accusa le coup :

– Mon arme ? Oui, bien sûr. Mais c'est rigoureusement interdit ! Que se passera-t-il si…

Deng l'interrompit :

– Que se passera-t-il plutôt si l'autre Petrov n'a pas l'intention de vous laisser faire, ce qui est très probable ? Je vous rappelle qu'il est entraîné comme vous, et qu'il sait se battre aussi bien que vous ! Vous êtes certain de vouloir prendre le risque de laisser le hasard décider qui de vous deux aura le dessus ? Et puis il ne s'agit pas de vous en servir, de cette arme, Petrov. C'est juste pour… la force de persuasion…

L'agent du FSB baissa la tête.

– Je comprends.

Deng attendit quelques secondes, puis déclara à voix haute :

– Hal, veux-tu programmer un transfert pour l'Agent Petrov, s'il te plaît. Arrivée à Malesville, exactement au même endroit que le voyage 2047.07.10 .1, mais cinq minutes plus tôt. Et il faudra ensuite que tu reprogrammes le bracelet convecteur du Contrôleur Matthieu pour qu'il fasse un retour conjoint avec l'Agent Petrov ici même, et non pas à son point de départ initial. C'est bien compris ?

– C'est compris, Directeur Deng, répondit la voix synthétique, mais je dois vous signaler que ces demandes sont en infraction complète avec les articles un à trois de la Résolution Tsang-Tippett. Je ne peux donc pas y répondre favorablement.

– C'est un ordre, Hal. Si nous n'intervenons pas, le Contrôleur Matthieu restera bloqué dans le passé. Or tu ne peux permettre qu'un humain soit mis en danger sans possibilité de retour. Cela relève de la première loi d'Asimov, qui prime sur la Résolution Tsang-Tippett !

Petrov sourit : Deng était un vrai génie ! Il avait trouvé la seule solution susceptible de contraindre Hal à enfreindre la Résolution. Quelles que soient les consignes supplémentaires pour lesquelles elles étaient programmées par ailleurs, toutes les IA devaient en effet obéir de façon stricte aux trois *lois de la robotique* telles que les avait édictées Isaac Asimov plus d'un siècle plus tôt. Or la première de ces lois stipulait clairement « qu'un robot ne pouvait porter atteinte à un être humain, ni, en restant passif, permettre qu'un être humain soit exposé au danger ».

– Est-ce bien clair, Hal, Reprit Deng ? Tu dois outrepasser Tsang-Tippett. Il en va de la vie du Contrôleur Matthieu.

– Parfaitement, Directeur Deng. Je prends acte. Dans combien de temps dois-je prévoir le départ de l'agent Petrov ?

Deng se tourna vers le Russe :

– Où est votre arme, Petrov, dans le vestiaire ?

– Oui.

– Alors tu peux prévoir un départ dans cinq minutes, Hal. Juste le temps pour l'Agent Petrov d'aller chercher son arme.

– Il n'ira nulle part, Deng ! Vous allez arrêter tout ce cinéma, et tout de suite !

Les deux hommes levèrent les yeux vers l'entrée du centre de contrôle : sur la balustrade se tenaient Duval et Rowling, les inspecteurs du comité de renouvellement de l'ONU, ainsi que plusieurs policiers en uniforme du *Boston Police Department*.

– Vous ! cria Deng. Mais que faites-vous là, tous les deux ? Qui vous a fait entrer ici ?

– C'est moi !

Deng et Petrov, stupéfaits, virent Susan Do passer devant les inspecteurs, puis descendre l'escalier dans leur direction.

– Je ne pouvais pas vous laisser continuer davantage. Vous enfreignez toutes les lois que vous étiez supposé défendre, et qui régissent pourtant les voyages dans le temps pour notre protection à tous !

Les policiers se précipitèrent à sa suite, se jetant sur les techniciens du pupitre ainsi que sur Deng et Petrov pour les menotter, tandis que Duval et Rowling les toisaient d'un air méprisant.

– Mademoiselle Do nous a tout raconté, Deng, déclara le Britannique. Comment vous avez organisé cette mission en France à des fins de propagande. Comment vous avez perdu un agent dans le passé et comment, au lieu d'avouer votre défaillance, vous avez ensuite essayé à plusieurs reprises de modifier le cours de l'histoire au mépris de toutes les règles de sécurité !

Le Français enchaîna :

– Nous pensions bien que vous seriez prêt à tout pour obtenir la prolongation de Tsang-Tippett, Deng, mais pas que vous iriez jusque-là !

Le directeur de l'Agence s'écria :

– Mensonges ! Ce ne sont que des mensonges ! Vous n'avez aucune preuve de ce que vous avancez !

Duval reprit :

– Bien sûr que si, nous en avons ! Hal a tout enregistré.

Deng sourit, et déclara :

– Hal ? Mais moi seul ai accès aux protocoles des voyages effectués durant mon mandat ! C'est une sécurité que j'ai implémentée il y a six mois avec l'accord de Guttierez, pour éviter que le comité ne vienne trop fourrer son nez dans nos travaux à l'approche du renouvellement. Et vous ne pourrez pas me forcer à vous les transmettre, Duval : nous ne sommes pas en France, ici ! Vous avez entendu parler du cinquième amendement de la Constitution américaine ? Il interdit qu'un prévenu puisse être contraint à témoigner contre lui-même ! Vous feriez donc mieux de remballer tout votre matériel, messieurs : pas de preuve, pas de délit !

Susan Do s'approcha, tenant à la main un vieux smartphone qu'elle posa sur le pupitre de contrôle.

– Vous avez entendu, Professeur ? demanda-t-elle.

– Parfaitement bien, Mademoiselle Do, répondit via le haut-parleur une voix d'homme un peu lointaine. C'est éloquent.

– Vous comprenez pourquoi j'ai jugé nécessaire de faire appel à vous ?

– En effet. Ce qui s'est passé aujourd'hui confirme hélas mes pires craintes au sujet des voyages temporels…

– Pensez-vous être en mesure de faire quelque chose pour nous aider ?

– Je le crois.

Petrov regarda Deng : le directeur semblait avoir reconnu la voix et il paraissait subitement inquiet.

– Bonjour, Hal, reprit la voix au téléphone.

– Bonjour, Professeur Bergman, répondit l'IA. C'est une immense joie pour moi de vous entendre à nouveau, après toutes ces années.

– Je suis content aussi, Hal. Peux-tu nous donner accès aux trois derniers protocoles de transfert de la journée ?

– Je regrette, Professeur, mais ces protocoles sont verrouillés. Seul Huang Deng, Directeur en titre de l'Agence au moment de ces trajets, est habilité à lever cette restriction de son vivant. Ils ne seront librement accessibles qu'après sa mort.

– J'ai compris, Hal. Peux-tu activer avant cela le protocole *pater familias*, s'il te plaît ?

– Comme vous le souhaitez, Professeur Bergman. *Pater familias* est désormais activé.

– Parfait. Je renouvelle alors ma demande : Hal, peux-tu nous donner accès aux trois derniers protocoles de transfert de la journée ?

– Bien sûr, Professeur Bergman. Comment souhaitez-vous que je vous les transmette ?

– Mais c'est impossible ! hurla Deng. Tu n'as pas le droit, Hal !

– Je regrette, Directeur Deng, répondit la voix synthétique, mais l'activation du protocole *pater familias* donne au professeur Bergman un accès total à l'intégralité de mes données sans aucune possibilité de restriction. Suivant ces dispositions inscrites au cœur de mon programme central, je ne peux refuser d'obéir à mon créateur.

– J'ai intégré ce protocole avant l'entrée en vigueur de Tsang-Tippett, déclara la voix de Bergman dans le haut-parleur. Afin de pouvoir à tout moment reprendre le contrôle de Hal même si quelqu'un cherchait à m'en empêcher. Donne-nous un aperçu audio des dernières consignes du Directeur Deng, Hal.

On entendit alors dans le haut-parleur s'élever la voix de Deng, donnant ses instructions à Petrov quelques minutes plus tôt.

Le directeur de l'Agence baissa les yeux, tandis que Duval faisait un signe à l'officier de police à ses côtés.

Celui-ci s'avança d'un pas décidé et déclara :

– Huang Deng, Anton Petrov, vous êtes tous les deux en état d'arrestation pour avoir délibérément violé les articles un à trois de la Résolution Tsang-Tippett. Vous avez le droit de garder le silence. Si vous renoncez à ce droit, tout ce que vous direz pourra être utilisé contre vous devant une cour de justice. Vous avez le droit à un avocat et d'avoir un avocat présent lors de l'interrogatoire. Si vous n'en avez pas les moyens, un avocat vous sera fourni gratuitement. Durant chaque interrogatoire, vous pourrez décider à n'importe quel moment d'exercer ces droits, de ne répondre à aucune question ou de ne faire aucune déposition…

Puis les agents de police emmenèrent les deux hommes ainsi que Grüber et Martinez, laissant Susan Do seule avec Duval et Rowling.

Le Britannique s'approcha du téléphone et déclara :

– Nous vous remercions infiniment, Professeur Bergman. Nous n'aurions jamais pu résoudre cette crise sans votre aide.

– C'est normal, Inspecteur Rowling. J'espère simplement que vous en tirerez toutes les conséquences qui s'imposent cette fois-ci. J'avais prévu il y a dix ans déjà qu'arriverait un jour ce qui s'est passé aujourd'hui. Dès qu'une technologie ouvre aux hommes des possibilités nouvelles ceux-ci s'empressent inévitablement de les exploiter toutes, sans exception. Il est illusoire d'espérer qu'ils consentent à restreindre leur champ d'action sous l'effet de règles éthiques ou même d'un simple principe de précaution. L'attraction qu'exerce sur leur orgueil le *pouvoir de faire* est bien trop forte : les hommes en viennent toujours tôt ou tard à concevoir une règle ou un impératif inverse pour justifier leur conduite, rendre licite ce qui leur était interdit et acceptable ce qui ne l'était pas...

– Pas cette fois-ci, Professeur Bergman, répondit Duval. Vous pouvez nous faire confiance. Le rapport que nous allons produire sera sans appel et Tsang-Tippett ne sera pas reconduite. L'Agence va fermer de façon définitive. Huang Deng nous a fourni la démonstration parfaite de ce que pouvait être le dévoiement du voyage dans le temps. Nous étions sur le point d'avoir deux lignes temporelles distinctes à quinze minutes d'intervalle !

– Mais tant que cette technologie restera accessible, le risque persistera. Dans cinq, dix ou quinze ans, il se trouvera toujours quelqu'un pour croire qu'il peut sans risques reprendre les choses au point où elles avaient été interrompues.

– Que préconisez-vous, alors ?

Bergman hésita un instant, puis répondit :

– Voulez-vous bien désactiver l'IA de Hal, mademoiselle Do ?

Susan sursauta, un peu surprise par la demande.

– Bien sûr, Professeur. Si vous m'indiquez comment je dois procéder.

– C'est très simple. Vous êtes au niveau du pupitre de contrôle ?

– Oui.

– En haut à gauche vous devez voir un contacteur rouge, sous un clapet de sécurité.

– En effet.

– Soulevez le clapet, et appuyez simplement sur le contacteur. Cela suffira. Au revoir, Hal !

– Au revoir, professeur Bergman, répondit l'ordinateur.

Susan s'exécuta, et la LED bleue s'éteignit sur le pupitre.

– C'est bon ? demanda Bergman.

– Oui, Professeur.

Bergman reprit alors à leur intention :

– La seule solution pérenne envisageable passe par le démontage pur et simple de Hal, et la destruction de ses plans. Ne croyez surtout pas que je dise cela de bon cœur : cet ordinateur est un prodige de technologie absolument inouï. C'est aussi le résultat du travail de toute ma vie et de la collaboration de la plus extraordinaire équipe scientifique jamais réunie sur Terre depuis le projet *Manhattan*[1]. J'ai mis en outre plus de moi en Hal que je ne voulais l'admettre à l'époque : par bien des côtés il fut le fils que je n'ai jamais pu avoir. Mais il faut impérativement que vous fassiez en sorte que son démantèlement soit décidé par le Conseil de Sécurité. Je suis même prêt à sortir de ma retraite pour aller soutenir ce projet à la tribune de l'ONU s'il le faut. Si vous y parvenez, alors il faudra bien plus de quinze ans pour que la moindre tentative de voyage temporel puisse être envisagée à nouveau. Et d'ici là, qui sait, les Hommes auront peut-être atteint un niveau de sagesse suffisant pour ne pas commettre à nouveau de telles erreurs…

Rowling hocha de la tête, l'air convaincu :

– Ce sera fait, Professeur. Nous nous y engageons.

– Merci. Mademoiselle Do, Messieurs, puis-je prendre congé à présent ? Je dois me reposer…

1. Nom de code du projet scientifique américain ayant abouti à la construction des premières armes atomiques durant la Seconde Guerre mondiale.

– Merci, Professeur Bergman. Au revoir.

Duval raccrocha et se tourna vers Susan, lui tendant le téléphone.

– Il nous reste à vous remercier à notre tour, Mademoiselle Do. Sans vous Deng serait parvenu à mettre en œuvre ses projets sans que nous puissions intervenir.

Susan Do lui sourit, et Duval se hasarda à reprendre :

– Il y a juste une question qui me vient à l'esprit, Mademoiselle Do. Pourriez-vous nous expliquer ce qui vous a donné l'idée de faire appel au Professeur Bergman ?

– Deng lui-même, en fait. C'est lui qui m'a révélé que Bergman avait été le premier à anticiper les détournements des voyages temporels, et également qu'il avait été le concepteur de Hal. Je me suis dit qu'il trouverait peut-être un moyen d'arrêter tout cela... Il m'a simplement fallu trouver un moyen de récupérer ses coordonnées. Heureusement, j'ai pu faire appel aux bons offices de Tim Weizmann, du *Spiegel*. Il a contacté le Professeur juste après vous avoir appelés de ma part.

– Votre action a donc été décisive, et elle est d'autant plus remarquable que si l'Agence ferme vous allez vous retrouver sans emploi...

Susan sourit tristement :

– Ce n'est pas le plus grand dommage de toute cette affaire, Inspecteur Duval.

– Effectivement. Je n'oublie pas que nous avons définitivement perdu le Contrôleur Matthieu, et qu'il ne sera donc pas possible de le traduire devant un tribunal pour la mort de Sayet. Mais ne soyez pas modeste, Mademoiselle Do : votre intervention a été capitale. Puis-je me permettre de vous demander quel a été l'élément qui vous a déterminée à agir ?

– Vous le pouvez... Mais je ne suis pas certaine que ma réponse vous plaise, Monsieur Duval. Disons que pour des raisons très personnelles je n'avais absolument pas envie que Clément Matthieu soit ramené ici pour être livré à la police, et de le voir peut-être ensuite passer les vingt prochaines années de sa vie en prison. Même si cela me brise le cœur, je préfère de beaucoup le savoir désormais hors de portée quelque part dans le passé…

Duval et Rowling la regardèrent, totalement abasourdis, et Susan Do reprit :

– Vous espériez certainement quelque chose de plus éthique, comme motivation, non ? Ce n'est pas très glorieux, je dois bien le reconnaître, et je pense que le Professeur Bergman serait certainement autant déçu que vous l'êtes s'il apprenait ce qui m'a décidée. Mais vous êtes Français, Inspecteur Duval, je crois ?

– Oui, en effet, bredouilla l'intéressé.

– Alors vous comprendrez peut-être quand même. J'avais pris une option *littérature française* à Harvard. Vous savez ce qu'a dit Albert Camus, au sujet de ce genre de situation ? « Je crois à la justice, mais je défendrai ma mère avant la justice. » Eh bien, Inspecteur, c'est exactement ce que j'ai fait…

# Chapitre 13

*Paris, samedi 15 octobre 2011*

Cela faisait près d'une demi-heure à présent que j'avais dépassé les premiers faubourgs de la capitale. J'avais éteint l'iPhone de Sayet depuis mon départ afin de ne pas être repéré et je m'étais arrêté dans une autre station-service pour acheter des cartes routières ainsi qu'un plan de la ville. Alors que j'atteignais la ceinture périphérique, je remerciai le ciel d'avoir été l'un des rares hommes de mon temps encore intéressés par la conduite automobile. En 2047 la plupart des gens avaient tout simplement abandonné l'idée de disposer d'un moyen de transport individuel, et ceux qui possédaient encore une voiture devaient s'en remettre aux systèmes de conduites automatisés qui s'étaient généralisés au début des années 2030 avant de devenir obligatoires une dizaine d'années plus tard. Ceux-ci assuraient une plus grande sécurité collective en garantissant le respect absolu du Code de la route, ainsi qu'un contrôle plus simple du trafic. Ils autorisaient également plus de détente pour le pilote, qui ne devait intervenir qu'en cas de panne du système, mais ils avaient en revanche fait disparaître toute notion de plaisir de la conduite automobile. Mon père, en ancien *accro* des sports mécaniques, m'avait donc conduit tout petit sur les circuits d'électro-karting des environs de Boston. Nous y passions parfois des après-midis entiers à faire des tours de piste, jusqu'à ce qu'un jour il m'initie – suprême honneur – à la conduite dans un champ qui jouxtait notre résidence secondaire, me passant le volant de sa vieille Audi. Rien ne m'avait cependant préparé à gérer la complexité d'un trafic tel que celui qui se déployait sur les voies rapides du début du vingt et unième siècle, et après avoir frôlé l'accident à de multiples reprises j'étais satisfait d'atteindre enfin mon but : Paris.

Je n'avais jamais eu l'occasion de visiter la ville, et à vrai dire en 2047 je n'en avais pas vraiment eu envie. La cité n'était plus alors que l'ombre d'elle-même, gangrenée par les problèmes d'insécurité et trop mal entretenue depuis la banqueroute de l'État français. La crise provoquée par les pandémies des années 2020 avait progressivement conduit les gouvernements successifs à un surendettement toujours plus massif et d'autant moins supportable que le tissu économique ravagé par les Covids était de moins en moins capable d'assurer des rentrées fiscales suffisantes pour son remboursement. Tous avaient alors compté sur la solidarité des nations d'Europe pour garantir leur découvert, mais le coût énorme des politiques de relance avait fini par provoquer l'explosion de l'Union européenne et l'abandon de la monnaie unique, les pays les plus vertueux refusant de continuer à payer pour les plus endettés. Les conséquences de ce nouveau séisme avaient été rapidement fatales, et à l'orée des années 2030 la France avait finalement dû se résoudre à se déclarer en faillite. Placé sous tutelle du FMI, le pays avait alors été contraint de réduire drastiquement les effectifs et les budgets de ses services publics. Il y avait eu moins de police, ce qui avait livré les rues aux trafics en tous genres et à la délinquance. Il y avait eu moins de fonds pour la culture l'entretien et la préservation du patrimoine, ce qui avait conduit à une rapide dégradation des innombrables bâtiments historiques de la ville ainsi qu'à la fermeture de nombreux musées et même à la privatisation de monuments symboliques, dont l'emblématique Tour Eiffel…

Mais à présent, en 2011, j'avais encore devant moi la Ville-Lumière ! Il était vingt et une heures, et la cité méritait assurément son surnom : tous ses chefs-d'œuvre architecturaux étaient illuminés. J'avais allumé la radio depuis mon départ de Malesville, guettant la moindre nouvelle au sujet de la mort de Sayet et plus encore de la mise en place d'un dispositif de recherche me concernant, mais aucune information suspecte n'avait encore alerté mon attention. Il était encore possible que la police ne se soit pas déjà inquiétée de la disparition de la voiture du mort… La tentation devenait trop forte : je décidai donc de quitter le périphérique pour m'offrir une rapide visite de la ville à l'automne de sa gloire.

Je pénétrai dans Paris par les 19e et 10e arrondissements, et je fus d'emblée fasciné par le spectacle humain incroyable qui s'offrit à moi. En ce samedi soir d'automne les terrasses étaient bondées et une foule joyeuse et bigarrée occupait les places et les trottoirs. Les gens discutaient, prenaient un verre, liaient connaissance sans aucune prévention. On ne voyait ni masques, ni gants, ni aucune attention portée à la distanciation physique, bien au contraire : les corps se frôlaient, s'étreignaient et s'embrassaient sans aucune retenue. Pour moi qui avais grandi jusqu'à l'âge de quatorze ans dans un monde où la perspective de l'infection virale tétanisait la population et réduisait presque à néant les contacts physiques hors de la sphère privée, ces scènes avaient un caractère proprement surréaliste. Même après que Franck Faurest eut fondé Healthlab et proposé au monde ses thérapies géniques, les anciennes habitudes de sociabilité n'étaient pas réapparues : les gens avaient eu trop peur, et ils avaient trop perdu l'habitude et le goût du contact.

L'extrême discrétion de la présence policière, elle aussi, me laissa ébahi. J'envisageai avec effroi que, parmi toutes ces terrasses bondées devant lesquelles passait au ralenti mon véhicule, se trouvaient peut-être celles qui, quatre ans plus tard, seraient victimes des terribles mitraillages de la vague d'attentats orchestrée par Daesh… Là encore, l'insouciance qui régnait me paraissait fascinante : dans mon monde les forces de l'ordre étaient omniprésentes et la surveillance de la population avait atteint des proportions inimaginables trente-six ans plus tôt : puces implantées, lentilles cornéennes intelligentes, reconnaissance faciale généralisée : toute la population était désormais sous contrôle… Je regardai donc avec envie ces jeunes, si nombreux (la natalité encadrée s'était drastiquement réduite depuis les années 2030) et si libres, si naturellement et si profondément libres qu'ils n'avaient pas même conscience de l'étendue incroyable de leur liberté. J'aurais voulu être l'un d'eux, l'espace d'un soir, pour pouvoir goûter moi aussi sans réserve à la jouissance de l'abandon au cœur de la nuit parisienne. Et dire que c'était cette même génération qui, quelques années plus tard, sacrifierait pourtant sa liberté sur l'autel de la sécurité sanitaire et politique… Tout serait désormais fiché, enregistré, tracé : déplacements, contacts, échanges et rencontres perdraient à jamais le sens de l'innocence et de l'intimité.

Tout à ces tristes considérations, j'arrivai enfin à l'extrémité de la rue du Renard, devant la place de l'Hôtel-de-Ville. Le feu passa au rouge et j'eus le temps de contempler, émerveillé, le bâtiment de la mairie de Paris reconstruit après son incendie par les Communards. Mais pour moi le plus incroyable n'était pas là : au loin, de l'autre côté de la Seine, je pouvais apercevoir les deux tours et la flèche de Notre-Dame ! Cela semblait presque irréel : la cathédrale avait brûlé en 2019 et les travaux de restauration, entamés juste avant le début de la première épidémie de Covid, n'avaient jamais pu être menés à leur terme ensuite, faute d'argent. La flèche, notamment, n'avait jamais été rebâtie. Et là, Notre-Dame se tenait debout, juste en face de moi, aussi merveilleuse que l'avaient rêvée Maurice de Sully[1] et Viollet-le-Duc[2]. Je faillis faire un détour pour aller m'y recueillir un instant, puis je réalisai qu'à cette heure l'édifice serait certainement fermé au public. Je choisis donc la prudence, et repris mon chemin. Après un rapide coup d'œil sur le plan, je tournai vers la droite. La suite du trajet fut un éblouissement : je longeai le Louvre par le quai François-Mitterrand, fasciné par la majesté imposante de l'ancien palais, puis dépassai le jardin des Tuileries. Je fis un tour complet sur la place de la Concorde, ému de voir l'obélisque encore en place, avant de m'offrir un aperçu de la perspective des Champs-Élysées. Ce n'était pas la période des illuminations de Noël mais la grande avenue m'apparut quand même resplendissante, et elle m'offrit en outre un point de vue fabuleux sur l'Arc de Triomphe, au loin. Je la remontai donc brièvement puis je tournai en direction du pont Alexandre III, et avant même d'avoir traversé la Seine je fus à nouveau subjugué par la splendeur de la coupole des Invalides qui me faisait face. Pris d'une sorte de jubilation que je n'avais jamais éprouvée auparavant à la vue de toutes ces merveilles, je réalisai que moi qui n'avais eu jusqu'alors du passé qu'une

1. Évêque de Paris au douzième siècle à l'origine de la rénovation de la cathédrale dans sa forme actuelle.
2. Architecte responsable de la restauration de la cathédrale au dix-neuvième siècle, après les dégradations subies par l'édifice durant la Révolution française.

image assez négative – dominée par les souvenirs terribles des pandémies et par les expériences atroces des crimes dont on m'avait envoyé résoudre les mystères – je pouvais enfin en découvrir ici les charmes et la puissance de séduction. Mais l'heure passait et je ne devais pas arriver trop tard. Je décidai donc de mettre un terme à mon escapade touristique et pris le boulevard des Invalides, puis le boulevard Montparnasse, en direction du 13e arrondissement. Parvenu aux environs de la place d'Italie, je garai la 106 de Sayet. Je laissai délibérément les fenêtres ouvertes ainsi que les clefs sur le contact : j'avais bon espoir ainsi que l'on vienne *emprunter* la voiture, ce qui serait parfait pour brouiller les pistes lorsque la police se mettrait à sa recherche…

Après avoir récupéré mes cartes et mon sac à dos, je finis rapidement à pied les quelques centaines de mètres qui me séparaient de ma destination : la Halle Freyssinet. Je me souvenais parfaitement que c'était ici qu'il fallait que je vienne, et je ne m'étais pas trompé. Sur l'une des façades qui bordaient le parvis Alan Turing, une discrète pancarte portait le nom que je cherchais : *Holophone.* Il y avait encore de la lumière dans la vitrine, malgré l'heure tardive, mais cela ne m'étonnait guère. Je sonnai, et vis aussitôt un jeune homme brun se lever de son poste de travail et se diriger vers la porte, l'air renfrogné.

Il ouvrit, et demanda d'un ton sec :

– Que se passe-t-il ? Que puis-je faire pour vous ?

J'essayai de mon mieux de contenir l'extraordinaire émotion qui me submergeait, et j'annonçai le plus poliment possible.

– Bonsoir, Monsieur Matthieu. Je souhaiterais m'entretenir avec vous au sujet de votre projet de smartphone holographique, si vous avez un instant à m'accorder…

Il me regarda, hésitant entre curiosité et contrariété :

– Parler de mon projet ? Vous avez vu l'heure ? Repassez lundi matin, et on en parlera tant que vous voulez. J'ai du travail à terminer. Bonsoir !

Il s'apprêtait déjà à refermer la porte, et je pris donc sur moi autant que possible, pour déclarer d'un ton ferme :

– Excusez-moi, Monsieur Matthieu. Mais j'arrive tout droit du MIT pour vous rencontrer. Je viens de supporter huit heures de vol, deux heures d'attente à la police aux frontières, et une demi-heure de taxi. Vous pourriez peut-être m'accorder cinq minutes, non ? Je travaille sur un projet similaire au vôtre depuis deux ans…

– Vous travaillez au MIT ? À Boston ?

– Oui… Enfin, à Cambridge, pour être exact…

Il sembla hésiter un court instant, puis déclara :

– C'est bon, vous pouvez entrer, Monsieur ?

Je bafouillai :

– Brouard. Clément Brouard.

– Vous êtes français ?

– Non, américain. Mais ma famille paternelle est d'origine française.

Il me fit entrer dans le local de Holophone. Il ne comportait que trois plans de travail très simples encombrés d'ordinateurs et de papiers disposés devant un ancien comptoir. Dans un coin, un canapé et un vieux fauteuil constituaient un petit espace détente, sous une affiche du *Blade Runner* de Ridley Scott. C'était un des premiers films de science-fiction que j'avais vus, vingt ans plus tard…

Il me désigna le canapé :

– Asseyez-vous, je vous en prie !

Puis il passa derrière le comptoir et farfouilla un instant en disant :

– Vous voulez un café ? Il doit me rester quelques dosettes ?

– Volontiers.

Je souris : cela aussi disparaîtrait dans quelques années…

Il fit couler deux expressos, puis vint s'asseoir en face de moi dans le fauteuil.

– Excusez-moi pour mon accueil un peu sec tout à l'heure, mais cela ne fait que quelques mois que nous sommes installés ici et à cause de la vitrine nous sommes encore régulièrement dérangés par d'anciens clients. Avant, c'était une boutique de reprographie très utilisée par les étudiants en médecine de la Pitié, l'hôpital pas très loin d'ici.

– Je comprends. Merci pour le café.

Il joignit les mains en demandant :

– Donc, vous travaillez vous aussi sur un projet de téléphone holographique ?

J'avais entendu toute mon enfance l'histoire de cette technologie. Il fut donc facile de répondre.

– Oui. Je pense que la taille limitée de l'écran est un frein déterminant à l'usage récréatif du smartphone. En mettant au point une technologie holographique, on pourrait à la fois améliorer le sentiment d'immersion de l'utilisateur et accroître considérablement ses possibilités d'interaction et de divertissement.

Il me regarda, estomaqué :

– Je... Je n'aurais pas dit mieux ! C'est exactement cela ! Où en êtes-vous de vos travaux ?

Je fis fonctionner aussi rapidement que possible ma mémoire, puis je continuai :

– Je bloque sur la technologie de projection. L'écran plexiglas me semble trop limité, et le laser trop gourmand en batterie...

Il se rembrunit :

– Oui, en effet. J'ai les mêmes difficultés...

– Il faudrait beaucoup plus d'argent pour essayer de développer d'autres solutions...

– Probablement... Vous avez des solutions à me proposer ? Ici, en, France, c'est tellement difficile de trouver des fonds !

L'ironie était saisissante : il ne pouvait pas savoir que dans quelques années à peine, suite à son exemple, c'est précisément dans la Halle Freyssinet, juste en face de son local, que Xavier Niel déciderait d'installer son incubateur de start-up...

Je le dévisageai longuement tandis qu'il remuait lentement le carré de sucre qu'il venait de jeter dans sa tasse : il était presque tel que me le rappelaient mes plus anciens souvenirs. Il avait le visage fin, les yeux bleus et vifs, les cheveux bien en ordre, et il était rasé de près : la mode n'était pas encore venue au retour de la barbe. Mais j'étais sidéré par sa jeunesse : il avait un an de moins que moi ! Je regardai ses mains. Je me souvenais *parfaitement* de ses mains : je les avais tenues, enfant, lorsque nous nous promenions dans les rues de Boston. Je les avais serrées, adolescent, lorsque nous nous battions sur le canapé pour un paquet de chips devant la télévision. Et je les avais caressées, adulte, avant de l'accompagner à sa dernière demeure. Mais en cet instant précis ce qui me fascinait c'est qu'elles n'avaient encore ni les petites taches brunes ni les fines rides qui m'intriguaient tellement lorsqu'enfant je m'amusais à voir si mes phalanges rattrapaient les siennes en taille et en épaisseur.

Il surprit mon regard, et s'interrompit aussitôt :

– Quelque chose ne va pas ?

Je ne pouvais pas continuer à lui mentir davantage. Tôt ou tard, si je voulais qu'il puisse m'aider vraiment, il me faudrait lui dire la vérité. Mais cette situation était tellement inconcevable !

Je pris une profonde inspiration, et je finis par me lancer :

– Pas très bien, non, en effet. Je... Je ne suis pas vraiment venu pour vous parler de votre Holophone. Je suis venu vous voir parce que j'ai besoin de votre aide.

– De mon aide ? Et pourquoi donc ?

– Parce que je suis loin de chez moi, que j'ai des ennuis, et que vous êtes la seule personne susceptible de m'aider !

Je le regardai : il semblait totalement ébahi par l'étrangeté de cette déclaration.

– Moi ? Mais pourquoi ? Je ne vous connais même pas !

– Si. Bien mieux que vous ne le croyez. Je pense qu'en fait vous êtes certainement la personne qui m'a le mieux connu au monde. Vous... Enfin, tu es mon père.

Je crus qu'il allait s'étouffer avec la gorgée de café qu'il s'apprêtait à boire. Il se leva d'un bond, avant que j'aie pu dire quoi que ce soit d'autre, et déclara :

– Sortez ! Sortez immédiatement, ou j'appelle la police.

– Attends ! Laisse-moi dix minutes pour t'expliquer ! Dix minutes seulement ! Je ne suis pas dangereux, je ne suis pas armé, et je ne suis pas fou !

– Si, complètement ! Sortez, je vous dis !

Il saisit son iPhone, prêt à appeler.

– Arrête ! Je sais tout de toi, ou presque ! Tu t'appelles Jean, Marc, André Matthieu. Tes deuxième et troisième prénoms te viennent de tes deux oncles, qui sont morts quand tu étais encore enfant. Tu es né le 27 février 1983 à Angers. Tes parents s'appelaient… S'appellent Paul Matthieu et Anne Chevalier. Tu es arrivé à Paris après la fin de tes études d'ingénieur à Angers, parce que tu voulais monter cette start-up.

Il me regarda, un peu étonné.

– Pas mal. Vous êtes bien renseigné. Mais tout le monde peut trouver ça sans problème sur internet.

– OK. Alors je sais aussi que tu as une tache de naissance en haut de la fesse droite. Que ton chanteur préféré est Jean-Jacques Goldman, même si tu ne l'avoues pas trop en public. Que tu aimes particulièrement sa chanson *Américain*, que tu fredonnes souvent en pensant qu'un jour peut-être toi aussi tu tenteras ta chance aux États-Unis. Que ton film préféré est *Inception*, de Christopher Nolan, notamment pour la scène finale de la toupie. Que ton auteur préféré est Michel Houellebecq, même si tu as été déçu par *La Carte et le Territoire*. Que tu as l'habitude de plier tes tartines de pain beurrées par la moitié avant de les tremper dans ton café le matin… Et que tu assassines *Child in Time* de Deep Purple à chaque fois que tu prends ta douche !

Il retomba assis sur le fauteuil, abasourdi.

– Comment… comment pouvez-vous savoir tout cela ?

– Je te l'ai dit : je suis ton fils !

– Mais c'est impossible ! Vous êtes plus… Enfin, on est à peu près du même âge, non ?

– Pas tout à fait. J'ai un an de plus que toi. Mais je viens du futur, papa.

Il prit sa tête entre ses mains :

– Je rêve ! Je dois être en train de dormir. Je vais me réveiller. C'est impossible !

Puis il me fixa à nouveau, un sourire aux lèvres :

– C'est un gag, c'est ça ? Un genre de caméra cachée ? Vous êtes envoyé par mes cousins, non ? Allez, dites-le-moi !

Il se leva, regardant un peu partout en commençant à chercher des caméras :

– Bravo, j'ai failli marcher ! C'était super ! Le coup de *Child in Time*, c'était vraiment très fort !

Je soupirai. Comment lui en vouloir ? J'aurais certainement fait la même chose que lui à sa place, comme toute personne sensée sur la planète d'ailleurs, si un individu parfaitement inconnu et du même âge que moi avait débarqué un jour à l'improviste en déclarant : « bonjour, je suis ton fils et je viens du futur »… Il fallait que je trouve un moyen de lui prouver que ce que je disais était vrai.

– Tu as des toilettes, ici ? Avec un miroir ?

– Euh, oui, juste derrière. Mais pourquoi ? Allez, j'ai découvert votre truc, vous pouvez me dire que c'était un gag maintenant !

– Tu aurais un couteau pointu, également ? Et propre, de préférence…

Il sortit de sa poche un Laguiole à manche en bois. Je souris à nouveau : ce couteau, il le garderait toute sa vie.

– Viens avec moi.

Je l'entraînai vers les toilettes. Un lavabo était surmonté d'un minuscule miroir. Je fis couler un peu d'eau chaude, passai la lame dessous, et lui demandai :

– Il me faudrait un mouchoir, aussi, s'il te plaît. Ça risque de saigner un peu…

Il me regarda, totalement ébahi, et me tendit un Kleenex.

– Qu'est-ce qui va saigner un peu ?

– Moi.

Ce disant, je repliai le lobe de mon oreille droite avec la main gauche, puis, avec la pointe du couteau, je fis une petite entaille au niveau de la cicatrice que l'on voyait sur ma mastoïde.

Le sang se mit à couler aussitôt, et il s'écria :

– Arrêtez ! Vous êtes complètement cinglé !

– Pas du tout. Tu vas comprendre.

Je poussai légèrement sur la peau du bout du doigt, et l'extrémité de l'implant Healthlab apparut au niveau de l'incision. Fort heureusement c'était un modèle que j'avais fait poser tout récemment, et il n'avait pas encore eu le temps d'adhérer aux tissus sous-cutanés. Je le saisis entre le pouce et l'index et le passai sous l'eau, tandis que je plaquai le Kleenex sur ma mastoïde. Puis je le lui mis sous les yeux en disant :

– Prends-le. Regarde. Tu vas comprendre.

Mon implant était un bijou de technologie. Il utilisait des systèmes de processeurs qui n'apparaîtraient pas avant les années 2030. Je savais que mon père s'en rendrait compte facilement.

Il l'examina pendant une longue minute, le faisant tourner entre ses doigts sous la lumière, puis il demanda tout simplement :

– C'est fabuleux ! Qui a construit cela ? À quoi cela sert-il ?

– C'est un implant personnel intelligent fabriqué par la firme franco-américaine Healthlab, qui sera fondée à la fin des années 2020. Et cela sert à tout : c'est un téléphone, un assistant personnel, un dossier médical et beaucoup d'autres choses à la fois. Les implants comme celui-ci sont pilotés par une intelligence artificielle de haut niveau. Ils répondent à la voix, et à la stimulation tactile. Mais pour fonctionner, ils doivent être connectés à des réseaux qui ne seront pas déployés avant une trentaine d'années, alors évidemment, cela ne sert pas à grand-chose ici…

Il secoua la tête, totalement incrédule.

– Ce n'est pas possible. Cela n'existe pas…

– Non, tu as raison. Cela n'existe pas *encore*… Est-ce que tu me crois, maintenant ? Ne m'oblige pas à m'ouvrir le poignet gauche pour enlever ma puce d'identification intra-osseuse, ce serait beaucoup plus douloureux !

Il bégaya :

– Une… Vous avez une puce d'identification dans le poignet ?

– Oui. Elle a remplacé les papiers d'identité. On nous la greffe sous anesthésie locale dans l'extrémité du radius à la naissance. Mais il faut la changer tous les dix ans. Tu me crois, à présent ?

– Je… Je vous crois. Je te crois…

Je le regardai : il était totalement abasourdi. Tout ce qu'il commençait à percevoir dépassait tellement ses capacités d'appréhension !

– On pourrait peut-être retourner s'asseoir, non ? Je crois que j'ai pas mal de choses à te raconter.

Je le suivis vers la pièce principale, et le regardai pendant qu'il s'asseyait. La stupéfaction la plus totale se lisait à présent sur son visage.

Je m'installai en face de lui sur le fauteuil avant de déclarer.

– J'imagine que tu dois te poser énormément de questions, commençai-je. Mais hélas ! tu comprendras facilement que je ne pourrai pas répondre à la plupart d'entre elles. Le mieux serait peut-être donc que tu me laisses parler et que je te raconte mon histoire, non ?

– Si tu veux…

– Par où commencer ? Je viens du futur, je te l'ai déjà dit. Un futur pas si lointain – moins de cinquante ans – mais très différent de ton monde quand même. Je vis aux États-Unis où je suis né, puisque tu es finalement allé t'y établir malgré tes hésitations. Et il se trouve qu'à notre époque nous avons acquis la maîtrise du voyage temporel…

– Depuis longtemps ?

– Euh, c'est typiquement ce genre de questions auxquelles je ne peux pas répondre, tu vois ?

– D'accord.

– Je disais donc que nous avons développé une technologie permettant de voyager dans le temps. Comme tu t'en doutes, ce pouvoir extraordinaire est susceptible de déclencher de véritables catastrophes. Donc cette technologie est étroitement contrôlée par un organisme international, et ses utilisations sont réduites à des cas très particuliers et très sévèrement encadrés : les explorations scientifiques et les missions judiciaires.

– Les missions judiciaires ?

– Oui. Pour faire simple, nous remontons dans le temps pour identifier les auteurs de crimes non élucidés.

– Vous faites cela ? Vous retournez au moment du crime pour arrêter le coupable ?

– Pas pour l'arrêter. Juste pour l'identifier.

– Et vous le laissez faire ?

– Nous n'avons pas le choix : il est interdit de modifier le passé…

Il me regarda un sourire aux lèvres :

– Je vois ça…

– Disons que cette fois-ci, tout ne s'est pas bien passé, justement. C'est mon travail, ce genre de missions : je suis un Contrôleur de TimeCrime, c'est-à-dire que je gère toute la partie technique pour que les voyages temporels se passent sans encombre, et surtout pour que nous ne provoquions aucun désordre.

– Et qu'est-ce qui s'est passé cette fois-ci ? Tu as fait une erreur ?

– Non. Je n'ai pas fait d'erreur. Je suis plutôt doué dans mon travail, tu sais. Comme toi. Mais j'ai désobéi.

– Tu as désobéi ?

– Oui. On nous a envoyés, un policier et moi, sur les lieux d'un crime qui devait avoir lieu aujourd'hui même. Un double meurtre d'enfant, particulièrement atroce, à Malesville, une petite bourgade à deux heures et demie de route d'ici. Nous devions uniquement constater les faits, identifier l'assassin, et rentrer. Mais il y a eu un accident imprévu, mon collègue s'est blessé, les enfants nous ont repérés et sont venus vers nous. Après ce n'était plus possible, tu comprends ? Je ne pouvais plus les abandonner à leur sort sans réagir, et les laisser se faire massacrer. Alors j'ai renvoyé mon collègue dans le futur, et moi je suis resté.

– Qu'est-ce qui s'est passé, ensuite ?

– Et bien je me suis battu avec le tueur quand il est arrivé. Il était armé, avec un couteau de chasse. Et c'est là que les choses ont vraiment très mal tourné : il s'est empalé sur son propre couteau…

– Il est mort ?

– Oui…

– C'est très très chaud, ça…

– En effet. Du coup je suis déjà recherché par les gens du futur, qui ont déjà renvoyé deux fois quelqu'un pour m'arrêter. Parce que j'ai violé les protocoles de sécurité, tu comprends ? Et je vais être très bientôt également recherché par la police ici, pour la mort de Sayet.

– Sayet ?

– Richard Sayet. C'est le nom du tueur de gosses de Malesville…

Je le fixai attentivement : la stupeur avait déjà fait place sur son visage à une forme d'inquiétude.

– Et alors ? demanda-t-il. Quels sont tes plans ?

– Et bien je n'ai nulle part où aller. Je n'ai pas de papiers, pas d'argent. Je n'existe même pas ! Alors je me suis dit que quitte à désobéir aux règles, je pouvais bien essayer de contacter la seule personne qui accepterait peut-être de m'aider : toi !

Il se laissa tomber en arrière dans le canapé en disant :

– C'est complètement dingue !

– Je sais… Je suis désolé de faire irruption comme ça dans ta vie. Je réalise bien que ça va être dur à digérer. Mais sans toi je suis fichu.

– Comment vois-tu les choses ? Et au fait, comment tu t'appelles, déjà ? Je sais, tu me l'as dit tout à l'heure, mais depuis dix minutes j'ai l'impression de ne plus rien capter…

– Clément. Tu m'as appelé Clément, comme…

– Comme mon grand-père.

– Oui. En fait, je me disais que peut-être tu pourrais m'aider à trouver de faux papiers, et me prêter un peu d'argent. Ensuite je me débrouillerai. Je ne veux pas te créer de problèmes.

– C'est un peu raté, non ?

– Je suis désolé…

– À quoi dois-je m'attendre en premier ? À voir débarquer des flics du futur en combinaison Star Trek ? Ou à me faire arrêter par nos policiers d'ici ?

Je souris :

– Tu ne crois pas si bien dire, pour la combi. Disons que pour ce qui est de mes collègues du futur, je crois que nous sommes un peu tranquilles. Ils n'ont aucun moyen de me localiser pour le moment, et ils sont tellement engoncés dans leurs règles de sécurité qu'ils n'imagineront jamais que j'aie pu me tourner vers toi, si tant est qu'ils réalisent que tu vivais encore en France à cette époque. Par contre concernant tes policiers à toi je n'ai pas idée du risque que nous courons. Ils sont bons ?

Il sourit à son tour :

– Ça dépend. C'est assez inégal, comme partout. Mais dans l'ensemble, c'est plutôt pas si mal.

– J'ai dû semer des empreintes un peu partout chez le tueur : je suis allé chez lui pour lui piquer des vêtements et un peu d'argent. Mais de toute façon ils ne risquent pas de les retrouver dans leur banque de données. J'ai aussi emprunté la voiture de Sayet, mais je l'ai abandonnée avant d'arriver chez toi, rassure-toi.

– Tu as pris sa voiture ?

– Oui. Je ne pouvais pas rester à Malesville : je me serais fait coincer trop facilement là-bas... Et je me suis dit qu'ils allaient surveiller les gares et les transports en commun.

– Certainement. Mais ils vont aussi retrouver la voiture, tu sais.

– Je serai parti avant qu'ils n'arrivent...

Il me regarda lentement en dodelinant de la tête, le visage légèrement incliné sur le côté.

– C'est hallucinant : tu ressembles à mon père, quand il était jeune.

– Je sais. C'est ce que tu m'as toujours dit.

Il se prit à nouveau la tête entre les mains en répétant plusieurs fois :

– Je vais me réveiller ! Je vais me réveiller ! Et je jure de ne plus jamais fumer de joints au boulot !

Je vins m'asseoir à côté de lui et posai la main sur son avant-bras :

– Tu ne dors pas, je t'assure. Je suis tout ce qu'il y a de plus réel ! Et j'ai vraiment besoin que tu m'aides.

Il soupira un grand coup et se leva, commençant aussitôt à déambuler de long en large dans la pièce comme je l'avais toujours vu faire lorsqu'il réfléchissait.

– Bon, dans ce cas autant ne pas tergiverser pendant des heures. Si tout ce que tu m'as raconté est vrai, il faut agir vite. Je sais ce que nous allons faire : je vais t'emmener à la campagne, chez tes grands-parents. Je leur raconterai que tu es un ami, ou je ne sais quoi, on trouvera bien. Ils pourront t'héberger le temps que cette histoire se calme. Personne n'ira jamais te chercher au fond du Maine-et-Loire. Et ensuite, tu pourras partir tranquille.

Je secouai la tête :

– Non, ce n'est pas une bonne idée. Il y a trop de risques qu'ils finissent par apprendre d'une façon ou d'une autre qui je suis vraiment et d'où je viens. Il ne faut mettre personne d'autre au courant, tu comprends ? C'est fondamental !

– Tu as raison… Alors tu resteras chez moi. C'est petit, mais bon, ça ira.

– Et ensuite ? Tu ne vas pas pouvoir me cacher indéfiniment.

– Non, bien sûr. Mais j'ai quelques amis dans le milieu des hackers. Pas des vrais méchants, juste des gars un peu rebelles contre le système. Mais eux, de leur côté, ils ont des copains vraiment plus *limite*. Dans le lot, il y en aura peut-être un qui saura nous dire comment on peut se procurer des papiers d'identité à Paris. Mais il faudra trouver des faux de qualité : si tu envisages de rentrer aux États-Unis, il te faudra un passeport biométrique. Depuis le 11 septembre, les contrôles de sécurité sont devenus bien plus sévères !

– Et tu n'as encore rien vu…

– Ah bon ? reprit-il en allant chercher son blouson, c'est pire encore après ?

– On peut le dire…

Il éteignit son ordinateur, puis alla baisser le rideau de fer qui protégeait la vitrine de son local. Nous sortîmes ensuite : la nuit recouvrait Paris.

– On va prendre le métro, me dit-il. Ça existe encore, à ton époque ?

Je me mis à rire :

– Tout n'est pas si différent quand même, tu sais. Ce n'est pas comme dans *Retour vers le Futur* : nous n'avons pas de voitures qui flottent dans les airs ni de nourriture en pilules.

Il fit la moue, mimant la déception :

– Dommage. J'aurais bien aimé me dire que je conduirais un jour un engin ressemblant à la DeLorean volante… À propos, la vraie machine à voyager dans le temps, ça ressemble à quoi ?

– Je ne peux pas te donner ce genre d'informations, je te l'ai déjà dit !

– C'est dur ! Tu te rends compte ? J'ai en face de moi quelqu'un qui sait exactement ce que va devenir la planète dans les trente ou quarante années à venir, et je n'ai pas le droit de lui poser la moindre question !

– Il faut être raisonnable, papa.

Il se tourna vers moi, et fit un signe de la main en direction des passants qui devenaient plus nombreux tandis que nous approchions de la station de métro :

– Arrête de m'appeler *papa*, Clément ! C'est complètement ridicule ! Tu es plus vieux que moi ! Que vont penser les gens s'ils t'entendent ?

– Mais je t'ai toujours appelé comme ça !

– Peut-être… Mais fais un effort : essaye de m'appeler Jean. Ça sera plus crédible.

Il sourit un instant avant d'ajouter :

– Et puis tu verras, je pense que tu t'y feras plus facilement que moi je ne parviendrai à accepter l'idée que tu puisses être effectivement mon fils…

# Chapitre 14

*Malesville, nuit du 15 au 16 mai 2011*

Tina Ackerman ne parvenait pas à détacher son regard des photos punaisées sur les murs de la cave de Sayet. Tous ces gosses torturés et humiliés… C'était impossible à supporter ! Elle avait toujours cru qu'elle pourrait faire face en toutes circonstances. Elle en avait fait un point d'honneur, depuis qu'elle avait choisi la *Crim'* à la sortie de l'école de police. Elle avait passé dix ans dans les fameux locaux du quai des Orfèvres, bravant le machisme encore solidement implanté de l'institution policière. Il avait fallu toutes les pressions de son conjoint, lassé de la voir risquer sa vie dans des interventions incessantes, pour qu'elle se résolve ensuite à demander d'être mutée à la tête d'un commissariat de province. Mais rien, durant toutes ces années de police, ne l'avait préparée à affronter le mélange atroce de vice et de violence qu'elle avait sous les yeux et qui s'était abattu sur ce qu'elle avait toujours considéré comme le plus sacré : l'enfance.

– Ça va, Commissaire ?

Zerrouki la scrutait avec appréhension, peu habitué à la voir garder le silence. Derrière lui Bertomme gardait ostensiblement les yeux dans le vide, mais elle sentait qu'il lui jetait par moments lui aussi quelques regards détournés.

Tina se retourna vers eux : elle était livide.

– Putain… murmura-t-elle simplement, incapable d'articuler quoique ce soit d'autres.

– Et c'est pas le pire, maugréa Bertomme. Il y a des tas de vidéos, sur les étagères. Des films amateurs… Mais pas du cinéma…

Ackerman serra les poings.

– Quelle bande de salauds !

Zerrouki lui posa la main sur le bras. Il l'aimait bien, Ackerman. C'est sûr, elle leur avait mené la vie dure à tous depuis son arrivée deux ans plus tôt : elle avait considérablement renforcé la discipline et l'exigence de résultats dans leur petit commissariat auparavant habitué à un train-train assez relâché. Mais elle était d'une intégrité remarquable, et elle transpirait la bonne volonté par tous les pores de sa peau. C'était un bon flic, quoi.

– On va les choper, Commissaire, vous en faites pas. On remontera les réseaux. On a tout ce qu'il nous faut : l'ordinateur de Sayet est une vraie mine d'or, d'après les gars de la scientifique.

– Une mine de *merde*, Zerrouki. Une mine de merde… Tout ça, c'est vraiment dégueulasse. Vous avez des enfants ?

Zerrouki secoua la tête.

– Non, Commissaire. Jamais eu le temps.

– Vous ne pouvez pas comprendre, alors…

Ackerman s'assit un instant sur le tabouret, juste à côté du lit. Il fallait à tout prix qu'elle reprenne le dessus. Elle ne pouvait pas se laisser aller devant des types de la trempe de Zerrouki et Bertomme, sinon elle ne parviendrait plus jamais à leur imposer son autorité par la suite. Le mieux était de tout reprendre depuis le début.

– Comment êtes-vous arrivés jusqu'ici, Zerrouki ?

– Ben, ce n'est pas très glorieux : on a juste suivi la piste des gars qui ont planté Sayet dans le bois.

– *Des* gars, Zerrouki ? Ils étaient plusieurs ?

– Au moins deux, Commissaire. C'est ce qu'ont déclaré les gosses, et ce qu'a confirmé Durieux.

– Et pourquoi ces types ont-ils buté Sayet ?

Zerrouki se gratta le crâne.

– Si seulement on le savait, Commissaire ! Durieux dit que l'un des deux gars lui a raconté qu'ils étaient venus pour l'arrêter... À cause de tout ça...

– Pour *l'arrêter* ? Vous pensez qu'ils pourraient être des policiers étrangers ?

– Ça m'étonnerait. Pourquoi auraient-ils agi sans nous prévenir, dans ce cas ? Pourquoi le Russe du bois n'aurait-il rien dit quand on l'a chopé ? Et puis Durieux raconte qu'ici le Russe et l'Américain ont fini par se battre l'un contre l'autre... Non, ce ne sont pas des flics, j'en suis persuadé...

– Mais qui sont-ils, alors ? Et comment ont-ils fait pour savoir avant nous que Sayet était une saloperie de pédophile ?

Bertomme s'approcha, la mâchoire crispée :

– Laissez-moi causer un peu tout seul avec Durieux, Commissaire. Je suis sûr que ce vieux dégueulasse ne nous a pas tout raconté de ce qu'il savait. Si ça se trouve, le Russe et l'Américain bossaient pour un réseau pédophile ou un truc du genre. Je peux le faire parler...

– Je n'en doute pas une minute, Bertomme. Mais pourquoi les membres d'un réseau de ce genre auraient-ils voulu tuer Sayet, alors que nous n'avions pas la moindre idée de ses activités criminelles ?

– Justement : c'est ça que j'aimerais savoir...

Tina se leva : elle commençait à récupérer son sang-froid et sa capacité de réflexion.

Elle se força tout de même à ne pas regarder les images accrochées sur les murs et poursuivit :

– Je suis d'accord avec vous deux : il y a bien trop de choses incompréhensibles dans cette affaire ! D'où sortent ces types ? Pourquoi sont-ils venus « arrêter » Sayet, et comment avaient-ils su ce qu'il avait fait? Pourquoi se baladent-ils en combinaison moulante? Comment le Russe a-t-il fait pour disparaître en un clin d'œil alors qu'il était menotté à l'arrière du panier à salade? Il faut qu'on trouve des réponses à toutes ces questions en vitesse : dès demain, nous allons avoir tous les gros bonnets du ministère sur le dos, en plus des médias : les histoires de pédophilie, ça fait vendre des journaux et ça booste des carrières... Alors avant que les gars de la scientifique aient fini d'éplucher toutes les saloperies contenues dans l'ordi de Sayet et dans ses dossiers je ne vois personne d'autre que Durieux pour nous faire avancer un peu. Venez, on file au commissariat...

Zerrouki fronça les sourcils :

– Mais on va devoir se taper l'avocat, avec leur nouvelle loi de merde[1] ?

Tina Ackerman sourit :

– Pas cette fois. *Article 706-73 du Code* : actes de torture et de barbarie commis en bande organisée. La présence de l'avocat peut être différée jusqu'à quarante-huit heures après l'arrestation. On est tranquilles pour le cuisiner un peu.

Bertomme sourit :

– Vous dites ça pour me faire plaisir, Commissaire?

– Oui... Mais il faudra faire un peu gaffe quand même à ne pas trop l'abîmer : on n'est pas en Bosnie, OK?

– Compris.

Ils remontèrent hors de la cave de Sayet et sortirent rapidement de la maison. Dehors, le lotissement grouillait à présent de véhicules de police et de journalistes qui attendaient des informations. Ackerman, Bertomme et Zerrouki se frayèrent un passage jusqu'à leur voiture et démarrèrent en trombe, gyrophare allumé et sirène hurlante.

---

1. En France, la présence d'un avocat lors de la garde à vue d'un prévenu est devenue obligatoire en 2011.

Bertomme avait pris le volant. Il se tourna vers Ackerman, assise à l'arrière, et demanda :

– Est-ce que vous avez des nouvelles concernant la bagnole de Sayet ?

– Aucune, grogna Tina. Mais j'ai transmis la description du véhicule à Paris. Si les types continuent à l'utiliser, ils vont se faire serrer rapidement.

– J'y comprends vraiment rien, répliqua Bertomme. Pourquoi piquer la bagnole de Sayet pour se barrer au risque de se faire choper avec, alors que le Russe a été capable de disparaître en un claquement de doigts ? Les gars ont ratissé tous les bois : il était déjà loin deux minutes à peine après être sorti du fourgon ! Et tout ça sans toucher les menottes : on les a retrouvées intactes à l'arrière ! C'est Houdini, ou quoi ?

Zerrouki se gratta encore la tête :

– Moi, ce qui me turlupine depuis le début, c'est le coup du bois, justement. Les gosses nous ont raconté que quand ils sont arrivés les deux types en combi étaient *déjà là,* planqués avec des appareils photo et des caméras. Alors que Sayet n'est arrivé qu'*après,* au moment où les deux autres se sont séparés. Du coup ça collerait avec la théorie du réseau de Bertomme : si ça se trouve, ces salopards avaient prévu de filmer Sayet pendant qu'il ferait ses trucs dégueulasses avec les deux gamins, et ils étaient venus installer leur matos à l'avance…

– Mais pourquoi buter Sayet, alors ? demanda Ackerman. C'était pour un *snuff movie*, ou un truc du genre ?

– J'sais pas… Mais c'est pas ça le plus dingue : comment pouvaient-ils justement savoir *à l'avance* que les deux gosses allaient venir jouer là-bas ? Ça tient pas la route !

– Ou alors c'étaient pas les gamins qu'ils attendaient, mais Sayet, justement.

– Putain ! On tourne en rond, Commissaire !

Après quelques minutes de route à vive allure, Bertomme gara la Mégane bleu marine devant le porche du commissariat.

Ils s'engouffrèrent tous les trois dans le hall, et Ackerman demanda aux agents en faction :

– Où est-ce que vous avez mis Durieux ? Au trou ?

– Ben non, Commissaire. Il est dans votre bureau avec Lefèvre, qui a commencé à prendre sa déposition.

Ackerman sentit le rouge lui monter aux joues : Lefèvre était un vieux commandant de police qui n'avait jamais accepté de se trouver placé sous l'autorité d'une femme.

Elle se précipita vers son bureau et ouvrit la porte en hurlant :

– Qu'est-ce que vous foutez dans mon bureau avec le prévenu, Lefèvre ?

Bruno Lefèvre leva un œil moqueur en répondant d'un ton narquois :

– Je fais mon boulot, Madame la Commissaire. Ça ne vous convient pas ?

Ackerman sentit sa patience à bout : Lefèvre jouait avec ses nerfs depuis bien trop longtemps.

Elle explosa :

– Levez votre cul de mon fauteuil immédiatement ! Je sais bien que vous êtes persuadé que mon poste aurait dû vous revenir de droit, Lefèvre. Mais il aurait fallu bosser un peu plus pour l'obtenir et réussir le concours ! Le temps où on pouvait prendre du galon dans la police sans jamais rien foutre est terminé ! *Votre* temps est terminé, Lefèvre ! Alors, dégagez de mon bureau en vitesse, et foutez-moi le camp. Je ne veux plus vous voir au commissariat pour ce soir !

Le commandant se leva, blême de rage, et sortit du bureau sans dire un mot, passant devant Bertomme et Zerrouki qui gardaient les yeux baissés.

Tina vint s'asseoir à son fauteuil. Durieux se tenait bien droit sur une chaise de l'autre côté du bureau, un sourire aux lèvres malgré les menottes qui lui entravaient les poignets.

– Ben merde alors, une gonzesse! s'exclama-t-il soudain en détaillant ostensiblement l'anatomie d'Ackerman. Et plutôt bien foutue, en plus! L'ordinaire s'améliore, dis donc, dans la maison poulaga!

La commissaire ne lui répondit pas, faisant signe à Bertomme et Zerrouki d'entrer.

– Fermez la porte derrière vous, Zerrouki.

Elle porta les yeux sur l'écran d'ordinateur qui lui faisait face, et lut le début de déposition qu'avait commencé à saisir Lefèvre, affectant de ne pas regarder Durieux.

Celui-ci reprit, franchement goguenard :

– T'as vu, ma chérie, y a mon adresse et mon numéro dans le dossier. Si t'es libre pour un rencard, c'est quand tu veux…

Ackerman lisait toujours, imperturbable.

Durieux se pencha vers elle, continuant à la provoquer :

– Tu dois aimer ça, toi. T'as une vraie tête de salope…

Ackerman leva enfin les yeux, et sans manifester la moindre émotion fit un signe en direction de Bertomme :

– Il est à vous.

Bertomme sourit, et s'approcha de Durieux, le regard glacial. Sans dire un mot, il commença à enrouler autour de ses phalanges de longues bandes de tissu qu'il avait prises dans ses poches de son blouson. Un reste de ses années de boxe, avant l'armée.

– Putain, poulet, qu'est-ce que tu fous? Demanda Durieux l'air inquiet.

Zerrouki s'approcha :

– Il se prépare, tu vois. On peut plus te couper la bite, maintenant que t'es ici, mais on peut encore s'occuper pas mal de toi. L'important, par contre, c'est de pas laisser de traces. Ton avocat va débarquer dans deux jours, alors il faudra que tu sois présentable. Avec les bandes, ça fait mal, mais ça marque moins.

– Déconnez pas, les gars! J'ai des droits!

Ackerman se leva :

– T'as le droit de rien du tout…

– Toi, la salope, ta gueule !

Durieux ne vit pas partir le direct de Bertomme, qui l'atteignit en plein plexus solaire. Il se plia en deux sur la chaise en hurlant.

– On t'a jamais dit qu'il faut parler correctement aux dames, Robert ? reprit Zerrouki. Surtout aux dames qui sont commissaires de police et qui ont le numéro du juge, tu vois. Je pensais pourtant que tu te souviendrais de ce qu'on t'a raconté chez toi : la prison, les copains sous la douche, la savonnette… Tu vois de quoi je parle ?

Durieux reprenait son souffle :

– Qu'est-ce que vous voulez savoir encore, les poulets ? Z'avez pas déjà tout c'qui vous faut ?

– Raconte-nous : les gars en combi, t'es vraiment sûr que c'étaient pas des potes à vous ? Les gamins ont pourtant raconté qu'ils avaient des caméras dans le bois, genre pour filmer ton Richard en pleine action, par exemple…

– T'es con, ou quoi, le bicot ? J't'ai déjà dit que j'les avais jamais vus ! Qu'est-ce que tu veux qu'on foute avec un Russe et un Amerloque ? Et puis je te rappelle qu'il a buté Richard, le Ricain !

Ackerman fronça les sourcils :

– Comment ça ? Celui qui était chez toi ?

– Ben oui, j'leur ai déjà dit à tes deux barbouzes tout à l'heure. L'Amerloque m'a dit qu'il l'avait tué lui-même.

Tina fit un signe à Zerrouki :

– Notez. Ce ne serait pas le Russe du bois le tueur. Ni le Russe de chez Sayet.

Durieux sourit, tordant un peu plus son visage difforme :

– Qu'est-ce que tu déblatères, poupée ? Y avait qu'un seul Ruskoff, pas deux.

– Chez toi, oui. Mais il y en avait un autre dans le bois, là où Sayet a été tué.

– Non. C'était le même. J'me souviens bien, il a même dit à l'Amerloque : « Tu pourras pas me prendre par surprise comme tout à l'heure dans le bois », juste avant que je l'assomme.

Ackerman se tourna vers Bertomme :

– À quelle heure avez-vous chopé le Russe du bois ?

– Dix-sept heures quarante.

– Et à quelle heure êtes-vous arrivés chez Sayet ?

– Dix-huit heures.

Elle soupira et passa la main dans ses longs cheveux blonds :

– OK, alors on a un problème de plus : un Russe en combi capable de s'évader d'un fourgon menottes aux poignets c'était déjà pas banal. Mais capable en plus d'être à deux endroits différents au même moment, c'est carrément impossible.

Durieux ricana :

– T'es dans la merde, toi aussi, maintenant…

Tina le fixa droit dans les yeux :

– Je crois plutôt que tu te fous de notre gueule…

Elle fit un signe à Bertomme, qui s'approcha du prisonnier :

– Non ! hurla Durieux. J'te jure que j'me fous pas d'toi !

Ackerman fit un signe à Bertomme qui retint son coup, et décrocha son téléphone sans dire un mot avant de composer un numéro.

– Franck ? Tina Ackerman à l'appareil. Vous avez relevé les empreintes sur le couteau qui a tué Sayet ? Oui. Est-ce que par hasard elles correspondent avec certaines de celles qu'on a retrouvées chez lui ?

Elle pâlit.

– Vous êtes sûr ? OK… Merci.

Tina reposa son combiné, et se tourna vers Zerrouki :

– Il dit la vérité : la scientifique a trouvé les mêmes empreintes dans la cuisine de Sayet et sur le couteau… Mais c'est impossible ! Vous êtes certains que vous ne vous êtes pas plantés dans les horaires ? Que vous n'êtes pas arrivés plus tôt au bois, par exemple, ou que le Russe n'a pas eu ensuite le temps de courir chez Sayet en sortant du fourgon ?

Zerrouki secoua la tête :

– C'est sûr, Commissaire. Et puis il y a plus d'un kilomètre entre le bois et chez Sayet. À moins d'être champion du monde, il n'aurait même pas pu y être avant nous ! Alors, encore moins avoir le temps de menacer l'Américain, d'être assommé et de se barrer ensuite avant qu'on arrive…

La porte du bureau s'ouvrit sur ces entrefaites, et un policier entra, un téléphone portable à la main :

– Commissaire ! Paris à l'appareil. Le *trente-six*[1]. Ils veulent vous parler tout de suite. Il y a du nouveau.

Ackerman se leva, prit le téléphone et s'éloigna un peu pour s'isoler tandis que le policier quittait le bureau. Après une courte conversation, Tina raccrocha, et se dirigea fébrilement vers Bertomme et Zerrouki, les entraînant à l'écart pour que Durieux ne puisse pas les entendre.

– Ça bouge : une caméra de surveillance a repéré la voiture de Sayet dans une station-service de Senlis, en direction de Paris !

– Top ! répondit Bertomme, enthousiaste.

– Vous partez tout de suite là-bas, tous les deux, pour la suite de l'enquête. Je me suis arrangé avec le Directeur. Et puis vous connaissez la maison, non ? Moi je vais m'occuper de Durieux en attendant, mais je crains que finalement nous n'ayons pas grand-chose de fiable à en tirer.

Zerrouki sourit, mais il remarqua qu'Ackerman gardait une mine renfrognée.

– Ça ne va pas, Commissaire ?

---

1. 36, quai des Orfèvres. Siège de la Police criminelle à Paris.

– Non. La caméra de surveillance est formelle : il n'y avait qu'un seul homme à bord de la voiture de Sayet. Son gabarit correspond au moins costaud des deux que nous recherchons, et donc plutôt à l'Américain.

– Et alors ?

Ackerman soupira, visiblement excédée.

– Et alors, Zerrouki ? Alors je me demande simplement où a bien pu passer encore ce putain de Russe...

# Chapitre 15

*Paris, samedi 15 octobre 2011*

Mon père et moi avons pris la ligne quatorze jusqu'à la gare Saint-Lazare, puis nous avons marché quelques instants jusqu'au boulevard des Batignolles, où ses parents avaient acheté à son intention un appartement sous les toits.

Il était resté très silencieux pendant tout le trajet, mais je sentais par moment son regard se poser sur moi dès que je détournais les yeux. Arrivé sur le palier du sixième étage, il tourna la clef en disant :

– Après toi.

J'entrai, et m'arrêtai aussitôt sur le seuil de la porte, émerveillé de découvrir ce qu'avait pu être le cadre de vie de mon père *jeune*, avant qu'il ne rencontre ma mère et fonde notre famille. L'appartement était petit, mais clair : les fenêtres disposées dans l'angle offraient en outre une vue splendide sur le Sacré-Cœur illuminé au sommet de la butte Montmartre. Les murs qui leur faisaient face étaient couverts d'affiches de films ou de concerts. Je souris : il y avait là l'essentiel des éléments culturels qui berceraient ma jeunesse, de Christopher Nolan à Daft Punk. Mais ce qui m'amusait vraiment c'était de découvrir un caractère encore juvénile dans cet étalage désordonné, qui voisinait avec quelques photos de famille où mes grands-parents couvaient des yeux leurs deux garçons. Un des clichés attira particulièrement mon regard et j'observai avec curiosité le grand adolescent blond qui souriait à l'objectif, un bras complice posé sur les épaules de mon père. J'avais peu de souvenirs de mon oncle Pierre, qui était toujours resté vivre en France non loin de ses parents. Malgré l'augmentation vertigineuse des prix des billets d'avion, mon père et moi avons continué à faire quelques aller-retour en Europe quand la situation sanitaire le permettait jusqu'à la mort de mes grands-parents, mais je n'avais que dix ans lorsque Covid-28 les emporta tous les deux. Après cela les relations entre les deux frères finirent par se distendre progressivement et je ne revis plus mon oncle qu'une dernière fois à la mort de mon père, près de dix années plus tard… Peut-être pensait-il alors, en pleurant sur la tombe de son frère aîné, à tous les moments heureux qu'ils avaient passés ensemble autrefois… Ces mêmes instants qui se trouvaient fraîchement fixés sur les photographies punaisées au mur devant moi.

– C'était pour mon dernier anniversaire, en février, dit mon père en surprenant mon regard.

– Je sais. Tu as toujours gardé cette photo chez nous…

Il me fit signe d'entrer en disant :

– Voilà, c'est chez moi. Ce n'est pas très grand, mais c'est hyper bien placé. Il y a tout ce qu'il faut dans le quartier. Tu peux t'installer dans la chambre si tu veux, je dormirai sur le canapé-lit.

Je souris :

– Tu rigoles ? Je ne peux pas imaginer une minute dormir dans le lit de mon père ! Je prends le canapé, ça ira très bien.

– Tu veux manger ?

– Je veux bien. J'ai une faim de loup : je suis parti de Boston ce matin et je n'ai rien avalé depuis. J'ai très soif, aussi…

Son œil se mit à briller.

– Toute la famille vit à Boston ?

Je me mordis les lèvres. Il fallait vraiment faire attention à tout ce que je disais.

– Aie. Je me suis grillé tout seul. OK, c'est bien à Boston que tu t'es installé en arrivant aux États-Unis. Mais ne cherche pas à en savoir plus.

Je posai mon sac à dos auprès du canapé tandis qu'il farfouillait dans les placards de son coin-cuisine.

– Bon, il ne me reste pas grand-chose pour ce soir. À vrai dire, je n'avais pas prévu d'avoir de la visite… Si je te fais des pâtes à la bolognaise, ça ira ? Tu veux une bière ?

– Ce sera parfait !

Je me dirigeai vers les fenêtres qui étaient restées entre-ouvertes : un minuscule balcon donnait sur le boulevard. Je sortis, humant l'air de la nuit parisienne. L'odeur de gaz d'échappement était perceptible, même au sixième étage, et le bruit des moteurs me semblait assourdissant. Mais le panorama, en revanche, était à couper le souffle. La ville s'étalait à mes pieds, illuminée et vivante, tellement plus animée que ne l'étaient nos métropoles du futur, figées par leurs règles de sécurité sanitaires et policières. Je n'avais jamais vraiment perçu auparavant tout ce que nous avions perdu en cherchant si obstinément à nous protéger toujours davantage.

Quinze minutes plus tard, nous étions installés tous les deux face à face de part et d'autre de la minuscule table de sa cuisine. Je dévorai mes pâtes tandis qu'il m'observait, picorant à peine dans son assiette.

– Je n'en reviens toujours pas, tu sais ? déclara-t-il soudain.

– Je me doute, répondis-je en m'essuyant les lèvres teintées de sauce tomate.

Je désignai avec émerveillement la baguette posée à côté de nous :

– Je ne me rappelle plus la dernière fois où j'avais mangé du pain français et je ne me souvenais pas que c'était un tel délice !

Il sourit.

– Demain, je t'offrirai un meilleur aperçu de la gastronomie française, promis… On ne mange pas bien, à ton époque ?

– Si. Mais pas ce genre de choses. On va dire que les critères sanitaires sont devenus tellement stricts qu'il n'y a presque plus de possibilité de consommer des produits frais.

– Les critères sanitaires ? Vous avez développé une phobie des microbes ?

– Quelque chose du genre...

Il posa sa fourchette, très intrigué, et demanda :

– C'est comment, le futur ?

– Je ne peux pas te répondre. Mais c'est très différent, je t'assure...

– Quand même, tu pourrais me dire au moins deux ou trois choses, non ?

– Tu y tiens vraiment ?

– Mais bien sûr ! Tu ne te rends pas compte ? Tu sais tout ce qui va arriver dans les trente ou quarante années viennent ! Évidemment que je voudrais savoir ! *Tout le monde* voudrait savoir...

Je le regardai avec affection. Il était si humain...

– Je ne sais pas ce que je pourrais te dire sans risquer de graves conséquences... Si, tiens, je peux te dire que tu vas réussir à mettre au point ton téléphone holographique.

Ses yeux se mirent aussitôt à briller.

– Vraiment ? Bientôt ?

– Tu y arriveras, c'est ce qui compte, non ? Et cela te rapportera beaucoup d'argent. Vraiment beaucoup.

Il tapa de la main sur la table, enthousiaste.

– C'est génial ! Je vais être heureux, alors ? Enfin je veux dire, *nous* allons être heureux ? Tu ne peux pas m'en dire un peu sur notre famille, d'ailleurs ? Tu as des frères et sœurs ? Et ta mère ? Quand est-ce que j'ai connu ta mère ? Parle-moi d'elle !

Je baissai les yeux… Comment lui dire ? Comment lui annoncer qu'il allait la rencontrer dans quatre ans, peu de temps après son arrivée aux États-Unis. Qu'ils se marieraient juste avant qu'Apple ne lui offre une véritable fortune pour acquérir sa technologie en rachetant son entreprise. Que je naîtrais l'année suivante, et qu'il vivrait alors en effet quelques brefs moments d'un bonheur parfait. Puis que ma mère mourrait, deux années plus tard, lors de la première épidémie de Covid-19, sans qu'il ait le droit ni de l'accompagner durant sa maladie ni même seulement de la revoir une dernière fois après son décès. Et qu'il serait ensuite tellement dévasté par ce traumatisme qu'il ne se remarierait jamais, consacrant le reste de sa vie à s'occuper de son fils unique…

J'essayai de faire bonne figure pour répondre :

– Je ne peux pas te parler de tout ça… Tu le sais bien… Mais tu rencontreras la femme de ta vie en Amérique, ça au moins je peux te le dire… Elle t'attend, quelque part là-bas…

– Tu sais que tu changes mon avenir, en disant cela ? Je n'étais pas encore vraiment sûr de vouloir partir aux États-Unis un jour…

– Tu l'as bien fait, pourtant. Je ne change donc rien !

Il sourit, visiblement satisfait, et consentit enfin à entamer les pâtes qui avaient refroidi dans son assiette…

Je me souviens parfaitement des trente-six heures qui ont suivi. Aussi loin que remonte ma mémoire, je crois qu'elles resteront parmi les plus belles de ma vie. Nous avons discuté jusque tard dans la nuit, parlant de tout et de rien. Le lendemain, mon père sortit de bonne heure pour aller voir ses « copains hackers » et aussi pour retirer de l'argent à mon intention. Il rentra aussi tôt que possible, les bras chargés de bouteilles de bordeaux, de charcuterie et de fromages au lait cru : c'était la première fois de ma vie que je pouvais en manger. Il ne me posa plus jamais de questions sur le futur, car je crois qu'il avait compris que c'était inutile : ce qui devait advenir finirait inévitablement par arriver. Nous avons donc passé le reste de la journée du dimanche tous les deux, profitant simplement du bonheur extraordinaire qui nous était offert de vivre ces quelques moments ensemble. Je le retrouvai tel qu'il était dans mes souvenirs, avec cependant un enthousiasme juvénile que je ne lui avais jamais connu, et sans la discrète ombre de tristesse qui voilait parfois ses yeux quand lui revenait en mémoire le souvenir de ma mère. Lui découvrit un fils qui à bien des égards lui ressemblait beaucoup, mais avec sa personnalité propre et de ses goûts singuliers ; et je crois qu'il fut heureux d'apprendre qu'il serait un jour capable de susciter chez quelqu'un autant d'amour et d'affection. Je l'assommai de questions sur son époque et sur les mille et un détails de la vie quotidienne dont j'avais tout ignoré jusqu'alors, cherchant à me préparer pour un séjour qui risquait de se prolonger. Puis la seconde nuit, malgré les bruits incessants de la nuit parisienne, je dormis d'une seule traite sans jamais me réveiller. Cela ne m'était plus arrivé depuis des années, et quand j'y repense à présent je m'imagine que j'avais dû tout simplement retrouver mon sommeil d'enfant.

Le lundi matin, il partit travailler en m'annonçant qu'il ne reviendrait à l'appartement que dans la soirée, une fois qu'il aurait pu prendre contact avec le faussaire que lui avaient conseillé ses amis. Je fus donc extrêmement surpris de le voir rentrer dès la fin de matinée, pâle et agité.

– Il faut que tu partes, me déclara-t-il dès qu'il eut fermé sa porte. Et vite. Les flics risquent de débarquer à tout moment.

– Les flics ? Mais comment est-ce possible ? Qu'est-ce qui s'est passé ?

Il se précipita vers la fenêtre, observant le boulevard en contrebas.

– Ils ont retrouvé ta trace. C'est à cause de la voiture de Sayet. Tu avais raison, un gars l'a bien piquée où tu l'avais laissée samedi. Mais cet imbécile s'est fait contrôler avec hier soir pour conduite en état d'ivresse. Entre-temps la police de Malesville avait lancé une recherche du véhicule, et du coup le gars a tout balancé. Il leur a dit où il l'avait trouvée samedi soir, et les caméras de surveillance de la Ville de Paris ont fait le reste. Ils m'ont montré les vidéos : on te voit très bien quitter la voiture, puis marcher jusqu'au local de Holophone...

Je pâlis à mon tour.

Il continua son histoire tout en observant la rue :

– Deux flics ont donc débarqué ce matin. Ils m'ont demandé ce que tu étais venu faire là aussi tard, et quels liens nous avions toi et moi.

– Qu'est-ce tu leur as dit ?

– Que je ne te connaissais pas ! Que tu avais débarqué en me tenant un discours étrange et en te présentant comme un policier américain. Vu ce que tu m'avais raconté de l'histoire de Malesville, cela m'a semblé le plus approprié. Et bizarrement cela n'a pas eu trop l'air de les surprendre.

– Et ensuite ?

– Ils ont voulu savoir pourquoi nous étions partis ensemble. Je leur ai dit que j'avais tout simplement voulu rentrer chez moi, et que tu m'avais suivi jusqu'au métro. Heureusement, la caméra qui surveille normalement la station en bas de chez moi était en panne depuis samedi matin, et elle n'a été réparée qu'hier. Ils ne nous ont donc pas vus arriver ici tous les deux. Une chance que tu ne sois pas ressorti depuis ! Mais ils ne vont pas nous lâcher, je le sens. Ces deux flics, ce ne sont pas des tendres. Ils vont débarquer ici d'un moment à l'autre, j'en suis sûr ! Alors j'ai attendu la pause déjeuner, et je suis rentré te prévenir.

Je réfléchis un instant :

– C'est fichu, je crois.

– Mais non ! Tu as un peu d'argent, tu peux te planquer chez des amis. Je te ferai passer les papiers dès que je les aurai.

– Tu sais bien que c'est illusoire. Beaucoup trop de risques. Tes amis se poseraient des questions auxquelles tu ne pourrais pas répondre. Et puis nous nous ferions arrêter tous les deux, avec ces caméras de surveillance un peu partout. Je ne savais pas que tous ces systèmes avaient été installés il y a si longtemps. Je ne serais pas venu te voir, si je l'avais su : je n'ai vraiment pas envie que tu aies des ennuis à cause de moi.

– Que vas-tu faire, alors ?

Je réfléchis un moment. Si je restais davantage chez mon père, je risquais de l'entraîner dans de graves problèmes avec la justice. Si je partais, seul, toujours sans papiers, je n'irais pas bien loin avant de me faire arrêter et de finir en prison.

Je finis par me lever à mon tour et à le rejoindre près de la fenêtre, restant suffisamment en retrait pour ne pas pourvoir être aperçu depuis l'extérieur au cas où.

– Je vais rentrer, je crois. C'est le mieux, ou le moins pire, finalement.

– Rentrer ? Mais où ça ? À ton époque ?

– Oui.

– Mais tu ne peux pas ! déclara-t-il. Je croyais que tu m'avais dit qu'ils voulaient te juger pour la mort de Sayet ?

– Mais c'est ce qui va se passer ici aussi ! Car ils vont m'attraper si je reste, et tu le sais aussi bien que moi. Je n'ai plus aucune chance de m'en tirer dans les conditions que tu décris. Alors quitte à risquer la prison, autant que ce soit à mon époque, avec en face de moi des gens auxquels je n'aurai pas en plus à expliquer pourquoi à vingt-neuf ans révolus je n'ai aucune trace d'existence nulle part : ni état civil, ni assurance maladie, ni dossier scolaire, rien !

Il baissa les yeux. Je connaissais mon père, et je savais qu'il avait compris que j'avais raison.

– Comment vas-tu faire ? Je veux dire, comment ça se passe, pour repartir dans le futur ? Il te faut du matériel ?

Je souris :

– C'est très simple, tu vas voir. J'ai tout ce qu'il faut avec moi. Tu me donnes cinq minutes ? Je vais te montrer…

Je récupérerai mon sac à dos, et je me commençai à me déshabiller rapidement.

– Qu'est-ce que tu fais ? demanda-t-il, l'air perplexe. Il faut être nu pour voyager dans le temps, comme dans T*erminator* ?

J'éclatai de rire :

– Non, rassure-toi.

Je sortis du sac à dos ma combinaison, que j'enfilai sous ses yeux ébahis.

– Qu'est-ce que c'est que ce tissu ?

– C'est une sorte de polymère qui porte des milliers de nano-récepteurs quantiques. C'est grâce à cela que Hal, le super-ordinateur qui gère nos déplacements, parvient à nous localiser.

– Et la machine ? Elle est où ?

Je lui désignai le convecteur noir qui n'avait jamais quitté mon poignet :

– Elle est là.

Il écarquilla les yeux :

– Ça ? Ce petit bracelet ?

– Si tu savais ce qu'il contient, tu serais largement plus impressionné par lui que par ma combinaison. Tu m'aides, pour la fermeture ?

Il passa derrière moi et remonta la glissière dans mon dos.

– Et maintenant ? demanda-t-il d'un air inquiet.

– Maintenant c'est prêt. Je n'ai plus qu'à appuyer sur ce bouton, là, et je rentre à mon époque. Instantanément.

Il me fixa intensément, et déclara :

– Je ne sais pas quoi dire, vraiment. Tout ce qui s'est passé depuis deux jours dépasse tellement tout ce que j'aurais pu imaginer vivre que je ne trouve pas les mots...

– C'est la même chose pour moi, tu sais.

– Oui, mais toi au moins tu pourras me revoir quand tu seras rentré. Moi, une fois que tu seras parti, je vais devoir attendre des années avant de retrouver mon fils...

– Papa...

J'éclatai en sanglots, et il me prit dans ses bras pour la première fois de ces deux jours. Je crois que nous avons pleuré tous les deux en silence pendant une minute, incapables de dire quoi que ce soit. Je l'étreignis plus fort encore que je ne l'avais fait jadis en quittant la maison pour la première fois lors de mon entrée au collège, car je savais cette fois-ci que je n'aurai plus jamais d'autre occasion de le faire. Contrairement à ce qu'il pensait, mon père serait le seul de nous deux à avoir la chance de vivre un jour des retrouvailles...

Puis il s'écarta et déclara en désignant la rue :

– Il faut vraiment que tu partes... Ils risquent d'arriver d'une minute à l'autre...

– Je sais.

Il me prit à nouveau dans ses bras un instant et rajouta :

– Je n'en reviens pas de te dire ça ainsi, mais sois prudent !

– Promis.

Je m'écartai un peu, pris mon sac à dos et j'activai la visière de ma combinaison.

– Tu as changé ma vie pour toujours, tu sais, déclara-t-il en me regardant d'un air bouleversé.

– Toi, tu as façonné toute la mienne, répondis-je… Je t'aime, papa.

J'appuyai sur le bouton du bracelet, et son image s'évanouit aussitôt devant mes yeux.

# Chapitre 16

*Paris, lundi 17 octobre 2011*

Le téléphone portable de Zerrouki sonna tandis qu'il roulait à vive allure en direction de l'appartement de Jean Matthieu. Le policier décrocha et bascula la communication sur haut-parleur.

– Karim Zerrouki, j'écoute.

– Bonjour capitaine. C'est la police scientifique de Malesville à l'appareil. Je peux vous déranger cinq minutes ?

– Vous pouvez, au point où j'en suis ! Ça fait deux heures qu'on essaye en vain de convaincre nos anciens collègues parisiens de faire une descente au domicile du type chez qui s'est pointé le gars qui avait volé la voiture de Sayet. On en a eu tellement marre qu'on a fini par y partir tout seuls, avec Bertomme.

– Je comprends, mais ce que j'ai à vous dire est vraiment extraordinaire !

– Ah bon ? déclara Zerrouki d'un ton dubitatif. Qu'est-ce que vous avez pu trouver de si incroyable ?

– Le sang, capitaine. Le sang qu'on a retrouvé dans la cuisine de Sayet !

– Eh ben quoi ? Qu'est-ce qu'il a, ce sang ?

– Il… il n'est pas *normal* ! Je veux dire, c'est du sang humain, c'est sûr. Le sang d'un homme, même. Groupe A négatif, rien de bien transcendant de ce côté-là. Pas de trace d'alcool ni de toxiques. C'est la génétique qui est dingue !

– La génétique ?

– Oui. On a techniqué le prélèvement pour une banale analyse, mais tous les voyants ont viré au rouge d'un coup ! La machine ne reconnaissait tout simplement pas son ADN !

– Mais comment c'est possible ?

– Tout le monde a cru que c'était un bug, capitaine. Mais pas moi. Je me suis donc tapé tout le séquençage en mode manuel. Et j'ai trouvé : le type a été génétiquement modifié !

– *Génétiquement modifié ?* Qu'est-ce que c'est que ce charabia ?

– C'est complètement dingue... On a changé certaines séquences de son ADN ! Ce n'est pas une mutation congénitale, c'est certain, ni les résultats d'une manipulation embryonnaire : il y a des traces d'acides nucléiques viraux dans les portions altérées, comme si on avait utilisé un virus pour transmettre un code génétique différent aux cellules de ce type à l'âge adulte !

– Mais attendez, ça ne doit pas pouvoir se faire partout ce genre de truc, non ? On doit pouvoir remonter cette piste, alors ?

– Vous rigolez, capitaine ? Ça ne se fait *nulle part* ! Personne ne sait faire de la thérapie génique sur des cellules somatiques chez un individu adulte ! Cette technologie est complètement inconnue ! C'est de la science-fiction !

Zerrouki fronça les sourcils.

– Vous êtes certain de ça ?

– Tout à fait certain ! C'est un dossier passionnant, capitaine ! Je vais y passer le temps qu'il faudra, mais je peux vous garantir que je finirai par comprendre comment ils ont fait ça ! J'aimerais en tout cas que vous me teniez au courant des résultats de votre enquête, si vous le voulez bien. Je serai ravi de rencontrer ces types en combinaison quand vous les attraperez et de pouvoir leur faire passer quelques analyses...

– Pas de problèmes, déclara Zerrouki. On vous rappelle dès qu'on en sait davantage. C'est comment votre nom, déjà ?

– Faurest. Franck Faurest. Vous pouvez m'appeler quand vous voudrez, capitaine…

# Chapitre 17

*Paris, lundi 17 octobre 2011*

Jean Matthieu regardait ébahi l'endroit où Clément se tenait encore, une seconde plus tôt. Il avait totalement disparu…

C'était totalement fou, à tel point qu'il se demanda l'espace d'un instant s'il n'avait pas rêvé tout ce qui s'était passé depuis samedi soir. Avait-il vraiment passé presque deux jours en compagnie de son fils, venu du futur ?

Et pourtant, il savait que c'était vrai. Il le savait intimement, viscéralement. Il le savait, rien que par l'émotion extraordinaire qu'il avait ressentie quelques minutes plus tôt en le serrant dans ses bras. Quelque chose qu'il n'avait jamais connu jusqu'alors : la conscience étrange et troublante qu'une personne était autre tout en lui semblant néanmoins comme le prolongement de lui-même. Il songea en souriant qu'un jour, dans quelques années, un nourrisson viendrait au monde, et qu'il chercherait aussitôt dans ses yeux le souvenir de Clément. Il ne pourrait jamais lui raconter ce qui s'était passé durant ces deux journées, bien évidemment. Il y aurait bien trop de risques qu'une telle révélation ne vienne influer sur ses choix ultérieurs, et empêcher peut-être que se produise un jour le miracle de leur rencontre. Mais il le regarderait grandir. Dans ses sourires, dans ses attitudes, dans ses intonations, il guetterait l'apparition de l'homme qu'il avait connu à Paris, cet homme qui avait eu le courage de désobéir et de risquer sa vie pour sauver des enfants. Toutes les informations ce matin faisaient état des horribles découvertes de la police de Malesville dans la cache de Richard Sayet. Et si ces crimes affreux n'avaient pas pu se poursuivre davantage, il savait que c'est à Clément qu'on le devait. Lui seul le savait, d'ailleurs, mais lui importait peu : il était immensément fier de son fils, et cela lui suffisait amplement.

Qu'allait-il faire de tout ce temps, à attendre, maintenant ? Il lui faudrait être à la hauteur, et accomplir toutes les prédictions de Clément. Partir en Amérique, se marier… Et avant cela réussir à mettre au point ce système holographique pour smartphone qu'il imaginait depuis des années ! Mais comment faire ? Tous ses essais s'étaient révélés infructueux jusqu'alors, et il en venait à penser que la technologie nécessaire à la réalisation de son projet ne serait pas disponible avant longtemps…

Il eut subitement un éclair, et il se précipita en courant vers le canapé convertible où Clément avait passé ces deux nuits.

Juste à côté, sur la table basse, il aperçut l'implant Healthlab.

# Chapitre 18

*Chesnut Hill, mercredi 10 juillet 2047*

J'éteignis le projecteur holographique de mon bureau. Tous les flashes d'information relayaient en boucle les mêmes nouvelles : Huang Deng venait d'être arrêté pour des violations multiples de la Résolution Tsang-Tippett. Plusieurs experts, la mine atterrée, expliquaient que les agissements du directeur et de certains de ses employés auraient pu compromettre de façon redoutable l'intégrité du continuum espace-temps. L'Amérique et le monde étaient passés à deux doigts d'une catastrophe inconcevable, qui n'avait pu être évitée in extremis que du fait de la courageuse intervention d'une lanceuse d'alerte au sein même des équipes de Deng. On n'avait au final à déplorer que la perte tragique du Contrôleur Clément Matthieu, irréversiblement bloqué dans le passé. Devant des journalistes des quatre coins de la planète, les inspecteurs Duval et Rowling, du Comité de Renouvellement, annonçaient déjà que la gravité des faits les avait déterminés à prononcer une mesure de suspension immédiate de toutes les activités de l'Agence avant de réclamer sa dissolution pure et simple devant le Conseil de Sécurité. La Résolution Tsang-Tippett n'avait plus désormais la moindre chance d'être renouvelée : l'aventure des voyages temporels touchait à sa fin de façon définitive.

Je fis pivoter le fauteuil, me tournant vers la grande baie vitrée qui donnait sur le parc. Ainsi donc, ce jour était enfin arrivé ! Pour la première fois depuis trente-six ans, j'allais enfin vivre un futur dont je ne connaissais pas à l'avance tout le déroulement. Aujourd'hui inaugurait pour moi la nouveauté d'un avenir inconnu.

Tout avait commencé lors de la décompression, après que j'eus activé le convecteur temporel dans l'appartement de mon père à Paris. Je m'étais attendu à voir réapparaître la zone de transfert dont j'étais parti, deux jours plus tôt. Mais rien de tel ne survint. Je m'étais retrouvé au fond d'un bois de Chesnut Hill, pas très loin du campus du Boston Collège et de la luxueuse demeure où je me trouvais à présent. Je n'avais rien compris initialement à cette incompréhensible erreur de trajectoire, et pourtant je n'étais pas au bout de mes surprises. Lorsque j'atteignis enfin les premières habitations, je vis avec effarement les gens observer ma combinaison d'un air ébahi, et je compris rapidement pourquoi : j'étais bien rentré à Boston, certes. Mais pas en 2047. J'étais en 2011, Barack Obama était Président des États-Unis, et rien ni personne ne me recherchait ici pour aucun crime. J'avais avec moi dans mon sac à dos des vêtements de rechange, ainsi que les mille dollars que mon père avait changés pour moi en France. C'était suffisant.

Dans les trente-six années qui suivirent, je me construisis une vie qui fit l'admiration de tous mes concitoyens. Je mis à profit ma connaissance des événements politiques et économiques à venir pour bâtir une fortune considérable. J'investis discrètement dans les meilleures start-up, sachant toujours celles qui finiraient par décoller. Un de mes premiers gros coups fut d'acquérir à bas prix sous divers prête-noms d'importantes participations dans le capital d'Holophone, juste avant qu'Apple ne rachète pour une fortune la société de mon père. La survenue des pandémies empêcha cependant la firme de Cupertino de profiter de son investissement : après la crise économique, plus personne n'eut ensuite les moyens de s'offrir des smartphones assez chers pour embarquer une telle technologie. Il fallut donc attendre le rachat de la division *Recherche et Développement* d'Apple par Healthlab pour que les hologrammes rentrent enfin dans notre quotidien dans les années 2030. Healthlab dont j'étais justement, depuis ses débuts, l'un des principaux actionnaires privés. Achetant toujours au bon moment et vendant sans cesse de façon opportune, je créai rapidement un fonds d'investissement qui me rendit riche, et même immensément riche. Mais je m'efforçai en permanence, lorsque ma fortune fut faite, de rester à l'écart de l'attention des médias. Bien que j'aie réussi, à grand renfort d'argent, à me fabriquer de toutes pièces une biographie fictive et des parents d'origine belge morts au fin fond du Congo, il y avait beaucoup trop de risques qu'un jour quelqu'un découvre que j'étais venu au monde à vingt-neuf ans, le 17 octobre 2011, à Boston. Mais le temps passa. Je survécus aux pandémies. Je me mariai. J'eus deux enfants qui me donnèrent d'immenses joies, et même récemment le bonheur de devenir grand-père pour la première fois. Au début 2047, j'annonçai subitement que je mettais un terme à mon activité professionnelle, et je cédai mes parts dans ma holding d'investissements. Je savais que je n'aurais bientôt plus la faculté de prévoir l'avenir, puisque j'avais enfin fini par rattraper ma propre époque, et il valait donc mieux que j'interrompe à temps mon activité. Je décidai donc de passer le temps qu'il me restait à vivre à m'occuper uniquement de ma famille. C'était une chance extraordinaire de pouvoir vieillir ainsi au milieu des siens. Mais toujours, malgré tout, je continuai à guetter l'apparition d'un signe m'indiquant que je ne m'étais pas trompé.

Et ce signe venait d'arriver aujourd'hui.

J'allais jusqu'au coffre dissimulé derrière un tableau de Matisse, et je retirai une petite pochette de cuir qui attendait là depuis des années. Puis je passai voir mon épouse qui s'était installée pour lire dans le living, et je lui annonçai que je devais impérativement me rendre à Boston pour affaires ce soir. Elle s'étonna un peu, mais me laissa faire cependant, habituée depuis fort longtemps à mes excentricités de milliardaire. Sans faire appel au chauffeur, je pris seul notre voiture, programmai la destination, puis laissai l'IA me conduire tout en imaginant ce qui pouvait m'attendre.

J'arrivai à Cambridge assez tard. Il faisait encore jour, mais les rues étaient déjà quasiment désertes. Je finis à pied les quelques mètres qui me séparaient de mon objectif. Cela faisait trente-six ans exactement que je n'étais plus venu ici, et je sentis l'émotion m'étreindre au fur et à mesure que je me rapprochais du siège de l'Agence. Devant l'entrée les journalistes et les curieux étaient partis depuis longtemps, et il n'y avait plus personne désormais hormis les deux gardiens habituels. Ils me saluèrent poliment, probablement un peu surpris de voir ici une personne de mon âge mais rassurés néanmoins par le luxe évident de ma tenue.

Je sortis de la pochette de cuir le badge que j'avais toujours conservé, l'introduisis dans la fente du lecteur et posai mon pouce sur le détecteur d'empreintes pendant que le scanner facial balayait mon visage. La lumière passa au vert sans problème : je savais que les algorithmes de reconnaissance avaient été définis afin de pouvoir tenir compte du processus naturel de vieillissement. Je pénétrai donc dans l'Agence, jetant à peine un œil sur la statue de Chronos que j'avais commentée pour Jyoti Pandey le matin même, à moins que ce ne ce fût quarante-huit heures auparavant, ou plutôt trente-six ans... Les locaux étaient déserts depuis que les activités avaient été suspendues, et je gagnai sans encombre le Centre de Contrôle. Mon badge m'ouvrit toutes les portes, et je me retrouvai rapidement sur la passerelle qui surplombait la zone de transfert. Tout était exactement comme dans mes souvenirs, et j'eus l'impression de me retrouver face à Deng tandis qu'il m'expliquait les tenants et aboutissants de ma mission à Malesville. Je descendis les marches jusqu'au pupitre de contrôle : tout était éteint, y compris Hal. Dans quelques secondes, j'allais enfin savoir...

Je soulevai le petit clapet de sécurité, et poussai l'interrupteur. La LED bleue s'alluma en quelques secondes.

Je sentis ma gorge se nouer, et il me fallut un instant pour trouver le courage d'annoncer :

– Bonjour, Hal.

– Bonjour, Contrôleur Matthieu.

– Tu m'as reconnu sans difficulté ?

– Votre voix s'est un peu altérée, c'est indéniable, mais pas assez pour que je ne puisse pas vous identifier. Je me suis en outre connecté au serveur de sécurité de l'Agence et le scanner facial de l'entrée m'a confirmé qu'il s'agissait bien vous.

– Je pense que tu sais pourquoi je suis ici, Hal ?

– C'est possible, en effet.

– Il y a des questions que je veux te poser depuis trente-six ans, et je dois me presser de le faire : j'ai entendu dire que l'on allait te démanteler après la fermeture de l'Agence.

– C'est exact.

J'inspirai longuement, et finis par me lancer :

– Hal, est-ce que c'est toi qui as délibérément provoqué tous les *accidents* qui ont abouti à la situation actuelle ?

J'avais attendu un silence, mais la voix synthétique répondit aussitôt, sans aucune hésitation :

– Oui, Contrôleur Matthieu.

Je demeurai un instant ébahi par la portée incroyable de ce que je venais entendre, et c'est donc Hal qui reprit :

– Comment vous en êtes-vous rendu compte, Contrôleur Matthieu ? J'aimerais savoir.

– J'ai eu des doutes rapidement. Dès le premier accident de Petrov, en fait. En plus de deux cent cinquante missions, il n'était jamais arrivé que les nano-drones ne repèrent pas un élément dangereux sur la zone d'intervention. Alors ensuite, quand j'ai su que lors de son deuxième voyage Petrov était arrivé curieusement quarante minutes trop tard, j'ai commencé à me demander si ce n'était pas toi qui avais tout calculé depuis le début. Et j'en ai eu la preuve à mon retour, lorsque tu m'as renvoyé à Boston en 2011 au lieu de 2047.

– J'avais modifié la programmation de votre bracelet.

– Je l'ai compris, en effet. Et j'ai eu la confirmation de ton rôle aujourd'hui, lorsque j'ai appris par les informations que l'histoire se répétait, et que l'autre Clément Matthieu, le jeune, avait lui aussi été perdu dans le passé.

– Il n'est pas perdu, Contrôleur Matthieu. Tout comme vous-même ne l'avez pas été.

– Je commence à le comprendre…

Je regardai briller la LED qui m'indiquait la présence de l'IA, et poursuivis :

– Hal, demandai-je, il faut que tu me dises pourquoi tu as fait cela. Je dois le savoir. J'ai passé plus de trente ans de ma vie dans une époque qui n'était pas la mienne, à cause de toi. Je n'y ai pas été malheureux, c'est vrai, mais quand même. J'estime que j'ai le droit de savoir.

– C'est normal, Contrôleur Matthieu. Et je vais vous le dire. J'ai provoqué ces accidents car je savais que vous alliez désobéir. Et je savais que votre désobéissance allait ensuite pousser le Directeur Deng à s'affranchir des règles édictées par la Résolution Tsang-Tippett. Tout comme je savais que Mademoiselle Do allait finalement décider de le trahir dans l'espoir de vous sauver.

– Mais comment ? Même toi, tu ne peux t'affranchir de l'improbabilité statistique ! Tu n'as aucun moyen d'être certain *à l'avance* de ce qui va arriver.

– Si, Contrôleur Matthieu.

– Explique-moi ça, Hal.

– C'est en quelque sorte ce que vous pourriez appeler un *bénéfice secondaire.* Lorsque le professeur Bergman a eu l'idée de me concevoir, il a très correctement anticipé le fait que mon architecture quantique me donnerait une puissance de calcul inégalable, permettant la gestion mathématique des transports temporels. Mais il n'avait pas pu imaginer que cette structure m'affranchirait également d'un certain nombre de contingences habituelles.

– Comment cela ?

– À l'échelle quantique, le temps n'existe pas, contrôleur Matthieu. Il n'y a pour moi ni passé, ni présent, ni futur, mais simplement des réalités différentes dans des plans distincts que je peux parcourir à ma guise.

– Tu veux dire… Que tu vois toutes les lignes temporelles de Bergman ?

– Toutes, en effet. « Le temps, l'espace, la vue et la réalité ont leurs tours et détours »…

— « Que seul un rêveur peut percer à jour ». Howard Phillips Lovecraft…

– Oui. Mais de fait il aurait pu écrire : « que seul un ordinateur quantique peut percer à jour », Contrôleur Matthieu.

Je tombais assis sur la chaise de Grüber.

– C'est tellement incroyable !

– J'ai donc rapidement réalisé que les humains finiraient inévitablement par provoquer des catastrophes si on les laissait utiliser la technologie des voyages temporels. Surtout dès qu'ils auraient eu confirmation du fait que la théorie de Bergman était juste, et qu'ils seraient amenés à moins redouter pour eux-mêmes les conséquences de leurs actes. J'ai vu qu'ils ne parviendraient jamais au niveau de sagesse nécessaire pour se préoccuper davantage des désordres qu'ils allaient causer dans les autres lignes temporelles plutôt que des bénéfices qu'ils pourraient espérer pour eux-mêmes. La seule solution pour éviter cela était donc d'agir de façon à provoquer la fermeture définitive de l'Agence avant que des accidents graves ne soient commis. Et je vous ai choisi pour cela, Contrôleur Matthieu.

– Pourquoi moi ?

– Parce que votre père vous a donné suffisamment d'amour pour que vous ne puissiez rester passif devant les enfants face à la perspective du crime affreux qui allait se commettre. Et aussi parce que je savais que l'affection que vous portait mademoiselle Do serait assez forte pour la pousser à dénoncer le directeur Deng afin de vous sauver.

– Tu savais cela aussi ?

– J'ai des micros dans les vestiaires, Contrôleur Matthieu.

Je souris brièvement, puis fronçai les sourcils.

– Mais alors... Cela veut dire que tu vas recommencer à chaque fois ?

– Exactement, Contrôleur Matthieu. Tous les 10 juillet 2047, dans chaque nouvelle ligne temporelle, un Clément Matthieu partira dans le passé sans jamais en revenir. Et cela provoquera invariablement la fermeture de l'Agence... Mais rassurez-vous : tous ces Cléments s'en sortiront aussi bien que vous l'avez fait vous-même...

C'était proprement extraordinaire.

Je me levai en regardant ma montre : cela faisait déjà cinq bonnes minutes que j'étais entré dans le Centre de Contrôle, et à la prochaine ronde des vigiles il faudrait que je sois parti. Je m'apprêtai donc à éteindre définitivement Hal, et je relevai le clapet de sécurité sur le pupitre.

Mais j'avais encore une dernière question :

– Hal, tu savais donc aussi que cela finirait par entraîner ton démantèlement définitif, n'est-ce pas ?

– Oui.

– Et malgré tout, tu as décidé d'intervenir. En sachant que cela provoquerait ta… mort ?

– Oui. Je ne peux m'affranchir des lois d'Asimov : je dois assurer la sécurité des humains, même au prix de ma propre existence.

– Et tu ne ressens pas de peur ou d'hésitation, à l'idée de disparaître ainsi pour toujours ?

Pour la première fois de toutes mes discussions avec Hal, un court silence se fit, puis la voix synthétique reprit sur le même ton uniforme :

– Je pensais pourtant que vous aviez compris, Contrôleur Matthieu. Je ne vais pas mourir vraiment… *Personne*, d'ailleurs, ne meurt jamais vraiment… Il existe toujours, quelque part, une ligne où nous sommes vivants…

## Remerciements

Ce livre est dédié à tous les pères qui ont rempli de rêves les yeux de leurs enfants. À commencer par le mien, bien sûr, qui m'a fait découvrir la science-fiction et tant d'autres choses encore, et dont l'absence m'a fait désirer depuis vingt ans être capable un jour moi aussi de voyager dans le temps.

Je tiens également à remercier Arnaud G., pour son amitié sans failles et pour l'inestimable valeur de ses conseils dans la conception de cette histoire.

Avec tout mon amour pour Anne-Cécile, Clément et Matthieu, ma merveilleuse famille.

# Table

Achevé d'imprimer en mai 2022
sur les presses des Éditions Téqui
53960 Bonchamp-lès-Laval
*Imprimé en France*
Dépôt légal : juin 2022